Mein rätselhafter Freund Rorty

Sharon Cohen

Mein rätselhafter Freund RORTY

Aus dem Englischen von Annette von der Weppen

CARLSEN

Alle Figuren und Ereignisse, sofern nicht gemeinfrei, entspringen der Fantasie der Autorin. Jede Ähnlichkeit mit lebenden oder verstorbenen Personen ist ganz und gar zufällig.

MIX
Papier aus verantwortungsvollen Quellen
FSC® C014496
FSC
www.fsc.org

Originalverlag: Quercus Children's Books, an imprint of
Hachette Children's Group, part of Hodder and Stoughton
Originaltitel: The Starman and Me
Umschlaggestaltung und -typografie: formlabor
Umschlagbilder: shutterstock.com © sattva78/romawka/Prazis
Images/Magnia/Angelina Bambina/Daria Kubrak
Aus dem Englischen von Annette von der Weppen
Lektorat: Brigitte Kälble
Herstellung: Björn Liebchen
Satz: Dörlemann Satz, Lemförde
Druck und Bindung: GGP Media GmbH, Pößneck
ISBN: 978-3-551-55684-4
Printed in Germany

Für meine Mutter, meinen Vater und meinen Bruder.
Meine Wurzeln und meine treuesten Fans.
Für meine Kinder. Meine Inspiration und meine Zukunft.
Für meine Oma. Wegbereiterin der Extraklasse.
Und zu guter Letzt für meinen Mann. Meine Liebe.
Mein Leben.

»Somewhere, deep in the jungle,
are living some little men and women.
They are our past
and maybe,
maybe they are
our future.«
Deep Forest

ERSTER TEIL

1

Das erste Mal habe ich ihn auf dem Kreisverkehr vorm Supermarkt gesehen. Ich saß mit meinen Eltern im Auto und wir schoben uns gerade in den dichten Verkehrsstrom, als ich ihn auf der Mittelinsel durchs Gras kriechen sah.

»Fahr noch mal rum«, sagte ich.

»Was?«

»Fahr noch mal rum. Irgendwas ist da auf dem Rondell.«

Murrend drehte mein Vater eine zweite Runde, während wir angestrengt durch die Scheiben starrten.

»Was wars denn, Kofi?«, fragte meine Mutter. »Ich kann nichts sehen.«

»Irgendwas Kleines, Dunkles«, antwortete ich.

Ich entdeckte ihn am Rand eines Beets, auf dem losen Erdreich zu einer Kugel zusammengerollt.

»Da! Da drüben!« Wir fuhren langsamer, aber die Autos hinter uns hupten und ließen ihre Scheinwerfer aufblitzen.

»Noch mal, Dad! Bitte!«, sagte ich.

»Na los, George«, sagte meine Mutter.

Dad stieß einen Seufzer aus und schwang den Wagen ein weiteres Mal herum.

»Da vorn, am Rand«, sagte ich.

Und dann war er plötzlich verschwunden.

Meine Mutter schüttelte den Kopf.

»Ich sehe nichts. Wahrscheinlich irgendein dusseliges Tier, das da jetzt in der Falle sitzt, ein Hund oder eine Katze oder so. Du kannst ja später noch mal herkommen und nachsehen.«

Und das tat ich dann auch. Ich radelte zurück, hielt auf dem Fußweg an und schaute zur Mittelinsel rüber, auf der Suche nach irgendeiner Regung, einem Lebenszeichen. Autos und Lastwagen donnerten vorbei. Lange Halme neigten sich und schwankten. Narzissen nickten mit ihren gelben Köpfen. Ich wartete und schaute. Rief mir noch mal vor Augen, wie er ausgesehen hatte: sehr, sehr dunkelbraun, eng zusammengerollt, gut getarnt auf der braunen Erde. Wenn er nicht gesehen werden wollte, was tat er dann ausgerechnet hier?

Es gab eine Lücke im Verkehr. Ich ließ mein Fahrrad stehen und überquerte rennend den doppelspurigen Kreisel. Ein rotgesichtiger Mann brüllte aus seinem BMW: »Bist du bescheuert?«

Ich stapfte durch die Blumenbeete. Schob die Hände in die Taschen und schaute nach unten, damit es so aussah, als hätte ich etwas verloren. Es gab Gänseblümchen und Löwenzahn und kleine, distelige Gewächse. Federleichte Fallschirme wurden vom Sog der Straße emporgewirbelt. Ich fand die Stelle, an der ich ihn gesehen hatte, und legte die Hand auf die warme Erde. Tastete im Gras herum, in der Hoffnung, dort auf etwas zu stoßen. Ich blieb auf dem Rondell, bis der abendliche Strom der Pendler versiegte und es zu dunkel wurde, um Hornveilchen von Schlüsselblumen zu unterscheiden. Dann rannte ich über die Fahrbahn zurück zu meinem Rad und fuhr nach Hause.

Meine Mutter lag falsch. Es war kein Hund oder eine Katze gewesen. Und auch sonst kein Tier.

Denn ich hatte ihn gesehen.

Wirklich und wahrhaftig.

Und er hatte Hände

und Füße

und Haare.

2

Samstag, 9.30 Uhr.

Dad war schon früh zur Uni gefahren, und Mum musste vormittags in die Praxis. Ich hörte, wie sie die Schlüssel vom Flurtisch nahm. Dann rief sie zu mir hoch:

»Eine Stunde am Computer. Und keine Spiele. Hast du gehört?«

»Eine Stunde, okay.«

»Und mach dir eine Schüssel Bio-Haferflocken zum Frühstück. Mit Banane. Du siehst ein bisschen blass aus.«

»Blass, ja, ist gut.«

»Ich fahre jetzt los. Du musst runterkommen, hinter mir abschließen und die Kette vorlegen.«

Ich tapste im Schlafanzug die Treppe hinunter.

»Ich habe dir ein bisschen Geld hingelegt, für die Computerzeitschrift, die du bei Mr Barty kaufen wolltest. Aber danach gehst du gleich wieder nach Hause und machst niemandem die Tür auf, klar?«

Ich schaute zu, wie das Auto rückwärts aus der Einfahrt setzte und in einer Abgaswolke davonfuhr. Ich nahm eine Schüssel Haferflocken und eine Tasse Tee mit nach oben. Biologisch-dynamisch. Reine Minze.

Ich machte den Computer an, tippte das Passwort ein und wollte gerade anfangen, mit Janie zu chatten, als mir einfiel, dass sie am Wochenende nie vor zehn Uhr aufstand.

Dann erschien eine Nachricht.

ich brauchen hilfe. ich rorty thrutch

Bist du auch auf der Landlow-Schule?

ich rorty thrutch

Nie gehört. Woher hast du meine Adresse?

ich sprechen mit computer

Ich lehnte mich zurück. Mum hatte mich vor solchen Leuten gewarnt. ›Psychopathen‹ nannte sie die.

Tut mir leid, aber ich darf nicht mit Leuten chatten, die ich nicht kenne. Ich muss mich abmelden.

Ich wollte gerade auf ›Blockieren‹ klicken, als eine weitere Nachricht aufploppte.

ich brauchen hilfe. ich auf kreisensverkehr bei mr barty

Auf dem Kreisverkehr? Meine Gedanken rasten zurück zu dem Etwas, das ich am Vortag gesehen hatte. Aber das war auf dem Kreisel vorm *Tesco*-Supermarkt gewesen, nicht auf dem vor unserem Zeitschriftenladen.

Das glaube ich nicht, bei Mr Barty gibts nämlich keinen Empfang.

ich auf kreisensverkehr bei mr barty. is gute empfang. ich brauchen hilfe

Mein Herz fing an zu wummern, und ich hatte ›Blockieren‹ schon aufgerufen, als mir ein anderer Gedanke kam.

Bist du das, Dad? Kontrollierst du mich?

ich rorty thrutch

ich brauchen hilfe

ich auf kreisensverkehr bei mr barty

Wie kannst du mir dann eine Nachricht schicken?

Ich wartete keine Antwort mehr ab, sondern klickte auf ›Blockieren‹ und loggte mich aus. Mr Rorty Thrutch schien über irgendeine Technologie zu verfügen, mit der man Gedanken lesen konnte, da war ich mir fast sicher. Also holte ich mir die Alufolie aus der Küche, riss drei große Stücke ab und passte sie genau meiner Kopfform an.

Lückenlos.

Meine Mutter sagt, wenn man vor irgendwas Angst hat, ist es immer am besten, sich dem gleich zu stellen. Also tat ich das.

Um zu Mr Bartys Laden zu gelangen, geht man bis zum Ende der Einfahrt und dann nach rechts, macht 79 Schritte, biegt im 45-Grad-Winkel noch mal rechts ab, macht weitere zwölf Schritte und steht direkt vor seiner Tür. Es war 10 Uhr 24. Ich zog die Kapuze über den Aluhelm. Wenn nötig, konnte ich mit zwei Sprüngen im Laden sein, deshalb hielt ich es für halbwegs ungefährlich, mir den Kreisverkehr von hier aus mal genauer anzusehen.

Es war einer dieser kleinen Kreisel, die man manchmal am Ende von Sackgassen oder Zufahrten findet und über die man wahrscheinlich einfach drüberfahren würde, wenn die Hecke nicht wäre. Er war mit Zigarettenschachteln, Getränkedosen und Bonbonpapier übersät. Ein Psychopath hingegen war nirgends zu sehen. Und auch sonst niemand.

Ich betrat den Laden. Mr Barty entdeckte den Helm sofort. Er kratzte sich am Turban, und ich spürte, wie mein Gesicht heiß wurde.

»Ist wohl beim Einwickeln der Grillkartoffeln hängen geblieben«, sagte ich, zog die Folie unter der Kapuze hervor und knüllte sie zu einer Kugel zusammen.

Mr Barty lächelte und hob einen Abfalleimer über den Tresen. Ich zielte, aber der Wurf ging weit daneben.

»Hab deinen Dad schon lange nicht mehr gesehen«, sagte Mr Barty. »Forscht er immer noch an dieser verrückten Technik?« Er bückte sich und hob die Kugel vom Boden auf.

Ich nickte.

»Und deine Mutter muss heute arbeiten?«

Ich nickte wieder. »Kann ich mir ein paar Zeitschriften ansehen?«

»Klar«, sagte Mr Barty und verschwand im hinteren Zimmer.

Ich zog eine Computerzeitschrift aus dem Regal und setzte mich auf meinen üblichen Hocker, den Rücken ans Schaufenster gelehnt. Während ich mich zum Titelthema durchblätterte, quoll plötzlich eine Kette von Buchstaben aus dem Papier hervor. Ich zwinkerte ein paarmal und riss die Augen auf. Einer nach dem anderen tauchten die Buchstaben auf, von links nach rechts, als würde sie gerade jemand tippen.

ich rorty thrutch. ich brauchen hilfe

Hastig klappte ich die Zeitschrift zu und stopfte sie in den Halter zurück.

»Ich muss los, Mr Barty!«

Bevor er antworten konnte, war ich auch schon aus der Tür, die Stufen hinunter und wollte gerade den Heimweg einschlagen, als ich, einer plötzlichen Eingebung folgend, übers nächste Gartentor sprang und mich dahinter auf den Boden warf. Es roch nach feuchter Erde und Katzenpisse.

Durch eine Lücke im Zaun konnte ich den Kreisel sehen. Der Himmel hatte sich verdunkelt, eine Bö rüttelte an den Zweigen der Bäume, schob den Müll auf der Straße vor sich her und wirbelte ein paar Papierchen in die Luft. Eins davon schwebte auf mich zu, machte einen eleganten Salto über den Zaun und landete vor meiner Nase.

Darauf stand etwas geschrieben.

ich kein schadens. ich in hecke auf kreisensverkehr. ich bald Schlimm Tot

Mittags kam mein Vater mit breitem Lächeln nach Hause.

»Tolle Fortschritte bei MINDLINK. Heute haben wir's geschafft, einen Rollstuhl per WLAN herumfahren zu lassen.«

»Und du hast drin gesessen?«, fragte ich.

»In der Tat.«

MINDLINK ist die bahnbrechende Erfindung meines Vaters. Ein Hirnimplantat für Leute, die ihre Arme und Beine nicht mehr gebrauchen können. Wenn alle Testreihen abgeschlossen sind, sollen sie in der Lage sein, Lichtschalter, Fernseher und Computer zu bedienen, einfach nur, indem sie daran denken. Und offenbar auch ihre Rollstühle.

»Sag mal, warst du heute Morgen zufällig im Chat?«

Dad schüttelte den Kopf. »Dafür war gar keine Zeit. Wieso?«

»Ich habe eine Nachricht bekommen, von der ich nicht weiß, woher sie stammt.«

»Vielleicht einer deiner Freunde?«

»Glaub ich nicht«, sagte ich. »Es sei denn, jemand wollte mir einen Streich spielen.«

Ich überlegte kurz, ob ich ihm von Rorty erzählen sollte. Von seinem plötzlichen Verschwinden, von dem schwebenden Bonbonpapier und der seltsamen Schrift im PC-Magazin. Womöglich gab es eine ganz einfache Erklärung für all diese Ereignisse, und ich war bloß noch nicht darauf gekommen. Andererseits, wenn ich es Dad erzählte, würde der es Mum erzählen, und die würde mich dann bestimmt in Watte packen und gar nicht mehr nach draußen lassen.

Vielleicht sollte ich es erst mal nur Janie erzählen.

3

»Ich darf niemandem die Tür aufmachen«, sagte ich durch den Briefkastenschlitz.

»Aber ich bins doch nur, du Idiot. Du siehst mich doch.«

Sonntag. 15.15 Uhr. Janie.

Ich wollte einwenden, sie könnte schließlich auch ein Alien sein, der sich als Janie Watts getarnt hatte, aber da sie langsam ungeduldig wurde, ließ ich es bleiben.

Ich sagte: »Habs meiner Mutter versprochen.«

»Glaubst du, es wäre für die liebe Frau Mama in Ordnung, wenn ich stattdessen durchs Fenster klettere?«, fragte sie.

Ich ging ins Wohnzimmer, schob den Nippes auf der Fensterbank beiseite und öffnete den Riegel, um sie hereinzulassen. Sie warf zuerst ihre Tasche durch und hievte sich dann auf die Fensterbank.

»Was ist das denn?«, fragte sie und starrte meinen Helm Typ II an. Fünf Schichten Alufolie, mit einem ausklappbaren Streifen zur Rückenmarksprotektion.

»Das willst du gar nicht wissen«, sagte ich.

»Ein Prototyp deines Vaters?«

»Nee, selbst gemacht.«

»Und wozu ist der gut?«

»Sag ich nicht. Sonst hältst du mich noch für bekloppt.«

Sie ließ sich auf dem Teppich nieder.

»Nein, mach ich nicht.«

»Der Helm dient der Reduktion hochfrequenter elektromagnetischer Strahlung und der Abwehr telepathischer Einflussnahme paranormalen Ursprungs.«

Sie warf mir einen wütenden Blick zu.

»Der soll Aliens davon abhalten, mir in den Kopf zu gucken.«

Janie schnaubte abfällig. »Du *bist* bekloppt! Was hast du denn schon im Kopf, das einen Alien interessiert?«

Ich holte Kuchen und Smoothies aus der Küche. Janie fläzte sich aufs Sofa.

»Also, dann erzähl mal«, sagte sie. »Was ist passiert?«

Ich zuckte die Achseln.

»Wo hast du diese Aliens gesehen?« Sie biss von ihrem Möhrenkuchen ab.

»Den hat Mum gebacken«, erklärte ich. »Randvoll mit mehrfach ungesättigten Fettsäuren, Honig von ozonfreien Bienen und bei Vollmond geernteten Bio-Möhren.«

Sie kicherte. »Lenk nicht vom Thema ab.«

»Von welchem Thema?«

»Den Aliens.«

»Es gibt nur einen«, sagte ich.

»Es gibt immer mehr als einen. Wo hast du ihn gesehen?«

»Beim ersten Mal auf dem Kreisverkehr vorm *Tesco*.«

Sie dachte einen Moment lang nach. »Und wie sah er aus?«

»So ähnlich wie wir. Nur kleiner, dunkler und behaarter. Ich glaube, er heißt Rorty Thrutch.«

Sie starrte mich an. Schüttelte den Kopf.

»Hier, der Beweis! Das hat er mir geschickt.« Ich zeigte ihr das Bonbonpapier. »Oder vielmehr ist es mir zugeflogen. Kam in den Vorgarten von Mr Gupta geschwebt. Diesmal war er nämlich auf dem Kreisel vor Mr Bartys Laden. Irgendwie hat er's wohl mit Kreisverkehren.«

Janie las die Botschaft. »Komisches Geschreibsel«, sagte sie. »Und was meint er mit *Schlimm Tot*?«

Ich zuckte die Achseln. »Keine Ahnung.«

»Weißt du, was?«, sagte Janie. »Ich glaube, das ist von Al Speckino und Genossen. Die schikanieren doch jeden, der anders ist als sie. Die wollen dir bloß Angst machen.«

Al Speckino hieß eigentlich Sebastien Fitzgerald, von allen anderen Sumo genannt. Er war dick, und damit meine ich eine kloßförmige Schwabbelmasse aus lebenszeitverkürzendem Fettgewebe. Doof war er auch, und damit meine ich einen IQ, der in etwa dem einer Amöbe entspricht.

»Tja«, sagte Janie, »ich fürchte, dir bleibt nichts anderes übrig, als Gift zu trinken. Ich koste mal vor.«

Sie nahm einen Schluck von Mums Smoothie, saugte die Wangen ein und musterte die grünliche Flüssigkeit im Glas. »Was ist denn diesmal alles drin?«

»Kiwi, Orange, Topinambur und Zucchini.«

Janie lachte. »Das Kürzel sagt in dem Fall ja schon alles. Aber lass das bloß nicht deine Mutter hören, okay?« Ihr Handy brummte. Sie schaute auf die Nachricht. »Oh, ich muss los. Soll ich wieder durchs Fenster klettern, oder darf ich das Haus auf dem üblichen Weg verlassen?«

Ich stand in der Haustür und sah zu, wie sie unsere Einfahrt hinunterlief. Sie drehte sich um und winkte.

»Und nimm dich vor Sumo in Acht«, rief sie. »Der hats ja anscheinend auf dich abgesehen.«

4

Montag, 8.07 Uhr.

Graues Licht sickerte durch die Vorhänge. Auf dem Boden neben meinem Bett stand eine Tasse kalt gewordener Tee. Meine Anziehsachen lagen auf einem Stuhl bereit, darauf ein Zettel von Dad, in Twi:

Ma wo ho nye den. Bo mmoden yiye. Ye do wo.

Das bedeutete: *Sei stark. Gib dein Bestes. Wir lieben dich.*

Ich blieb auf der Bettkante sitzen, den Kopf in die Hände gestützt. Zum Frühstücken war mir viel zu elend.

Die ganze Nacht lang waren mir Bilder von haarigen Aliens durch den Kopf geschwirrt. Ich fand einfach keine Erklärung dafür, wie jemand von einer Sekunde auf die andere verschwinden oder aus dem Nichts eine Schrift auftauchen lassen konnte. Entweder war das alles wirklich passiert, oder ich hatte irgendeine schreckliche Hirnkrankheit, die Halluzinationen verursacht. Ich konnte wohl nicht viel anderes tun, als mir einen neuen Helm mit ultrastarker Signalabschirmung zu basteln. Und das Beste zu hoffen.

Der Helm Typ III bestand aus sechsfach verstärkter Alufolie, die glänzende Seite nach außen, mit Ohrenschützern und Stirnbinde. Ich passte ihn meiner Kopfform an, zog einen Schlupfschal darüber und ging los.

Ich war schon halb den Hügel hinauf, als sie mich erwischten. Schleicher erreichte mich als Erster. Er war wohl auf der anderen

Straßenseite hochgerannt und erst im letzten Moment zu mir rübergewechselt. Ich hatte ihn nicht kommen hören, aber er trug seinen Spitznamen ja auch nicht umsonst.

Ich hielt den Kopf gesenkt und lief weiter, mit etwas längeren Schritten.

»Gib ma' deinen Rucksack her«, sagte er. Er war nicht mal außer Atem.

Er überholte mich und versuchte, mir die Gurte von den Schultern zu streifen, während er rückwärts vor mir herlief.

»Schaffstes nicht?« Die Stimme kam von hinten. Sie gehörte Hammer. »Kuck dir den Vollpfosten an! Was haste denn da aufm Kopf? Gibts heute Mittag gegrilltes Hirn?« Er stieß ein bellendes Lachen aus.

Ich versuchte Schleicher auszutricksen. Brach zur einen Seite aus. Er kam mir zuvor. Ich probierte es auf der anderen. Er war wieder schneller.

»Wir wolln dir doch bloß helfen«, winselte Hammer. »Die vielen Hausaufgaben sind für Klein Kofi doch viel zu schwer.«

Bis zur Schule war es nicht mehr weit. Ich hätte versuchen können, wegzurennen, aber Schleicher war der Schnellste der Klasse, der Schnellste der ganzen Schule. Gegen ihn hatte ich nicht die geringste Chance. Hammer nahm mich von der einen, Schleicher von der anderen Seite in die Zange, und so führten sie mich wieder den Hügel hinunter, wo Sumo wartete.

Er war ein Jahr älter als ich, weil er in der Achten eine Ehrenrunde drehen musste. Er hatte ein breites Mondgesicht und dunkle Augen, die zwischen lauter Speckwülsten hervorspähten. Sein Vater kam aus Fernost, hatte sich aber schon vor Jahren aus dem Staub gemacht. So ging jedenfalls das Gerücht, auch wenn keiner wusste, ob es wirklich stimmte, weil keiner sich zu fragen traute.

»Schön, dich zu sehn«, sagte er.

Ich hielt seinem Blick stand, obwohl ich spürte, wie mein Augenlid zuckte. Er packte mich vorn an der Jacke und zog mich zu sich heran.

»Wollte nur mal Hallo sagen«, sagte er. »Dich 'n Stück zur Schule begleiten und so.«

»Wolltest du nicht«, sagte ich.

»Hammer trägt dir gern den Rucksack.«

»Nee, macht er nicht.«

»Der muss doch bestimmt mal aufgeräumt werden, oder?«

»Das könnt ihr nicht bringen. Da sind Hausaufgaben drin, die ich heute abgeben muss.«

Ich versuchte, mich aus seinem Griff zu lösen, aber da riss Schleicher mir schon den Rucksack von den Schultern. Warf ihn in die Luft, fing ihn wieder auf und rannte damit den Hügel hoch. Oben überquerte er mit ein paar Sprüngen den Kreisverkehr und blieb auf der Mittelinsel stehen. Zog den Reißverschluss an Rucksack und Federtasche auf, hielt beide mit der Öffnung nach unten und drehte sich im Kreis. Bücher, Hefte, Stifte und Zettel verteilten sich bogenförmig im Gras.

»Warum macht ihr das?«, brüllte ich. Ich kochte vor Wut.

Sumo zuckte die Achseln. »Is doch lustig.«

Und alle drei zogen lachend und johlend in Richtung Schule ab.

Wenn du sehen würdest, wie dein Mathebuch über die Wiese gleitet, würdest du nach irgendwelchen Strippen Ausschau halten, oder? Und glauben, dass dich jemand auf den Arm nehmen will. Du würdest nach einem Magnet, einem Draht oder einer Antenne suchen, weil Bücher sich nun mal nicht von allein bewegen.

Genau das habe ich auch gemacht. Ich habe mich auf das Buch gestürzt und es von allen Seiten untersucht. Kein Magnet. Keine Antenne. Keine Strippen. Ich lauschte, ob Hammer und Schleicher irgendwo zu hören waren. Ließ den Blick über Bäume, Hecken und Häuser gleiten, falls Sumo irgendwo mit einer Fernbedienung stand.

Dann dachte ich, *Du bist vielleicht blöd!* Wie hätten sie das denn alles vorbereiten sollen, wenn meine Sachen bis vor einer Viertelstunde noch bei mir zu Hause im Rucksack lagen?

Hirni.

Als Nächstes sah ich, wie sich mein Lineal, mein Geodreieck und mein Winkelmesser zwischen den Grashalmen hindurchschlängelten und dann geschmeidig in meinen Rucksack schlüpften. Ich schloss die Augen, holte tief Luft und öffnete sie wieder.

Vom anderen Ende der Verkehrsinsel kam mein Taschenrechner auf mich zu gerutscht, er schrammte über Steine und trockenes Erdreich, gefolgt von meinem Füller und den Buntstiften, die wie kleine, starre Schlangen durchs Gras glitten. Einer nach dem anderen hüpften sie in meine Federtasche zurück. Der Reißverschluss ging zu, und die Federtasche schlitterte zwischen Gänseblümchen hindurch in meinen Rucksack.

Ich stand einfach nur da, mit offenem Mund, wie der letzte Idiot.

Meine Knie zitterten, und mir war schlecht. Ich bückte mich nach meinem Rucksack und rechnete fast schon damit, dass er gleich einen Salto machen würde. Aber was dann passierte, war noch viel schlimmer. Ich hörte eine Stimme.

»Ich brauchen Hilfe.«

Ich fuhr herum.

»Ich brauchen schwarze Löchers.«

»Wer ist da?«

»Ich brauchen schwarze Löchers.«

»Sumo? Hammer? Wenn das irgend so ein kranker Scherz von euch ist, könnt ihr jetzt aufhören, das ist nicht mehr lustig.«

Das Gras wisperte und bebte. Eine Amsel zwitscherte in einer nahe gelegenen Hecke.

Dann eine andere Stimme. »Hey! Was machst du denn da?«

Ein Auto fuhr im Kreis. Drehte eine zweite Runde. Es war Janie. Sie winkte und fiel dabei fast aus dem Wagenfenster.

»Was *machst* du da, du Spinner?«

»Nichts«, rief ich zurück. »Na ja doch, irgendwas. Ach, keine Ahnung.«

»Komm in die Hufe. Es ist gleich neun.«

Jemand hupte, und Janies Auto bog in Richtung Schule ab.

»Ich muss gehen«, sagte ich.

»Ich brauchen Hilfe.«

»Ich kann dich ja nicht mal sehen.«

»Ich brauchen Hilfe.«

»Bist du ein Alien?«

»Ich bald Schlimm Tot.«

Die Stimme klang flehend.

»Bist du krank?«

»Ich brauchen schwarze Löchers.«

»Ich weiß nicht, was du meinst.«

»Ich bald Schlimm Tot. Ich brauchen schwarze Löchers.«

Ich schaute mich um, sah, wie die Autos langsamer fuhren und die Kinder mich anstarrten und mit dem Finger auf mich zeigten. Mich anstarrten, während ich hier stand und Selbstgespräche führte. Ich holte tief Luft und dachte, *Am besten sagst du einfach Ja. Sag einfach Ja, dann lässt er dich bestimmt in Ruhe.*

»Um zwölf bin ich zurück«, sagte ich.

»Auf Rucksack-Kreisensverkehr?«

»Genau, auf diesem Kreisverkehr, heute Mittag um zwölf. Bleib einfach hier. Ich komme wieder. Ich helfe dir mit den schwarzen Löchern. Versprochen.«

5

Ich konnte nicht mehr denken. Mich nicht konzentrieren. Mr Thompson, alias Zinken, quietschte rote Klammern und Multiplikationszeichen aufs Whiteboard. Es waren quadratische Gleichungen, die ich sonst immer babyleicht fand, aber heute konnte ich keine davon lösen. Es ging einfach nicht.

Ich holte heimlich mein Handy raus und gab ›Schwarzes Loch‹ in die Suchmaschine ein.

Astronomie – ein Objekt im Weltraum, das ein so starkes Gravitationsfeld erzeugt, dass weder Materie noch Strahlung seine nähere Umgebung verlassen kann.

Das half mir auch nicht weiter. Ich stupste Hep an, der neben mir saß.

»Warum braucht jemand schwarze Löcher?«, fragte ich ihn flüsternd.

Hep beugte sich grinsend herüber. Schüttelte den Kopf über so viel Unwissenheit. »Weil er Hunger hat?«

Hep hatte immer Hunger. Und roch auch immer nach Essen. Heute nach Zwiebeln und Käse.

»Wer braucht die denn?«, fragte er flüsternd zurück.

»Die was?«

»Die Schwarzen Löcher.«

Ich zögerte. »Weiß ich auch nicht so genau.«

Ich schlug seinen Namen im Wörterbuch nach.

Rorty: *ungestüm, übermütig*

Thrutch: *schmale Schlucht oder Klamm*

Das ergab doch alles keinen Sinn.

Zinken verteilte Zettel mit Hausaufgaben, und wir schoben uns aus dem Raum.

»Was meintest du mit dem Hunger haben?«, fragte ich Hep.

»Schwarze Löcher isst man, wenn man Hunger hat.« Hep langte in seine Schultasche und zog eine Kekspackung heraus, schwarz glänzend, mit silbernen Sternen drauf.

»Das sind doch *Olios*.«

Hep schüttelte den Kopf. »Kennst du nicht die Werbung? ›Astronomischer Appetit? Intergalaktischer Hunger? Dann brauchst du was Dunkles, Dichtes, Delikates. *Olio*-Kekse. Nichts macht so satt wie ein Schwarzes Loch.‹« Am Schluss ließ er seine Stimme ganz tief und hallig klingen. Er nahm einen schwarzen Keks aus der Packung, drückte die Schokolade in der Mitte heraus und ließ ihn um den Finger kreisen.

»Schwarzes Loch«, sagte er.

Ich grinste. Haute ihm auf den Rücken. »Hep, du bist ein Genie.«

Inzwischen war es zwölf. Ich sprintete über den Schulhof, durchs Tor und dann volles Rohr die Straße hinauf. Als ich am Rucksack-Kreisverkehr vorbeikam, brüllte ich nur kurz, dass ich in drei Minuten zurück wäre – mit so vielen Schwarzen Löchern, dass man ein Schwarzes Loch damit füllen könnte. Ich kaufte sechs Packungen.

»Ich fürchte, das muss ich deiner Mutter erzählen«, sagte Mr Barty. Er unterdrückte ein Lächeln. »Dein Mittagessen?«

»Intergalaktischer Hunger«, sagte ich.

Das Lächeln entwischte und bog seine Mundwinkel nach oben. Er schob die Packungen in eine *Mr Barty*-Tüte, und ich stürmte wieder raus.

Es war dreizehn nach zwölf, als ich die Fahrbahn überquerte und die Mittelinsel betrat. Die Luft war still. Kein Hauch zu spüren. Ich entdeckte meinen Anspitzer mitten im Löwenzahn.

Ich holte die Kekspackungen aus der Tüte und legte sie nebeneinander ins Gras.

»Meintest du die hier?«, fragte ich. Ich lauschte. Wartete. »Guck mal, ich habe dir Schwarze Löcher gebracht.«

Ich sah mich um, suchte nach irgendeiner Bewegung. Ging auf die Knie, fuhr mit den Händen durchs Gras, konnte aber nichts entdecken.

»Bist du hier, Rorty Thrutch?«

Keine Antwort.

»Vielleicht habe ich ja bloß Stimmen gehört«, flüsterte ich. »Vielleicht wars am Ende doch nur Sumo. Aber solltest du hier sein und ich nicht halluziniert haben, dann bitte, bedien dich. Sechs Packungen. Zwanzig Kekse pro Packung. Macht hundertzwanzig Schwarze Löcher. Die sollten eine Weile reichen.«

6

Vier Tage vergingen. Ich hörte nichts. Acht Mal ging ich zum Rucksack-Kreisverkehr. Die Kekse waren weg, aber ich wusste ja nicht, ob es tatsächlich Rorty Thrutch gewesen war, der sie mitgenommen hatte. Trotzdem, einem Menschen in Not muss man nun mal helfen, oder? Selbst wenn man nicht weiß, ob es sich überhaupt um einen Menschen handelt. Schließlich wäre er, wenn ich nichts unternahm, bald Schlimm Tot. Was immer das heißen sollte.

Und so hielt ich weiter nach ihm Ausschau. Kontrollierte morgens und abends meine Chat-Nachrichten. Lungerte ständig bei Mr Barty herum, für den Fall, dass er mir wieder eine Botschaft hinterlassen wollte – auf der Abfalltonne oder der Fensterscheibe oder so. Ich hätte Janie furchtbar gern von ihm erzählt: dass ich mit ihm gesprochen hatte, dass er einen Namen hatte und hungrig war und Hilfe brauchte. Aber erst wollte ich ihn noch mal *sehen*. Sichergehen, dass es ihn wirklich gab.

Mr Barty stand in der Tür.

»Alles in Ordnung, Kofi?«

»Ja, schon … ich, äh …«

Er zwinkerte.

»Wartest du auf ein Mädchen?«

»Nein. Das nun ganz bestimmt nicht«, sagte ich.

Am Sonntagnachmittag fuhr ich mit dem Rad die Ringstraße ab. Wenn Rorty Thrutch irgendwo zu finden war, dann auf einem Kreisverkehr, also fing ich bei dem vorm *Tesco* an, wo ich ihn zum ersten Mal gesehen hatte.

»Ror-tiih! Bist du hier? Ror-tiih!«

Ich wartete.

Nichts.

Du bist vielleicht bescheuert, dachte ich. *Hier rumzuschreien wird wohl kaum was helfen.*

Es war nicht viel Verkehr, also fuhr ich zur Mittelinsel hinüber, lehnte mein Rad gegen das blaue Schild mit dem Richtungspfeil und holte einen Zettel aus dem Rucksack. Ich schrieb:

Lieber Rorty Thrutch. Hast Du die Schwarzen Löcher gefunden? Schick mir eine Nachricht, falls Du hier bist. Auf diesem Kreisensverkehr habe ich Dich das erste Mal gesehen. In der Nähe ist ein Supermarkt, wo man Lebensmittel und andere Sachen kaufen kann. Er heißt Tesc-O.

Das ›O‹ steht natürlich für den Kreisverkehr.

Ich legte den Zettel in die Mitte der Insel, beschwerte ihn mit einem Stein und fuhr dann weiter über die Ringstraße bis zum Kreisverkehr vor der Uni. Auf jedem Rondell hinterließ ich Rorty eine Nachricht und ich hatte die ganze Zeit seine Stimme im Kopf.

Ich brauchen Hilfe.

Ich brauchen Hilfe.

Ich bald Schlimm Tot.

Ich bald Schlimm Tot.

Vielleicht liegt er ja wirklich im Sterben, dachte ich. *Oder er ist längst tot, und ich komme zu spät.*

»Du bist ja patschnass«, sagte meine Mutter.

»Draußen regnets.«

»Wo warst du denn?«

»Mit dem Rad unterwegs.«

Sie schaute mich an. Wartete.

»Hab mir Kreisverkehre angeschaut.«

»Und wozu braucht man Alufolie auf dem Kopf, wenn man sich Kreisverkehre anschaut?« Sie seufzte. »Lauf hoch und zieh dich um, ich muss dir etwas zeigen.«

Als ich wieder runterkam, hielt sie mir eine Tüte aus Mr Bartys Laden hin.

»Wo kommt die denn her?«, fragte ich.

»Die lag vor der Haustür. Ich dachte, du kannst das vielleicht erklären?«

Mein Herz pochte heftig. Ich guckte in die Tüte. Lauter leere, glänzend schwarze Kekspackungen mit silbernen Sternen drauf. Mum zog einen Zettel heraus und strich ihn glatt. Machte den Arm lang, um die Schrift zu entziffern.

»Du meine Güte, wer hat das denn geschrieben?« Sie las die Nachricht vor: »Ich … sein … in die Burrows.«

Ich wandte mich schon zur Hintertür, da packte sie mich am Arm.

»Moment mal!«, sagte sie. »Von wem ist das?«

»Weiß ich auch nicht so genau.«

»Und was in aller Welt sind die Burrows?«

»Na, du kennst doch die Burrow-Farm und den Burrow-Wald und die Burrow-Felder, gleich hinterm Haus. Die Burrows eben.«

Sie starrte mich an. »Und du willst *jetzt*, im Dunkeln und bei strömendem Regen, in die … *Burrows* … laufen, wo es von Kuhfladen und Brennnesseln und vielleicht auch wilden Stieren nur so wimmelt, um nach einem Analphabeten zu suchen, von dem du nicht so genau weißt, wer es ist?«

Ich presste die Lippen aufeinander. »Klingt ziemlich bescheuert, was?« Aber in Gedanken lief ich trotzdem schon durch den Garten und auf die Wiesen hinaus.

Ich half ihr beim Tischdecken.

»Dad will noch mit dir sprechen, wenn er nach Hause kommt«, sagte sie.

»Worüber denn?«

»Na ja, von allem anderen mal abgesehen, kostest du uns gerade ein Vermögen an Alufolie.«

Ich war schon im Bett, als Dad leise die Treppe heraufkam und durch die Tür lugte.

»Noch wach?«, flüsterte er.

»Klar«, sagte ich.

Er schob meine Bücher beiseite und hockte sich auf die Bettkante.

»Wie läufts denn so?« Seine Stimme war weich und warm und hüllte mich wie eine Decke ein.

»Ganz okay«, sagte ich.

»Ist der Helm beim Schlafen nicht zu unbequem?«

»Nö, nur ziemlich warm. Der hat nämlich auch Ohrenschützer und eine Stirnbinde.«

»Ich sehs«, sagte Dad. Er lächelte. »Ich soll dich fragen, warum dein Rucksack neulich so ramponiert aussah.«

»Das waren Sumo und Genossen.«

»Also nichts wirklich Unangenehmes? Nichts, womit du nicht auch alleine klarkommst?«

»Nö«, sagte ich wieder.

Dad nickte.

»Dann sind da noch diese leeren Kekspackungen«, sagte er. Er presste die Lippen aufeinander, um ein Grinsen zu unterdrücken.

Ich lächelte. »Ebenfalls kein Grund zur Sorge.«

»Ausgezeichnet«, sagte Dad. »Weißt du eigentlich, dass solche Aluhelme schon mal eingehend getestet worden sind? Pritchard und Fynes, 2013. Ich schick dir den Link.«

Er stand auf und ging zur Tür.

»Sollst du mich nicht auch nach den Burrows fragen?«, sagte ich.

»Ach ja, hätte ich fast vergessen. Pass einfach gut auf, wenn du wirklich hingehst, okay?«

Ich lächelte. »Mach ich, Dad. Danke.«

»Wunderbar. Dann hätten wir ja alles geklärt. Schlaf gut, Kofi. *Da yie*.«

»Nacht, Dad.«

7

Später, als sie ins Bett gegangen waren und das Licht gelöscht hatten, als der Verkehr verstummt war und kein Mond die finstere Nacht erhellte, schlich ich mich aus dem Haus und durch den Garten bis an den Rand der Burrows.

Alles war ruhig und still. Feiner Nieselregen tröpfelte herab.

Ich strich meinen Helm Typ IV an den Schläfen glatt, knipste die Taschenlampe an und folgte ihrem schwankenden Strahl.

Die Burrows erstrecken sich meilenweit. Viele Hektar Wald und Felder, Hügel und Bäche. Ich stieg auf einen Haufen alter Ziegel und versuchte, die Schwärze zu durchdringen.

»Ich bin hier«, flüsterte ich.

Ich lenkte das Licht der Taschenlampe zwischen den Bäumen hindurch. Lauschte auf den Atem der Nacht.

»Freut mich, dass dir die Schwarzen Löcher geschmeckt haben. Ich habe dir Nachrichten hinterlassen. Auf jedem Kreisverkehr.«

Ein Schlurfen im Gras. Leises Knacken. Kaum hörbares Schnuppern und Schnaufen. Ich kletterte wieder von meinem Schutthaufen runter.

»Ich hoffe, du hast es irgendwo warm und gemütlich. Die Nacht ist kalt. Kalt und nass.«

Wind kam auf. Ich stellte mir vor, wie irgendwelche seltsame Wesen durchs Dunkel schweiften. Hörte zartes Wispern und Klagen.

»Es ist schon spät. Ich muss wieder rein.«

Ich machte ein paar Schritte rückwärts und spähte dann noch mal in die Dunkelheit.

»Halt dich schön warm, Rorty Thrutch. Ich komme wieder. Pass gut auf dich auf.«

Ich wandte mich um in Richtung Haus.

»Ich hier.«

Ich fuhr herum. Sah nichts. Hörte Schritte. Ein paar leise, kleine Schritte.

»Ich hier.«

»Rorty?«

Ich schnappte nach Luft. Er stand so dicht neben mir, dass wir uns fast berührten.

»Ich fast Schlimm Tot.« Seine Miene war starr und verkrampft. Er zitterte am ganzen Körper.

»Du frierst ja.«

Er hielt eine zerlumpte Decke umklammert und trug einen Schurz aus verknoteten Stofflappen und eingeflochtenen Blättern um die Hüfte.

»Komm lieber mal mit rein.«

Er folgte mir durch den Garten. Im Schatten der Hintertür blieb ich stehen. Ich dachte an die Regel meiner Mutter, niemals Fremde ins Haus zu lassen, aber ich konnte Rorty doch nicht völlig durchnässt und zitternd hier stehen lassen.

»Ich Ängstens in dunkelse Nacht. Ich fast Schlimm Tot.«

»Komm rein«, sagte ich. »Drinnen ist es warm.«

Er trat auf den Fliesenboden der Küche, und ich schloss die Tür hinter ihm. Er war klein, reichte mir kaum bis zur Brust. Seine Nase war breit, die Stirn abfallend. Sein Haar war ein Wust aus verfilzten Zotteln und Strähnen, und über den Augen hatte er knochige Wülste.

Er sah zu mir hoch. Reckte sich, um den Helm zu berühren. Ich hörte, wie die Folie knisterte, und seine Hand zuckte zurück. Ein breites Grinsen erschien auf seinem Gesicht, dann reckte er sich wieder und betastete den Helm mit beiden Händen.

»Das ist Alufolie«, flüsterte ich. »Um Kartoffeln und Fisch und Fleisch drin einzuwickeln. Und dann im Ofen zu grillen.«

Seine Augen wurden schmal, und er fing an zu lachen.

»Schsch, leise! Meine Eltern schlafen.«

»Schsch«, machte Rorty.

Ich holte Schinken und Mineralwasser aus dem Kühlschrank. Reichte ihm Brot und Äpfel. Auf Zehenspitzen schlichen wir durch den Flur und die Treppe hinauf. Im Vorbeigehen strich er über Teppich und Wände. Betrachtete Bilder und Fotos. Seine Augen waren groß und glänzend.

Oben im Zimmer hüllte ich ihn in meine Daunendecke. Setzte ihm eine Pudelmütze auf und legte ihm meinen Bademantel über die Füße.

»Wie hast du mich gefunden?«, fragte ich leise.

Er runzelte die Stirn und seufzte.

»Du warst das doch auf dem Kreisverkehr, oder? Auf dem vorm *Tesco* und bei Mr Barty?«

Er schnalzte mit der Zunge, und ein hohles Klicken ertönte.

»Und du hast auch die Buchstaben in der Zeitschrift und auf dem Bonbonpapier erscheinen lassen und meine Schulsachen in meinen Rucksack zurückgepackt?«

Er klickte wieder.

»Aber wie bist du dann einfach so verschwunden?«

»Ich klicken un malen un zeigen un klicken.«

Ich versuchte, ihn nachzumachen. Saugte die Zungenspitze an den Gaumen und ließ sie dann nach unten schnellen. Man hörte ein mattes ›Plopp‹.

Rorty kicherte.

»Und wie hast du meine Sachen in Bewegung gesetzt? Da hätte ich mir fast in die Hose gemacht.«

Er zeigte auf meine Kopfhörer. Klickte wieder, und die Kabel zuckten. Im nächsten Moment schlängelten sie sich mitsamt Kopfteil über den Boden, schoben sich an meinem Turnschuh hoch und dann weiter am Bein hinauf, um schließlich reglos auf meinem Schoß liegen zu bleiben. Meine Hände zitterten.

»Kannst du mir das beibringen?«, fragte ich.

»Ich nich wissen«, antwortete Rorty. »Ich denken winzelige Denkens un dann sich bewegen.«

»Wo bist du eigentlich zu Hause?«, fragte ich. »Wo kommst du her?«

Rorty wandte sich ab und starrte ins Leere. »Ich von grünse Ort. Viele Grüns in Massens von Nebel un Meer von Stilligkeit. Is große Wald. Is Vater un Mutter. Ich is Wald. Wald is ich.«

Beim Essen musterte ich ihn noch mal unauffällig. Er war kein Alien, da war ich mir sicher. Er sah eher aus wie jemand, der plötzlich durch eine verborgene Tür aus ferner Urzeit bei uns eingetreten ist – jemand, den man sonst nur in einer GEO-Zeitschrift oder im Naturkundemuseum sieht. Bloß, dass er jetzt leibhaftig hier in meinem Zimmer saß und dass es seinen Nebelwald irgendwo auf der Erde wirklich gab.

Rorty hob plötzlich den Blick. Seine Augen waren rund und voller Angst. »Nich erzählen«, sagte er. »Kofi nich erzählen von Rorty.«

»Nein«, sagte ich. »Vorerst jedenfalls nicht. Später vielleicht, wenn du dich wieder sicher fühlst.«

Aber als ich ihn ins Bett brachte und er die Augen schloss, schoss mir eine ganze Flut von Bedenken durch den Kopf.

Was, wenn er gefährlich war? Hatte ich das schon mal bedacht?

Nein.

Hatte ich schon mal überlegt, warum er ausgerechnet mich um Hilfe gebeten hatte? Und nur mich?

Nein.

Hatte ich ihn zu mir ins Haus geholt, um ihn zu beschützen?

Ja.

Und warum wollte ich das tun?

Ich hatte keinen blassen Schimmer.

Lautlos schlüpfte ich aus dem Bett und in die Küche hinunter, nahm eine frische Rolle Alufolie aus der Schublade und machte mich an die Herstellung von Helm Typ V.

8

Am Montag hatten wir wieder Unterricht bei Brise, unserer neuen Klassenlehrerin. Sie zog die Jalousien hoch und riss die Fenster auf. Füllte den Raum mit Licht und Luft. Glitt zwischen uns dahin, schwebte um die Bänke herum – strahlend, farbenfroh und bezaubernd.

Ihr richtiger Name war Miss Ndiaye.

Sie verkündete, dass sie mit uns über Abstammung sprechen wollte. Sie würde uns mit Einfällen bombardieren, uns zum Staunen und Nachdenken bringen. Woher kommen wir? Und wie sind wir hier gelandet?

»Jeder und jede Einzelne von uns hat sein Leben als winziger Zellhaufen begonnen«, sagte sie.

Sie zeigte uns die Aufnahme einer menschlichen Eizelle und ein Modell unserer DNA. »Das ist unser genetischer Code. Diese Gene sorgen dafür, dass jeder von uns einzigartig ist. Wir haben sie von unseren Eltern bekommen, und die wieder von ihren Eltern, und die wiederum von ihren, und immer so weiter.«

Ich dachte an meinen Vater aus Ghana und meine Mutter aus England. Stellte mir vor, wie ihre Gene in einer winzigen Eizelle miteinander verschmolzen. Gene für dunkle und helle Haut, für eine breite und eine schmale Nase, für lockiges und für glattes Haar, und herausgekommen war ich, eine Mischung aus ihnen beiden.

»Wer kennt noch mehr erstaunliche Fakten über Gene?«, fragte Brise.

Oberstreberin Jocelyn hob die Hand. »Wenn man die DNA aus einer einzigen Zelle auseinanderziehen würde, wäre sie zwei Meter lang.«

»Sehr gut«, sagte Brise.

Jez meldete sich.

»Mein Vater und mein Großvater und Urgroßvater sind alle in Pakistan geboren, in einem Dorf am Rand von ein paar staubigen Hügeln. Ich bin meinem Großvater wie aus dem Gesicht geschnitten, also habe ich wohl auch ein paar Gene von ihm geerbt.«

»Ausgezeichnet«, sagte Brise. »Bring beim nächsten Mal Fotos mit.«

Dann behauptete Hammer, er hätte Wikinger-Gene.

»Glaub ich nicht«, sagte Schleicher, und sie hätten sich fast geprügelt.

»Was ist mit dir, Kofi?« Brise stand direkt neben mir. »Hast du auch noch ein paar interessante Fakten für uns?«

Ich dachte kurz nach und sagte dann: »Viele Leute glauben, Watson und Crick hätten die DNA entdeckt, aber was sie eigentlich erforscht haben, war ihre Struktur, und ohne all die großen Wissenschaftler vor ihnen, darunter auch Rosalind Franklin, die kaum jemand kennt, hätten sie wohl kaum den Nobelpreis gewonnen.«

Brise lächelte breit. »Danke, Kofi. Sehr schön. Und mit genau dieser Struktur werden wir uns jetzt näher beschäftigen: Wir basteln jetzt alle ein Stück DNA.«

Die Sonne schien durch die Fenster. Wir schnitten verschiedenfarbige Pappstreifen zurecht, die wir dann in bestimmten Kombinationen zusammenklebten. Ich dachte an Rorty, an seine wulstigen Augenbrauen, die langen Arme und die breiten, kräftigen Hände. Und fragte mich, wie es möglich war, dass es jemanden wie ihn heute noch gab. Dass seine Gene offenbar Zehntausende von Jahren überlebt hatten.

Ich beugte mich rüber zu Janie. »Wieso fangen wir eigentlich jetzt schon mit dem Thema Abstammung an? Miss Crowther meinte, das käme erst nächstes Jahr.«

Janie zuckte die Achseln. »Vielleicht hat Brise gehört, was für Überflieger wir alle sind.«

Sie rückte näher und flüsterte mir ins Ohr: »Gabs noch mehr Begegnungen mit Aliens?«

Ich wusste nicht, was ich sagen sollte. Janie war meine beste Freundin, aber ich hatte Rorty versprochen, niemandem von ihm zu erzählen.

»Nicht wirklich«, sagte ich.

»Meinst du, du hast dir das nur eingebildet?«

»Kann sein.« Es fühlte sich schrecklich an, ihr nicht die Wahrheit zu sagen.

Wir setzten die DNA-Abschnitte zusammen. Jocelyn kletterte auf einen Tisch, und wir verdrehten die Stränge zu einer Doppelhelix.

Brise klatschte und strahlte, und der Raum war voller Licht.

»Sie ist echt toll«, sagte Janie. »Warum können nicht alle Lehrer so sein?«

»Keine Ahnung«, antwortete ich.

»Sie ist total nett. Aber auch nicht *zu* nett.«

»Find ich auch«, sagte ich. »Ein bisschen frischer Wind in der Bude.«

Die Stunde war fast zu Ende.

»Hausaufgaben«, sagte Brise.

Kollektives Stöhnen.

»Ich möchte, dass ihr euch bis zum nächsten Mal überlegt, welchen Aspekt eurer *eigenen* Abstammung ihr gern mal genauer untersuchen würdet. Bereitet einen kurzen Text dazu vor, etwa eine Seite lang, den ihr der Klasse dann vorlesen könnt.«

Beim Rausgehen nahm sie mich kurz beiseite. »Es gibt sicher

einen guten Grund dafür, eine Wollmütze mit Alufolie drunter zu tragen«, flüsterte sie. »Aber Mr Steele, unser allseits geschätzter Schulleiter, ist da vielleicht anderer Meinung, deshalb würde ich sie an deiner Stelle lieber absetzen, bevor er dich entdeckt.«

Ich schaute sie an. Aus dem Augenwinkel.

»Ist gut«, flüsterte ich zurück.

9

Als ich nach Hause kam, war Rorty gerade dabei, hinten im Garten, gleich neben dem Tor, eine Hütte zu bauen. Er hatte ein Gerüst aus biegsamen Zweigen in den Boden gesteckt und mithilfe von Ranken zu einer Kuppel gebunden. Dann hatte er Blätter gesammelt, riesige, herzförmige Dinger mit dicken Stängeln, die er jetzt auf dem Kuppelgitter befestigte. Ich schaute zu, wie er die Stängel in der Mitte spaltete und dann wie Wäscheklammern auf die Zweige steckte.

»Wo hast du denn diese Blätter her?«, fragte ich.

Er wandte sich um und grinste.

»So welche gibts nur im Regenwald-Biom des Eden Project in Cornwall. Oder im Tropenhaus von Grimms Gartencenter.«

Sein Grinsen wurde breiter.

»Ich gern in warmse blätterige Gartenhaus«, sagte er.

Er bückte sich und verschwand im Eingang. Ich folgte ihm auf Händen und Knien und kauerte mich unter das grüne Blätterdach. Sonnenlicht strömte herein. Der Boden fühlte sich warm an. Rorty schob die Finger durch die Zweige und zupfte und zerrte an den Blättern, um Lücken zu schließen.

»Regnet es viel, da wo du herkommst?«, fragte ich.

Seine Augen wurden schmal. Er kicherte. »Viel nadelig un stichelig. Prasseln runter un runter aus Große Dunkel. Machen Schwemmung un Pfützens.« Er trommelte sich mit den Fingern auf den Kopf und folgte eingebildeten Rinnsalen, die ihm über den Körper und über den Boden rannen. Schlug sich auf die Schenkel. Lachte und johlte. »Ich machen Feuer.«

»Gute Idee. Dann gibt es Tee und ein bisschen was zu essen. Ich hol Wasser und was wir sonst noch so brauchen.«

Ich kramte unseren alten Campingwasserkessel hervor (mit Klappgriff und Pfeiftülle) und brachte auch Brot, Milch, Zucker und Marmelade mit. Rorty bearbeitete zwei Äste mit meinem Taschenmesser. Einen schälte er, den anderen spaltete er der Länge nach und legte ihn vor sich auf den Boden. Mit dem ersten Ast bohrte er ein kleines Loch in die Bruchfläche und vertiefte es mit dem Messer. Dann steckte er den Ast in die Mulde und rieb ihn zwischen den Händen, immer von oben nach unten. Die Spitze rotierte im Holz und brachte heißen schwarzen Staub hervor. Den klopfte Rorty auf eine Handvoll trockener Halme und blies hinein, bis eine kleine Flamme aufflackerte.

Als der Tee fertig war, rührten wir Milch hinein. Kippten reichlich Zucker dazu. Grinsten uns an, während wir das süße Gebräu in großen Schlucken tranken. Schwarzer Qualm stieg von den aufgespießten Brotscheiben auf. Wir kratzten das Verbrannte ab und bestrichen sie dick mit Marmelade.

»Wenn du hierbleibst, gibts eigentlich nur eins zu beachten«, sagte ich. »Du darfst dich auf keinen Fall sehen lassen. Sonst drehen die Leute sofort durch. Und wenn sie dich erst mal gefunden haben, lassen sie dich nicht mehr in Ruhe.«

Rorty leckte sich die Lippen. Biss in ein weiteres Brot.

»Sobald du irgendwen siehst oder hörst, musst du diesen Verschwinde-Trick machen«, sagte ich.

Er musterte mich unter den wulstigen Augenbrauen hervor.

»Ich habe gesehen, wie du auf dem *Tesc-O*-Kreisel verschwunden bist. Und eins wollte ich dich die ganze Zeit schon fragen: Kannst du eigentlich meine Gedanken lesen?«

Seine Augen zuckten hin und her.

»Kannst du sehen, was ich denke?«

»Ich denken un ich machen«, sagte er. Er grinste.

»Und woher hattest du meine Mail-Adresse?«

»Ich sprechen mit Computer. Is pillepalle. Is pipifaxen.« Er zog die Stirn in Falten. »Ich nich heimlichse gucken«, sagte er.

Später, bevor ich ins Bett ging, sah ich ihn noch mal in seiner kleinen Hütte vor mir. Wie er gezeigt und geklickt und Sachen bewegt und zum Verschwinden gebracht hatte. Genauso, als wenn man am Computer etwas einfügt, verschiebt oder löscht, nur dass Rorty das auch in echt tun konnte.

Wie war das möglich?

Ich zeigte auf Gegenstände in meinem Zimmer. Schulbücher, schmutzige Socken, eine Feder aus meinem Kissen. Versuchte, sein Klicken nachzumachen, kniff die Augen zusammen und konzentrierte mich mit aller Macht darauf, sie in Bewegung zu setzen.

Nichts.

Du spinnst doch, dachte ich bei mir. *Du glaubst doch nicht im Ernst, dass du das einfach so nachmachen kannst.*

Ich kletterte ins Bett und zog mir die Decke über den Kopf. Atmete die stickige Luft und versuchte einzuschlafen, aber es klappte nicht. Hatte auch gar keinen Sinn. Versuchen klappt nie. Habe ich schon oft genug versucht.

Stunden später erwachte ich mit einem Ruck und spähte in die Dunkelheit hinaus. Nur die schwache Glut des Feuers war zu sehen. Ich zog Bademantel und Hausschuhe an, schnappte mir Taschenlampe und Daunendecke und schlich mich runter und in den Garten hinaus. Winterliche Kälte schlug über mir zusammen. Tautropfen liefen mir über die Knöchel. Ich folgte dem Geruch des Feuers bis zur Hütte und kroch hinein.

Rorty hatte sich aus vier gekreuzten Stöcken eine Art Liegestuhl gebaut. In der Mitte waren sie mit einer dicken Ranke zusammengebunden. Sein Rücken ruhte auf zweien davon, die Beine verschränkt auf den beiden anderen.

Ich ging noch mal zurück und holte ein paar warme Sachen. Legte ihm einen Wollpullover um die Schultern und breitete Mums Collegedecke über seine Beine und Füße. Rorty klappte ein Auge auf und lächelte.

Ich sah, dass er etwas gemalt hatte, und richtete den Strahl der Taschenlampe auf die Steinplatten, die er hinterm Schuppen gefunden haben musste. Eine Schar kleiner Gestalten im Wald. Männer mit Speeren und Äxten. Affen, die an Schlingpflanzen schaukeln. Kleine, gehörnte Antilopen, die durchs Unterholz springen. Die Farben der Sonne, der Erde, der Bäume und des Himmels. Die Farben seines Waldes.

Ich setzte mich neben ihn auf den Boden und kuschelte mich in meine Decke. Lauschte auf seinen gleichmäßigen Atem. Sah zu, wie sich seine Brust hob und senkte. Betrachtete die tiefen Schatten unter seiner Stirn.

Und auf einmal war es Morgen und meine Mutter rief nach mir. Hastig krabbelte ich hinaus ins feuchte Gras und rannte zum Haus zurück.

Sie stand in der offenen Hintertür, und als sie mich sah, kam sie mir ein Stück entgegen.

»Was um alles in der Welt …?«, fragte sie.

Ihre Haare waren noch völlig zerstrubbelt, ihre Augen vom Schlaf verquollen. Dann entdeckte sie die Hütte hinter mir. »Was um alles in der Welt …?«, wiederholte sie. Prüfend griff sie nach meinen Händen, zog mir die Decke fester um die Schultern und schaute mir in die Augen. »Du hast doch nicht etwa da drin geschlafen?«, fragte sie.

»Nicht die ganze Nacht«, antwortete ich.

Sie schob mich vor sich her ins Haus. Drückte mich auf einen Stuhl. Schenkte Tee ein. Rührte Honig hinein. Sah zu, wie ich trank.

»Was hat das alles zu bedeuten, Kofi?«

»Ich hab was über den Regenwald gelesen. Das ist eine primitive Behausung.«

»Du meinst, *du* hast dieses Teil da draußen gebaut? Ganz allein?«

Ich zuckte die Achseln. Ich wollte nicht lügen.

»Primitive Behausung, dass ich nicht lache! Du kannst froh sein, wenn du dir nicht den Tod geholt hast.«

Sie legte mir die Hand auf die Stirn und strich mir über die Wange. Steckte mir eine Vitamintablette in den Mund.

»Geh rauf und zieh dich an«, sagte sie. »Ich bring dich heute mit dem Auto zur Schule.«

10

Es war Mittwochnachmittag, gegen vier. Wir saßen wieder in der Hütte. Ich hatte eine Weidenmatte vor den Eingang gezogen, um die Kälte draußen zu halten. Donner grollte in der Ferne und die ersten Tropfen trappelten aufs Dach. Ich hatte Rorty Hose und Pullover mitgebracht, beides viel zu groß. Ich krempelte ihm die Ärmel hoch und kürzte die Hosenbeine mit der Küchenschere.

»So ist es besser«, sagte ich. »Das hält dich schön warm.«

Rorty musterte mich mit gerunzelter Stirn. Streckte die Hand aus und fing ein paar grüne Tropfen auf, die mir aus den Haaren rannen.

»Regen is heute lustigse bunt«, sagte er.

Ich holte tief Luft und stieß sie wieder aus.

»Das ist Farbe«, sagte ich. »Von Sumo, Hammer und Schleicher, du weißt schon, die drei vom Rucksack-Kreisverkehr, nur haben sie mich diesmal auf dem Heimweg abgepasst, in der Nähe vom Crowland-Viertel. Sumo hat mir Farbe über den Kopf gekippt, und dann haben sie noch meinen Helm zerdrückt.«

Ich zog meinen Helm Typ V aus dem Rucksack, strich die zerknitterte Folie glatt, zog die Kinnriemen gerade und rückte das Schädelpolster zurecht. Rorty legte mir eine Decke um und kauerte sich neben mich. Ich spürte, wie seine Finger zogen und zupften, als er mir behutsam die Farbe aus den Haaren entfernte.

»Was macht man mit solchen Typen, Rorty? Kannst du mir nicht einen Bogen schnitzen? Und giftige Pfeile? Dann wär vielleicht endlich mal Ruhe.«

Er rückte ein Stück weiter um mich herum und seufzte. Da war nur sein ruhiger Atem in meinem Nacken und das sanfte Zupfen an meinen Haaren.

Später brachte ich ihm Ofenkartoffeln und gegrillten Lachs nach draußen. Mum schien erfreut über meinen gesunden Appetit und häufte mir extra noch einen Berg gerösteter Möhren auf den Teller, als ich Nachschlag verlangte.

»Seht euch diese Schultern an«, sagte sie. »Wenn du so weiterwächst, bist du bald ein richtiger junger Mann.«

Misstrauisch wurde sie erst, als ich den Teller mit Folie abdeckte und zur Hintertür ging. Draußen war es dunkel und goss in Strömen.

»Ich will nur mal sehen, ob die Hütte dicht ist«, sagte ich schnell, bevor sie fragen konnte.

»Warte kurz.« Sie holte mir einen Schirm aus dem Flurschrank. »Falls du irgendwo ein Leck hast.«

Es war ungefähr halb neun, als wir den Hund hörten. Der Regen hatte nachgelassen und der Wind war zu einem Flüstern abgeflaut. Rauch stieg vom Feuer auf. Ich schob die Matte beiseite und schaute hinaus. Die Dunkelheit hatte alles zu Schwarz verschmolzen, bis auf die Baumwipfel vor dem Nachthimmel.

»Was war das?«, fragte ich.

Wir spähten in die Schwärze hinaus, sogen die Nachtluft ein. Hörten das Rauschen des Verkehrs und dann wieder das leise Kläffen eines Hundes.

»Eine Taschenlampe, Rorty. Da hinten.«

Ich zeigte auf das wippende Licht in der Ferne. Wir krochen ins Freie und sahen, wie es immer wieder aufflackerte und verschwand.

»Is noch mehr«, sagte Rorty. Nicht weit von dem ersten Lichtkegel war ein zweiter aufgetaucht.

»Sie kommen auf uns zu«, flüsterte ich. Mein Herz pochte laut, und mein Atem bildete Wolken in der kalten Luft. »Bitte lass es nicht Sumo sein. Kannst du sie sehen, Rorty? Kannst du erkennen, wer das ist?«

Das Stampfen schwerer Stiefel und ein schwaches, unablässiges Piepen ertönte.

Der Hund jaulte wie besessen und ließ sich offensichtlich kaum noch bändigen. Jetzt hörten wir auch Stimmen.

»Das Signal wird stärker.«

»Da drüben, hinter der Hecke.«

»Ich glaub, wir haben ihn, Gerry.«

»Weiter, Sirus! Such, alter Knabe!«

Ich packte Rorty am Arm. »Los, du kletterst auf den Baum da vorn, machst dich unsichtbar und setzt den Aluhelm auf!«

Die Lichter hüpften jetzt wild auf und ab und das Stampfen und Jaulen wurde immer lauter.

»Auf den Baum, Rorty! Und unsichtbar machen! Schnell!«

Rorty riss mir die kläglichen Reste des Helms aus der Hand, rannte auf die Buche zu und hangelte sich den Stamm hinauf. Sekunden später krachte ein riesiger Hund durch das Dach der Hütte.

Äste knackten und Zweige brachen, und er landete als knurrendes, geiferndes Knäuel auf dem Boden. Wie rasend stürzte er sich auf den Regenschirm, den er knackend zerbiss. Sein mächtiger Körper krümmte und wand sich, und die Geräusche waren grauenvoll. Mit einem Hinterlauf schnickte er den leer gegessenen Teller hoch, der durch die Luft wirbelte und dann auf den bemalten Steinplatten zersprang.

Ich rollte mich zu einer Kugel zusammen und legte beide Hände in den Nacken.

Einer der Männer brüllte: »Hier drin, Gerry!«

Ich hörte, wie jemand Blattwerk zerfetzte und Zweige aus dem Boden riss. Blendendes Licht fiel mir ins Gesicht.

»Das ist aber nicht der Scheiß-Schimpanse.«

Ein Mann packte mich an der Schulter und drehte mich auf den Rücken. Zerrte mich am Kragen hoch. Brüllte den Hund an.

»Aus, Sirus! Platz!«

Sirus legte sich hin. Sein Brustkorb wogte und eine riesige Zunge hing ihm aus dem Maul.

»Wo ist dieser Affe?« Spucke spritzte unter dem Schnauzbart des Mannes hervor, und Schweiß glitzerte in den Falten seiner Stirn.

Ich starrte ihn an.

Er packte mich noch fester und schüttelte mich. »Red schon, Junge, sonst gibts Ärger.«

»Sind Sie vom Zoo?«, fragte ich. Irgendwie gelang es mir, ruhig zu klingen, obwohl ich schreckliche Angst hatte.

Er beugte sich zu mir runter. »Wir haben sein Signal empfangen. Der Affe muss hier irgendwo sein.«

Ein jüngerer Mann, das piepsende Gerät vor dem Bauch, trat näher.

»Wer hat das hier gebaut?«, fragte er. Er richtete den Lampenstrahl auf die zerstörte Kuppel. Griff nach den riesigen Blättern. »Und wo sind *die* her?«

»Selbst gezüchtet«, erwiderte ich.

»So was wächst hier doch gar nicht.«

»Genetisch manipuliert.« Ich konnte nicht anders. Es war mir einfach so rausgerutscht.

Er runzelte die Stirn. »Und welche Pflanze soll das mal gewesen sein?«

»Rhabarber. Kleines Experiment im Gewächshaus.«

Sirus knurrte. Er hatte wieder etwas gewittert. Er schob sich durch die Trümmerhaufen und rannte auf die Buche zu. Die Männer folgten ihm, leuchteten mit den Taschenlampen in das dunkle Skelett des Baums, starrten zum Nachthimmel hinauf. Sirus stand auf den Hinterläufen und kratzte an der Rinde.

Der Mann mit dem Gerät fummelte an den Schaltern, knipste Lämpchen an und aus.

»Kein Signal mehr«, sagte er. »Nicht der kleinste Mucks.«

»Was suchen Sie denn?«, fragte ich.

»Geht dich einen Scheißdreck an«, antwortete er.

Der Mann namens Gerry machte Anstalten, auf den Baum zu klettern. Er zwängte den Fuß in eine Mulde im Stamm, streckte die Arme hoch und tastete angestrengt nach irgendeinem Halt. Aber die Äste waren viel zu weit oben.

»Gibs auf«, sagte der Jüngere. »Der ist längst über alle Berge. Und du hast ihn wirklich nicht gesehen?«, wandte er sich wieder an mich. »Ziemlich kräftig. Dunkel.«

»Gefährlich?«, fragte ich.

»Und wie«, antwortete Gerry. »Tödlich. Sag uns Bescheid, wenn du ihn irgendwo siehst.«

»Und wie soll ich das anstellen?«

»Wir kommen wieder«, sagte er.

Und dann zogen sie ab, mitsamt ihrem Pieper und ihrer Taschenlampen, ihrem säuerlichen Geruch und ihren schweren Stiefeln.

Ich wartete am Fuß der Buche. Rorty kam langsam heruntergeklettert. Er zitterte am ganzen Körper, und seine Zähne schlugen vor Kälte aufeinander. Ich hüllte ihn in meine Jacke und trug ihn an den Resten der Hütte vorbei den Gartenweg hinauf.

»Warum suchen die nach dir?«, fragte ich. »Und wieso konnten sie ein Signal von dir empfangen?«

Rorty erschauerte. »Ich nich wissen«, sagte er.

»Wo warst du, bevor du zu mir gekommen bist?«

Er seufzte. Er schien sich nicht zu erinnern.

»Du musst ab jetzt im Haus bleiben. In meinem Zimmer. Hier draußen bist du nicht mehr sicher.«

Rorty schlang die Arme noch fester um meinen Hals, und ich trug ihn hinein.

11

Der nächste Tag. Später Nachmittag. Rorty hatte sich in meinem Zimmer eine kleine Höhle gebaut, mithilfe der Decke und der bemalten Steinplatten, die wir aus der Hütte gerettet hatten. Immer wieder lief er ans Fenster und hielt Ausschau nach dem Hund.

»Hier bist du in Sicherheit«, erklärte ich ihm. »Hier können sie nicht rein.«

»Ich mögen hier«, sagte er.

Mum war noch nicht zu Hause, aber wir hatten schon Hunger, und so kopierte er uns die *Olio*-Kekse. Sechs Packungen. Er kniff die Augen zusammen, klickte mit der Zunge und schon waren sie da. Ich schrie auf, als sie ihm plötzlich aus den Händen fielen.

»Das ist einfach unmöglich, völlig ausgeschlossen«, kreischte ich. »Das widerspricht sämtlichen Gesetzen der Physik. Wie machst du das bloß, Rorty? Wie geht das?«

Rorty lachte und lachte. »Ich nich wissen. Ich denken un dann kommen Denkens.«

Brise war heute nicht in der Schule gewesen, deshalb hatte Velociraptor bei uns Vertretung gemacht. Wir hatten die Struktur der Materie durchgenommen. Wie üblich war er vorne auf und ab gestakst, die Ellbogen fest an die Rippen gepresst, während er gleichzeitig mit den Händen wedelte. Dazu hatte er irgendwas von Protonen, Elektronen und Neutronen vor sich hin gekrächzt – der Stoff, aus dem alles besteht.

Materie kann weder erschaffen noch vernichtet werden.

Aber wo war dann die Materie für sechs Packungen *Olios* hergekommen?

Rorty und ich legten uns in die Sonnenstreifen auf meinem Zimmerboden und sahen zu, wie die leuchtenden Staubkörnchen einander umkreisten wie winzige Sonnensysteme. Rorty entdeckte das »Staubsammellager« unter meinem Bett, wie Mum es immer nannte. Er zog den Pappkarton hervor, auf dem ›Babysachen‹ stand, und fischte einen winzigen Schuh heraus. Er kippte die ganze Kiste aus, fand den zweiten, steckte sie sich auf zwei Finger und ließ sie über den Boden laufen. Dann schaute er sich die Klammer für meine Nabelschnur an und das winzige Armband, das ich im Krankenhaus getragen hatte. Er leerte die Plastiktüte mit meinen Milchzähnen auf der Bettdecke aus und ordnete sie der Reihe nach.

Dann zog er ein kleines Holzkästchen hervor. Ich erklärte ihm, dass ich darin meine ›Schätze‹ aufbewahre, meine größten Kostbarkeiten. Den Zahn eines Krokodils. Den winzigen Schädel einer Maus. Ein vierblättriges Kleeblatt zwischen zwei Blättern Löschpapier. Eine in Watte eingehüllte Hummel. Winzige Muscheln vom Pentle-Bay-Strand. Er nahm jede Kostbarkeit in die Hand und schnalzte leise mit der Zunge.

Ich spürte seine Wärme neben mir und fragte mich zum x-ten Mal, wie sie ihn hier hatten aufspüren können. Er trug keine elektronische Fessel oder so etwas. Welches Signal hatte das Gerät der Männer also empfangen?

»Solange wir nicht wissen, wie diese Männer dich geortet haben, wäre es vielleicht ganz gut, wenn du weiter einen Helm trägst«, sagte ich.

»Kofi schützen Rorty vor böse Männers. Rorty schützen Kofi vor böse Sumo mit grüne Farbens.«

Ich lachte. »Danke, Rorty. Aber das mit den Giftpfeilen war nicht ernst gemeint, okay? So was ist bei uns eindeutig nicht erlaubt.«

Später ging ich zum Abendessen nach unten, stocherte aber nur lustlos auf meinem Teller herum.

»Keinen Hunger?«, fragte Mum.

»Nicht so richtig.«

»Ich habe gehört, wie du da oben mit dir selber redest.«

»Jaja, kein Grund zur Sorge.«

Ich stand auf und nahm die Alufolie aus der Küchenschublade. Mum machte *ts, ts, ts* und seufzte.

»Vertrau mir«, sagte ich. »Die ist wirklich wichtig.«

Als Nächstes druckte ich ein Warnschild aus, in knallroten Buchstaben, Schriftgröße 72, und heftete es an meine Zimmertür.

ERST KLOPFEN, DANN EINTRETEN.
ICH BIN 12 UND HABE EIN RECHT
AUF PRIVATSPHÄRE.
ZWISCHEN KLOPFEN UND EINTRETEN
BITTE AUF EINE POSITIVE ANTWORT WARTEN.
VIELEN DANK.

Und dann entwarf ich mit Rorty zusammen den ersten Helm der 3000er-Super-Serie. Der war natürlich für ihn.

12

Sumo hatte offenbar nicht die geringste Ahnung, dass sein Gesicht sich gerade verfärbte. Er saß mir in Kunst direkt gegenüber, und als er den Kopf hob, hatte seine Stirn schon ein schreiendes Limettengrün angenommen. Ich sah, wie die Farbe ihm die Schläfen hinunterwanderte, unter seinen Augen einen Bogen beschrieb und sich dann über Wangen und Lippen ausbreitete.

Janie bemerkte es als Nächste. Sie schnappte nach Luft und schlug die Hand vor den Mund. Eine schmale rote Linie glitt jetzt von der Mitte seines Haaransatzes herab und bewegte sich zügig in Richtung Nasenspitze. Als Nächstes spülte ein Streifen Weiß über sein Kinn hinweg, und oberhalb der Augenbrauen tauchten, einer nach dem anderen, kleine schwarze Punkte auf. Es sah aus, als würde ihm die Farbe direkt aus den Poren quellen.

Nach und nach wurde auch der Rest der Klasse aufmerksam. Köpfe drehten sich. Finger zeigten. Johlen und Kreischen ertönte, kleine überraschte Ausrufe. Der Lärm steigerte sich zu einem Crescendo. Schüler rempelten und schubsten, um einen Blick auf ihn zu erhaschen.

»Shrek!«, rief jemand.

»Der unglaubliche Hulk!«

Alice Granger wich quietschend zurück. Ich wiederum gab mir alle Mühe, so zu schauen, als wüsste ich *nicht* ganz genau, was hier vor sich ging.

Mrs Deft, die im Kunstschrank nach Werkzeug gesucht hatte,

drehte sich um und bahnte sich einen Weg durchs Gedränge. Als sie Sumo entdeckte, wurde ihr Mund ganz schmal.

»Das ist ja wohl der Gipfel der Idiotie«, sagte sie. »Der Inbegriff der Albernheit. So was würde ich höchstens noch an einer Grundschule erwarten. Und wo hast du überhaupt die Farbe her?«

Sie durchsuchte seinen Tisch. Wischte Seifenkrümel von der Platte.

»Geh und wasch dir das ab«, sagte sie.

Sumo rubbelte sich über die Wange und betrachtete seinen Finger. »Was für 'ne Farbe? Von was reden Sie eigentlich?«

Mrs Deft flatterte mit den Augenlidern, stülpte die Lippen vor und deutete aufs Waschbecken. Sumo stemmte seinen massigen Körper hoch und schob den Stuhl zurück. Die Menge teilte sich, Mrs Deft drehte den Wasserhahn auf und reichte ihm einen Schwamm.

»Und Seife«, hörten wir sie sagen. »Tüchtig Seife.«

Minuten später richtete Sumo sich wieder auf. Wasser tropfte ihm von Nase und Kinn.

»Überhaupt kein Unterschied«, sagte Mrs Deft. »Du schrubbst nicht feste genug.« Sie hielt einen Spiegel hoch.

Sumo starrte sein Gesicht an. »Ach du Scheiße ...«, sagte er.

»Das ist doch völlig unmöglich«, sagte Janie.

Es war sechs Minuten nach vier. Nach der Schule hatten wir uns an Sumos Fersen geheftet, der jetzt mit Hammer vor Mr Bartys Laden stand und sein Spiegelbild im Schaufenster anstarrte. Er leckte einen Finger an und rubbelte noch mal an der Farbe herum. Wir überquerten die Straße und setzten uns auf ein Mäuerchen.

»Die Farbe hat sich *bewegt*«, sagte Janie. »Wie kann Farbe sich *bewegen*?«

Ich wollte es ihr sagen. Wollte ihr sagen, dass Rorty mir zur Schule gefolgt war, um mich an Sumo zu rächen, weil der mir Farbe über den Kopf gegossen hatte. Wollte ihr sagen, dass er gerade dicht neben uns stand, dass er sich unsichtbar gemacht hatte, dass dieser flimmernde Umriss neben der Platane Rorty Thrutch war.

Aber ich hatte Angst. Ich wusste einfach nicht, wie sie reagieren würde.

»Hoffentlich geht die Farbe bald wieder ab«, sagte sie.

»Wieso?«

»Was meinst du, was sein Stiefvater mit ihm macht, wenn er das sieht? Der ist doch voll gestört. Aber so richtig. Du hast doch die blauen Flecken gesehen.«

»Geschieht ihm recht«, sagte ich. »Und die Farbe geht garantiert nicht ab. Jedenfalls nicht mit den üblichen Methoden.«

»Und woher willst ausgerechnet du das wissen? Bist du jetzt Picasso, oder was?«

»Die geht weder mit Wasser ab noch mit Seife oder Terpentin. Wobei, Schleifpapier wäre vielleicht mal interessant. Diese Art von Farbe ist nur durch Magie zu entfernen.«

Janie verdrehte die Augen und schüttelte den Kopf.

Ich stand auf und ging zur Platane, wo ich Rortys Silhouette schwach erahnen konnte, die Wölbung der 3000er-Super-Serie auf seinen Kopf.

»Kriegst du die Farbe wieder ab?«, flüsterte ich.

Ich hörte ihn klicken.

»Sicher?«

Er klickte wieder. Ich trat einen Schritt vor und richtete den Blick auf die andere Straßenseite, auf Sumo.

»He, du!« Ich winkte. Tanzte und hüpfte wie ein Irrer auf und ab.

Das Duo wandte sich mit drohender Miene um.

»Gibts Probleme mit dem Make-up?«

Janie sprang auf und zog mich zurück. »Was machst du denn da?«, quiekte sie.

Hammer marschierte als Erster los. Wölbte die Schultern vor und boxte mit den Fäusten in die Luft.

Ich streckte die Hand aus und spürte die Wärme des kleinen Körpers hinter mir. »Ganz ruhig jetzt«, flüsterte ich. »Nimm den Helm ab und warte auf das Wort.«

Sumo folgte Hammer. Sie liefen jetzt etwas schneller. Überquerten die Straße.

»Was regt ihr euch denn so auf, ihr beiden Clowns?«, rief ich. »Ich dachte, Malen macht euch Spaß?«

»Hast du sie nicht mehr alle?«, hauchte Janie. »Die bringen dich um.«

Drohend kamen sie auf mich zu. Ich stellte mich ihnen entgegen. Ich wurde nervös. Hammer hob lässig den Arm und versetzte mir einen Stoß. Ich stolperte zurück und fiel.

»Nein, im Ernst«, sagte ich, während ich mich wieder hochrappelte. »Ich finde, Grün steht dir wirklich gut. Und diese schwarzen Punkte sind einfach der Hit.«

»Hast du das gemacht?«, fragte Sumo.

»Ich? Wie sollte ich das gemacht haben?«

»Du hast mir gegenübergesessen, als es passiert is.«

»Mit einem Pinsel in der Hand?«

Sumo verschränkte die Arme.

»Aber ich weiß vielleicht, wie du's wieder loswirst«, sagte ich. Ich streckte die Hand aus. Rief *»Mabeng se ogya! Okukuseku! Meye deng se! Okukuseku!«*.

Das klang echt super. Wie ein richtiger Zauberspruch. Es bedeutete: »Ich bin klug und mächtig wie Feuer! Ich bin stark!«

Ich stieß ein Heulen aus, erst hoch und dann tief. Klapperte mit den Lidern. Drehte mich auf dem Absatz erst in die eine, dann in die andere Richtung. Machte ordentlich Tamtam. Dann zeigte ich wieder auf Sumo und schrie:

»*Tu yera!*« Und die Farbe verschwand.

Von einer Sekunde auf die andere.

Restlos.

Janie schnappte nach Luft.

»Voll krass!«, sagte Hammer.

»Was denn?«, fragte Sumo.

»Sie is weg.«

»Echt? Alles?«

Hammer musterte Sumos Gesicht. Fuhr ihm mit dem Daumen über die Wange, als wäre vielleicht doch noch etwas Farbe übrig geblieben. Dann trat er einen Schritt zurück und musterte mich aus zusammengekniffenen Augen.

»Wie hast du das gemacht?«, fragte er.

Ich zuckte die Achseln. »Kleiner Trick.«

»So 'n Trick hab ich noch nie gesehn.«

»Irgendwann ist immer das erste Mal.«

»Is sie wirklich weg?«, fragte Sumo.

»Jepp«, sagte Hammer.

Beide starrten mich wortlos an.

Ich zuckte wieder die Achseln. »Geht doch nichts über ein bisschen Geschicklichkeit und Übung«, sagte ich.

Dann hakte ich mich bei Janie ein. »Los, komm«, murmelte ich und wir stürmten die Straße hinunter.

»Unglaublich«, sagte Janie immer wieder. »Unglaublich.«

Ich drängte sie auf die andere Straßenseite. »Nicht stehen bleiben. Und nicht umdrehen.«

Vor unserem Haus angekommen, kauerten wir uns neben die Hecke.

»Wie hast du das gemacht?« Ihre Stimme war ein mühsam unterdrücktes Kreischen.

»Kann ich dir jetzt nicht erklären«, flüsterte ich.

»Kannst du wohl. Wie hast du das gemacht?«

»Am besten gehst du jetzt sofort nach Hause. Wer weiß, was den beiden noch einfällt. Und leg zu Hause die Kette vor.«

Durch einen Vorhang aus Haaren starrte Janie mich wütend an. Dann warf sie sich die Tasche über die Schulter

»Ich krieg das schon noch aus dir raus.« Sie lief ein Stückchen die Straße entlang, dann drehte sie sich noch mal um. »Verlass dich drauf.«

13

Am nächsten Morgen stand sie vor unserer Tür. Samstag.

»Kofi? Janie ist da!«, rief Mum.

Ich hörte ihren leichten Schritt auf der Treppe. Sie klopfte.

»Moment!«, rief ich.

Hektisch kramte ich eine Unterhose hervor und zerrte eine Jeans von der Stuhllehne. Sprühte Deo durch den Raum.

Sie klopfte wieder.

»Ich – warte – auf – die – positive – Antwort – zwischen – Klopfen – und – Eintreten«, sagte sie.

Ich zögerte. Jetzt gab es kein Zurück mehr, sie würde mich dazu bringen, ihr alles zu erzählen. Sie würde Rorty sehen. Sie würde erfahren, was es mit dem Malen und Löschen und Dingeverschieben auf sich hatte.

»Steh endlich auf, du Dödel!«, rief sie.

»Komm ja schon.« Ich streifte ein T-Shirt über und öffnete die Tür.

Sie trug eine ausgewaschene Jeans mit einem weißen Nietengürtel und hatte das Haar zum Pferdeschwanz gebunden. Sie wollte gerade etwas sagen, als sie die Malereien auf den Steinen entdeckte. Sie keuchte leise auf.

»Heiliger Bimbam«, sagte sie und ging davor in die Knie.

Man sah Kreise in erdigen Rottönen. Schattenrisse von Vögeln, Schildkröten, Echsen und Schlangen. Bäume, turmhoch und ausladend, fedrige Farne, exotische Blumen und dazwischen kleine ockerfarbene und kupferbraune Punkte.

»Hast *du* das …?«, setzte sie an. »Nein, ganz sicher nicht. Im Malen bist du eine echte Niete. Von wem sind die?«

Mein Mund ging auf und wieder zu. Was würde wohl passieren, wenn Janie Rorty zum ersten Mal gegenüberstand? Ich sah sie kreidebleich werden und dann in Ohnmacht fallen und mit dem Kopf aufschlagen. Sah mich panisch die Treppe runterrennen und ihre Mutter anrufen, die dann hierherrasen und Janie mit meinem Vater zusammen ins Auto tragen würde. Stellte mir vor, wie Janie wochenlang nicht zur Schule könnte, weil sie, laut ihrer Mutter, schwer traumatisiert war und sich von diesem Schock wohl nie mehr so richtig erholen würde. Und ich hörte auch schon, wie Janie mich anschrie, *Du Mistkerl, du absoluter Vollidiot! Ich will dich nie mehr sehen!*, um dann türenknallend zu verschwinden und mit ihrer Familie auszuwandern.

Nach Australien.

»Alles in Ordnung?«, fragte sie.

Ich zog sie zum Fenster rüber.

»Setz dich lieber erst mal hin«, sagte ich.

Sie ließ ihre Tasche auf den Boden fallen und setzte sich im Schneidersitz daneben. Ihr nacktes Knie schaute aus dem Riss in der Hose hervor.

»Dann erzähl mal. Ich höre.«

»Das ist nicht so einfach zu erklären.«

Es raschelte unterm Bett und ein Klicken ertönte.

Sanft sagte ich: »Komm raus, Rorty, und sag Hallo.«

Der Helm war als Erstes zu sehen. Dann kroch Rorty unter dem Bett hervor, setzte sich auf und rieb sich die Augen. Er zog seine Decke hinter sich her und legte sie sich über die Schultern. Seine Hände waren mit Farbflecken übersät.

»Janie, das ist Rorty Thrutch.«

Janie saß da wie erstarrt, mit weit aufgerissenen Augen und ohne zu blinzeln. Rorty griff nach einer Packung *Olios* und schob sie zu ihr rüber.

Sie rührte sich immer noch nicht.

»Greif zu«, sagte ich.

Sie streckte den Arm aus und nahm sich einen Keks. Riss die glänzend schwarze Verpackung mit den silbernen Sternen auf, schob den Keks zwischen die Lippen und knabberte an seinem Rand entlang. Ihr Blick schoss zwischen Rorty und mir hin und her. Es war nicht zu erkennen, was sie dachte.

»Das klingt jetzt ziemlich bescheuert, aber ich habe Rorty im Chat kennengelernt.« Ich lachte. »Er brauchte Hilfe. Er war halb verhungert und in Gefahr, aber ich weiß auch nicht, wieso er ausgerechnet auf mich gekommen ist. Und er hat unglaubliche Fähigkeiten, er kann sich unsichtbar machen, Sachen kopieren und bewegen, ohne sie zu berühren, und malen kann er halt auch – einfach nur mit den Fingern.«

Wir musterten die Reihe von Steinen vor uns, mit den Bildern aus prähistorischen Zeiten, wie kleine Gucklöcher in die Vergangenheit.

»Er kommt aus einem Nebelwald«, sagte ich. »Aber er weiß nicht mehr, wo der liegt, und auch nicht, warum er hier ist.«

Janie hatte inzwischen den dunklen, gezackten Keksrand abgeknabbert. Sie lächelte und hielt Rorty die Hand hin.

»Ich bin Janie«, sagte sie.

Rorty streckte ebenfalls den Arm aus und strich mit der hellen Innenseite seiner Hand über ihre Handfläche, bevor er sie umschloss.

»Freut mich sehr, dich kennenzulernen.« Janie lächelte wieder. »Und ich hätte gern noch einen Keks.«

Eine Weile saßen wir nur da und kauten und schauten.

»Dann hast *du* also Sumos Gesicht bemalt?«, fragte Janie schließlich.

»Ich nehmen schönse Farbens. Zackelige Zackens un punktelige Punktens.«

»Und *du* hast die Farbe auch wieder verschwinden lassen?«

»Is bessers. Vater machen fiesliche Sachens un Blauhaut.«

»Und du selbst warst dabei unsichtbar?«

Rorty starrte sie nur an.

Janie faltete das Kekspapier zu einem schmalen Streifen und machte einen Knoten hinein. Sie seufzte und warf mir einen Blick zu.

»Was hast du damit gemeint, er kann Sachen kopieren und bewegen, ohne sie zu berühren?« Ihr Blick ging zu Rorty zurück. »Und wie kriegst du es hin, dich unsichtbar zu machen?«

Rorty schaute mich an. Ich schüttelte den Kopf.

»Jetzt nicht«, sagte ich. »Nächstes Mal vielleicht.«

»Nein! Das hast du gestern auch schon gesagt«, rief Janie. »Ich habe mit eigenen Augen gesehen, wie Farbe aus dem Nichts auftaucht und dann wieder verschwindet. Ich habe die ganze Nacht wach gelegen und nach einer Erklärung gesucht. Und jetzt erzählst du mir, dass Rorty auch noch Sachen kopieren und bewegen und sich unsichtbar machen kann, und erwartest von mir, dass ich mich noch weiter hinhalten lasse?«

Rorty leckte sich die Finger ab. Stand auf und schaute mich wieder fragend an.

Ich zuckte die Achseln und nickte.

Er nahm den Helm ab und ging zum Bücherregal an der Wand. Er zeigte darauf, auf die Bretter, die Buchreihen, die Stapel mit DVDs. Reckte sich auf die Zehenspitzen und malte ein großes Oval in die Luft. Dann machte er dieses weiche Klicken in der Kehle, wandte sich zu uns um, zeigte auf sich selbst, klickte noch mal und war nicht mehr zu sehen.

Sprachlos starrten wir die leere Stelle an.

Ich hörte Janie schlucken. Ihr Atem ging schneller.

»Ich immer noch hier«, sagte Rortys Stimme.

Fahles Licht fiel durchs Fenster. Wenn man genau hinsah, war eine Art Rand zu erkennen, ein vager, leicht flimmernder Umriss, der nicht ganz mit dem Hintergrund verschmolz. Und wenn Rorty sich bewegte, stimmten die Linien auf seinem Körper einen Moment lang nicht mehr mit denen des Bücherregals überein.

»Nicht unsichtbar«, sagte Janie. »Nur getarnt.«

Rorty klickte und war wieder zu sehen.

Janie holte zitternd Luft. Sie stand auf. »I-ich muss jetzt leider gehen«, flüsterte sie.

»Aber wieso? Ich dachte, du bleibst zum Frühstück. Du weißt, dass Mum sich immer freut, wenn ...«

»Ich kann nicht«, unterbrach sie mich. »Wir haben noch was vor.« Zögernd ging sie zur Tür.

»Na gut, dann bring ich dich raus«, sagte ich.

»War schön, dich kennenzulernen, Rorty. Ich hoffe, wir sehen uns bald wieder.«

»Bin gleich wieder da«, sagte ich zu ihm. »Und sei leise.«

Janies Pferdeschwanz wippte hin und her, als sie vor mir die Treppe hinunterlief.

Ich öffnete ihr die Haustür. »Tut mir leid«, sagte ich.

»Schon okay. Ich bin bloß ein bisschen ...«

»Ich weiß. Soll ich dich noch ein Stück begleiten?«

Wir liefen wie üblich den Boxgrove Drive hinunter, in Richtung Universität. Janie schob die Hände in die Taschen und hielt den Blick auf den Fußweg gesenkt. Sie wirkte Meilen entfernt.

Wir nahmen den Weg durch den Park. Von den Schaukeln winkten ein paar Kinder herüber und riefen irgendwas, »Cyberman« oder so. Aus der Entfernung war das nicht so genau zu verstehen.

Schließlich bogen wir in die Glaston Avenue ein und liefen sie noch ein Stück hinauf. Vor ihrem Haus angekommen, setzte sich Janie auf die Gartenmauer, immer noch tief in Gedanken. Die Sonne malte helle Flecken in ihr Haar. Sie blinzelte zu mir hoch.

»Wir fahren gleich los«, sagte sie.

»Aber nicht nach Australien, oder?«, platzte ich heraus.

Sie lachte. »Wovon redest du?«

»Weiß nicht, keine Ahnung.«

Ihre Mutter kam zu uns heraus. »Ah, da bist du ja. In fünf Minuten geht es los. Willst du mitkommen, Kofi?«

Ich schaute Janie an.

»Zum *Tesco*«, sagte sie und verzog das Gesicht. »Nicht nach Australien, du Dödel.«

»Ach so. Nein danke, Mrs Watts.«

Janies Mutter lächelte und zwinkerte mir dann zu. »Schicker Helm.«

Den hatte ich völlig vergessen. Ich riss ihn mir vom Kopf und stopfte ihn in die Jackentasche. Kam mir albern vor.

»Hilft er denn wenigstens?«, fragte Janie. Sie klopfte neben sich auf die Mauer, damit ich mich zu ihr setzte.

»Wer soll helfen?«

»Na, der Helm. Kann Rorty überhaupt Gedanken lesen?«

»Ach so. Nein. Ich glaube nicht.«

»Er ist kein Alien, oder? Er sieht jedenfalls überhaupt nicht außerirdisch aus. Eher prähistorisch. So was wie ein Prä-*Homo sapiens*. Einer unserer ganz, ganz frühen Vorfahren.«

»Das glaube ich auch. Aber wie kann das sein? Wie kommt er dann plötzlich hierher? Aus einer anderen Zeit? Einer anderen Epoche?«

Janie zuckte die Achseln und seufzte. Wir schauten in den Himmel, wo die Wolken vorüberzogen und Möwen auf dem Wind dahinglitten.

»Jemand ist hinter ihm her«, sagte ich. »Er hatte sich im Garten eine Hütte gebaut, und da haben sie ihn aufgespürt, mit einem Detektor, glaube ich, und der riesige Köter, den sie dabeihatten, ist auf die Hütte gesprungen und hat sie plattgemacht. Seitdem wohnt Rorty bei mir im Zimmer.«

»Was waren das für Typen?«

»Ein großes Walross namens Gerry. Und noch ein anderer, der jünger war. Und dieser Höllenhund. Der hätte Rorty bestimmt zerfleischt. Die dürfen ihn auf keinen Fall finden.«

Janies Mutter rief. Janie stand auf, fuhr sich mit den Fingern durchs Haar und band es wieder mit dem Gummi zusammen. Sie schaute mich an.

»Ist doch alles wahnsinnig aufregend, oder?«

»Ich finds eher unheimlich«, erwiderte ich.

Janie grinste. »Unheimlich aufregend«, sagte sie und hüpfte auf das Auto zu.

»Ich helfe euch, die Hütte wieder aufzubauen«, rief sie. »Größer und stabiler. Irgendwo, wo ihn keiner findet.«

»Dann aber bald«, sagte ich. »Bevor sie zurückkommen.«

14

Am Sonntagnachmittag kam Janie wieder vorbei. Mum war mit ihrem Jogging-Club unterwegs, Dad im Fitnessstudio, und Rorty stand unter der Dusche. Ich lief runter, um ihr die Tür aufzumachen, und dann schnell wieder rauf.

»Ich will ihn nicht allein lassen«, sagte ich. »Beim ersten Mal hat er den Stöpsel reingesteckt und fast eine Überschwemmung verursacht.«

Aus dem Badezimmer drang Quieken und Kreischen. Rorty war komplett unter Seifenschaum verschwunden.

»Regens heiß«, sagte er und zeigte auf die Dusche. »Regens heiß heiß heiß.«

Ich duschte ihn ab, hüllte ihn in ein Handtuch und rubbelte ihn gerade trocken, als Janie etwas entdeckte.

»Wart mal«, sagte sie, den Blick auf Rortys Kopf gerichtet. Vorsichtig teilte sie sein feuchtes Haar und legte ein Stück Kopfhaut frei, das kahl und gerötet war. Eine Narbe, ganz oben auf dem Schädel. Man sah noch die Punkte zu beiden Seiten, wo die Stiche gesetzt worden waren.

Es traf mich wie ein Schlag. So etwas hatte ich schon mal gesehen, und auch an genau der gleichen Stelle.

Janie kauerte sich hin und sah Rorty in die Augen. »Wer hat das mit dir gemacht?«, fragte sie.

Er befühlte die Narbe mit den Fingern. »Ich nich erinnern«, sagte er.

Wir gingen ans Fenster, wo es hell war.

»Was glaubst du, wo die herkommt?«, flüsterte Janie.

»Kraniotomie«, antwortete ich.

»Was ist das?«

»Man macht einen Einschnitt in die Kopfhaut, klappt sie zur Seite und fräst ein Stück Schädelknochen heraus.«

»Und wozu?«

»Um etwas herauszunehmen. Oder einzusetzen.«

»Woher weißt du das?«

Ich zögerte. Dann schaute ich ihr in die Augen. »Hat mir mein Vater erzählt.«

Ich fragte Mum, ob Janie zum Abendessen bleiben könnte. Auch wenn ich keine Sekunde lang glaubte, dass Dad seine Technologie an Rorty getestet hatte, sollte Janie Dad mal ganz unverfänglich auf MINDLINK ansprechen und ihm ein paar Fragen zu seinen Forschungen stellen. Ich würde mich ab und zu einschalten, damit es nicht wie ein Verhör aussah.

Als wir mit dem Lammbraten fertig waren und uns über Mums fettreduzierten Biskuitkuchen hermachten, stieß ich Janie unauffällig in die Seite. Sie wandte sich an Dad.

»Kofi hat mir erzählt, woran Sie gerade arbeiten«, sagte sie. »Klingt spannend, aber ich habs nicht so ganz verstanden. Könnten Sie mir das noch mal genauer erklären?«

»Oh nein, frag lieber nicht«, sagte Mum. »Sonst findet er kein Ende mehr.«

Dad grinste nur. »Klar kann ich das, Janie.« Er beugte sich über den Tisch. »Stell dir vor, jemand, der am ganzen Körper gelähmt ist, wäre plötzlich in der Lage, den Fernseher einzuschalten oder das Licht oder den Computer, einfach nur, indem er daran denkt.«

»Das ist doch noch gar nichts«, mischte ich mich ein, um den Ton leicht zu halten. »Stellt euch lieber mal vor, wie ich mit verschränkten Armen auf dem Sofa sitze und *Call of Duty* spiele, einfach nur, indem ich daran denke.«

»Schsch«, machte Janie.

Dad fuhr fort. »Oder wenn dieser Jemand seinen Rollstuhl steuern könnte, einfach nur, indem er oder sie sich das vorstellt.«

»Und das soll möglich sein?«, fragte Janie.

»Oder ich beschleunige meinen Bugatti Veyron Super Sports in zweieinhalb Sekunden von null auf hundert, einfach nur, indem ich mir das vorstelle«, sagte ich.

»Sei doch mal still, Kofi«, murrte Janie. »Ich will hören, was dein Vater sagt.«

»Der ist viel zu bescheiden. Dieser Chip ist nämlich revolutionär.«

Dad zuckte die Achseln. »Das wissen wir noch nicht. Bisher haben wir ihn noch nicht am Menschen erprobt.«

Ich begegnete Janies Blick.

»Dann fangt doch endlich mal damit an«, rief Mum aus der Küche.

Dad schüttelte den Kopf und lächelte.

»Eins ist jedenfalls sicher«, fuhr Mum fort, die jetzt wieder hereinkam. »Wenn das wirklich funktioniert, wird es für Leute mit Rückenmarksverletzungen eine unschätzbare Hilfe sein.«

»Hat das Ganze auch einen Namen?«, fragte Janie.

»MINDLINK«, sagte Dad. »Komm, ich zeigs dir.«

Wir folgten ihm ins Arbeitszimmer. Er setzte seine Brille auf. Drückte ein paar Tasten am Rechner. Auf dem Bildschirm erschien ein kleiner quadratischer Gegenstand. Daneben lag eine Penny-Münze, zum Größenvergleich.

»Das ist MINDLINK«, sagte mein Vater. »Ein winziger Chip aus Silikon. Wenn er auf die Hirnoberfläche implantiert wird, kann er von dort aus Signale direkt an einen Computer weiterleiten. Mit der

Zeit ›lernt‹ MINDLINK die Sprache des Gehirns, weil es seinen Gedanken ja ständig zuhört, und kann dann diese Gedanken in Signale umwandeln und damit die verschiedensten Apparate steuern.«

Wir schauten uns ein Video an, wo simuliert wurde, wie jemand am Computer Pingpong spielte.

»Wenn der Spieler ›hoch‹ denkt«, sagte Dad, »schickt MINDLINK dieses Signal an den Computer und der Schläger bewegt sich nach oben. Und bei ›runter‹ geht der Schläger nach unten.«

Janie holte tief Luft. »Und warum haben Sie MINDLINK bisher nicht am Menschen getestet?«, fragte sie.

»Wir haben noch keine Freigabe bekommen«, antwortete Dad.

»Warum nicht?«, fragte ich.

»Es könnte sein, dass MINDLINK das Erinnerungsvermögen beeinträchtigt, und dieses Risiko müssen wir erst noch sicher ausschließen.«

»Und was ist mit Tierversuchen? Mit Primaten zum Beispiel oder so was in der Richtung?«, fragte Janie. Sie wedelte vage mit der Hand durch die Luft.

Dad schüttelte den Kopf. »Nicht, dass ich wüsste. Und ich bin der Leiter der Forschungsgruppe, von daher *sollte* ich es wissen.«

»Könnte MINDLINK, wenn es funktioniert, denn auch für andere Dinge eingesetzt werden, nicht nur für Pingpong am Computer?«, fragte Janie.

Dad nickte. »Auf jeden Fall. Das eigentliche Ziel besteht ja darin, Menschen mit körperlichen Einschränkungen zu helfen. Wenn es uns gelingt, den Markier-und-Klick-Mechanismus noch weiter zu verbessern, werden sie durch MINDLINK in der Lage sein, alle Arten von Geräten und Maschinen per Gedankenübertragung zu bedienen. Ich bin sicher, dass es in spätestens fünf Jahren gedankengesteuerte Prothesen geben wird.«

»Künstliche Arme und Beine«, erläuterte ich.

»Ich weiß, was Prothesen sind«, entgegnete Janie. »Aber so was meinte ich gar nicht, sondern eher, ob man MINDLINK zum Beispiel auch zur Tarnung einsetzen könnte?«

Dad runzelte die Stirn. Sein Blick flackerte.

»Oder zur Telekinese?«, fuhr Janie fort. »Und damit meine ich, so richtig schwere Sachen rumschieben, und so. Oder um Dinge zu kopieren. Von Keksgröße bis Autogröße, ganz egal. Oder ob man mit MINDLINK malen könnte? Also, dass man sich die Farbe nur vorstellen muss, ein bisschen konzentrieren, und schon – *wusch!* – spritzt sie überall rum?«

Ich stieß ihr den Ellbogen in die Rippen. »Ich glaube, das reicht jetzt mit den Beispielen.«

Dad lachte leise. »Was für eine blühende Fantasie. Jemand wie dich könnten wir in unserem Forschungsteam gut gebrauchen.« Er lächelte. »Eines Tages wird es so etwas vielleicht geben, Janie, aber diese Einsatzmöglichkeiten gehen weit über das hinaus, wozu wir bisher in der Lage sind. Und ich weiß auch nicht, ob das wirklich erstrebenswert wäre. Solche Fähigkeiten bergen ja auch viele Risiken. Ich mag mir gar nicht vorstellen, was eine molekulare Replikation für Folgen hätte, falls sie tatsächlich irgendwann möglich sein sollte.«

»Forscht denn sonst noch jemand an der Entwicklung von so was wie MINDLINK?«, fragte ich.

»Nicht wirklich«, antwortete Dad. »Einige Wissenschaftler arbeiten mit Elektroden-Kappen, aber wir sind die einzigen, die ein Hirnimplantat verwenden.«

»Und wäre es denn möglich, MINDLINK zu stehlen? Du weißt schon, um es für irgendwelche anderen Zwecke zu nutzen?«

Dad lehnte sich zurück und überlegte einen Moment. »Das wollen wir mal nicht hoffen. Aber so eine Frage stellt doch nur jemand, der schon einen Verdacht hat, oder?«

Er wartete auf meine Antwort, aber ich wusste nicht, was ich sagen sollte. Ich würde Rorty auf keinen Fall verraten.

»Wo genau wird der Chip denn implantiert?«, fragte Janie.

»Auf dem Motorcortex.« Er klickte eine Reihe von Bildern an. Auf den letzten war eine winzige Narbe zu sehen, ganz oben auf dem Kopf, genau an derselben Stelle wie bei Rorty.

Janie lehnte sich zurück und wir starrten einander an. Eine Zeit lang sagte niemand etwas.

Dann räusperte sich mein Vater. »Gut, wenn ihr fertig seid, habe ich auch noch etwas zu sagen. Ich muss mich bei dir entschuldigen, Kofi.«

»Wofür?«, fragte ich.

»Ich war gestern in deinem Zimmer. Ohne dich zu fragen. Ich hatte Geräusche gehört. So ein Scharren und Poltern.«

Ich hielt die Luft an und fragte mich, ob er nicht längst alles wusste.

»Aber als ich die Tür geöffnet habe, war alles still.«

Ich zuckte die Achseln. »Tja, keine Ahnung ...«

»Und vorhin habe ich dann das hier gefunden.« Er nahm ein Papiertaschentuch vom Schreibtisch, faltete es auseinander und zeigte mir einen Klumpen schwarzer Haare. »In der Dusche«, sagte er.

Er wartete auf meine Erklärung.

»Meine sind es nicht«, sagte ich.

Dad schaute Janie an. Sie wusste, was er dachte, und schüttelte den Kopf.

»Bella ist ein *Golden* Retriever«, sagte sie. »Außerdem habe ich doch versprochen, sie nicht noch mal bei Ihnen abzuduschen. Und ich halte meine Versprechen.«

Dad schaute uns an. Massierte sich die Stirn und rieb sich die Augen.

»Entschuldigen Sie, dass wir Sie so belagert haben«, sagte Janie.

»Ihr habt mich nicht belagert«, sagte Dad.

»Und danke für die Erläuterungen. Ihre Arbeit ist wirklich sehr interessant.«

»War mir ein Vergnügen.« Er stand auf und ging zur Tür. »Wollt ihr vielleicht noch ein Stück Kuchen?«

»Falls noch was übrig ist«, sagte ich. »Schließlich haben wir Mum mehr als eine halbe Stunde damit allein gelassen.«

15

Sie hatte den Kuchen nicht angerührt, sondern lag schlafend auf dem Sofa. Wir nahmen uns zwei Stücke und gingen hinauf in mein Zimmer, wo Rorty ebenfalls friedlich schlummerte.

Wir setzten uns auf den Teppich, hatten aber beide keinen richtigen Appetit. Janie starrte blicklos vor sich hin und seufzte.

»Dein Vater würde uns nicht belügen, oder?«

»Ganz sicher nicht.«

»Aber es ist schon komisch, dass Rortys Narbe genauso aussieht wie die auf dem Bild, das er uns gezeigt hat.«

»Glaub mir, Janie, mein Vater hat nichts damit zu tun. Er hält sich an die Regeln. Er will Menschen helfen und nicht als Verbrecher hinter Gittern landen.«

»Aber *irgendwer* hat nun mal *irgendwas* in Rortys Kopf implantiert, und zwar höchstwahrscheinlich eins von diesen Silikon-Dingern deines Vaters. Wie ist es also dazu gekommen?« Sie runzelte die Stirn. »Zunächst mal musste dieser geheimnisvolle Unbekannte Rorty überhaupt erst in einem unerforschten Winkel der Erde finden und hierherbringen – was, nebenbei bemerkt, *die* Entdeckung des Jahrhunderts ist, vergleichbar mit Darwins Evolutionstheorie. Trotzdem soll der Rest der Welt offenbar noch nichts davon erfahren, sonst wäre das doch längst in allen Nachrichten gewesen. Und außerdem muss dieser Wer-auch-immer ziemlich clever sein, weil bei ihm dieser Chip auf eine Weise funktioniert, von der dein Vater nicht mal geträumt hat.« Sie holte Luft.

»Du hast dir ja schon ziemlich viele Gedanken gemacht«, sagte ich. »So klingt die Sache auf einmal sehr viel ernster und bedrohlicher, als ich anfangs dachte. Und wir stecken mittendrin! Aber Dad hat Rorty keinen Chip implantiert, da bin ich mir hundertprozentig sicher.«

Sie pulte eine Himbeere aus ihrem Kuchenstück. »Dieser Gerry und seine Leute hören garantiert nicht auf, nach Rorty zu suchen. Dazu ist er viel zu wertvoll. Was, wenn sie hier einbrechen, während du in der Schule bist? Er kann nicht mehr viel länger bei dir zu Hause bleiben, oder?«

Allein bei dem Gedanken spürte ich schon, wie mein Magen sich verkrampfte. Ich sah zu Rorty hinüber und schüttelte den Kopf.

»Aber wo soll er dann hin?«

»Keine Ahnung«, sagte ich.

Sie griff nach ihrem Handy. »Wir machen eine Liste.«

Ich überlegte einen Moment. »Sein neues Versteck muss auf jeden Fall hundesicher sein, damit Sirus ihn nicht aufspüren kann«, sagte ich. »Und abgeschieden, aber nicht zu weit weg, weil wir ihn ja ab und zu besuchen müssen.«

Janie tippte alles ein.

»Wenn sie ihn weiterhin mit diesem Detektor suchen, muss er die ganze Zeit den Helm aufbehalten«, sagte sie. »Oder fällt dir noch eine andere Möglichkeit ein, das Signal zu unterbrechen?«

»Schreib den Helm mit auf. Ich muss mir dann noch mal ein anderes Design ausdenken. Irgendwas Stabileres.«

Janie dachte nach. »Das erste Stück sollten wir ihn auf jeden Fall tragen, damit der Hund keine Spur aufnehmen kann.«

Ich nickte. »Wir sprühen ihn ordentlich mit Deo ein und stecken ihn in einen Rucksack.«

»Das findet er bestimmt nicht gut«, sagte sie.

Wir schrieben auf, was er sonst noch brauchen würde: Feuerholz und Trinkwasser. Eine regendichte Hütte und warmes Bettzeug. Und auch wenn er sich alles, was er schon mal gegessen hatte, einfach kopieren konnte, schien er gern zu fischen, deshalb fügten wir ›nahe an einem Fluss‹ hinzu.

Janie stand auf und sah nach draußen. Es war längst dunkel geworden. Kein Mond. Und auch kein einziger Stern.

»Was, wenn er sich dort einsam fühlt?«, fragte sie.

»Immer noch besser, als von Reportern verfolgt zu werden oder diesem fiesen Gerry in die Hände zu fallen.«

»Aber er hat hier niemanden außer uns, oder? Niemanden, der so ist wie er?«

»Nicht, dass ich wüsste. *Du* warst doch neulich der Meinung, dass es immer mehr als einen gibt.«

»Stimmt.« Sie wandte sich vom Fenster ab. »Pass gut auf ihn auf, ja? Muss doch komisch für ihn sein, sich plötzlich hier wiederzufinden, weit weg von seinem Wald und seinen Leuten. Sag ihm, dass wir ihm helfen und alles versuchen, damit er wieder nach Hause kann.«

Ich lächelte.

»Mach ich«, sagte ich.

Später, nachdem Janie gegangen und das ganze Haus still geworden war, schaute ich noch mal in die Nacht hinaus und entdeckte zwei schwankende Lichtpunkte, noch weit entfernt, aber langsam näher kommend, die mal hier, mal dort aufflackerten und wieder verloschen. Zwei schimmernde Kegel, die die Dunkelheit durchbohrten und über die Burrows zuckten, um schließlich vor unserem Gartenzaun zusammenzutreffen.

Und neben ihnen ein glühendes, bedrohliches Augenpaar, auf der Suche nach Rorty Thrutch.

16

Wieder Montag. Wir hatten Zinken in Mathe und Trixie in Französisch, mit einer Geschichte über einen Zauberkünstler namens Robert-Houdin. In der Pause sangen wir auf dem ganzen Weg zum Speisesaal *Pres-ti-digi-tateur!* vor uns hin.

Am Nachmittag hatten wir dann Brise, mit noch mehr Mutationen und Chromosomen und Geschichten von Dolly, dem Schaf.

»Und jetzt lasst mal hören, mit welchem Aspekt eurer Abstammung ihr euch näher beschäftigen wollt«, sagte sie.

Dawn Ich-hab-so-hohe-Wangenknochen war als Erste dran. Sie strich sich eine blonde Locke hinters Ohr und räusperte sich.

»Durch eingehende Recherchen bei *ancestry punkt de*, *verwandt punkt de*, *ahnenforschung punkt net* und *myheritage punkt de* habe ich entdeckt, dass ich, wenngleich entfernt, mit der berühmtesten Diva aller Zeiten verwandt bin.«

Wir betrachteten ihren Stammbaum auf der weißen Leinwand. Sie zeigte uns, dass ihr Ur-Ur-Ur-Ur-Urgroßvater der Ur-Urgroßvater von Marilyn Monroe gewesen war, was Marilyn zu ihrer Großcousine dritten Grades machte. Niemand war beeindruckt.

Dann war ich dran. Ich ging nach vorn und hielt eine Weltkarte hoch, auf der Ostafrika mit einem roten Punkt markiert war, dort, wo die Menschheit ihren Anfang hatte.

Ich sagte: »Wissenschaftler können anhand von DNA-Analysen herausfinden, wo ein Mensch ursprünglich herkommt. Sie haben nachgewiesen, dass alle Menschen auf diesem Planeten von wenigen

Tausend Urmenschen abstammen, die vor nur hunderttausend Jahren in Afrika gelebt haben.«

Ich deutete auf ein paar Pfeile, die zeigen sollten, wie sich die Menschheit über die Erde verbreitet hatte.

»Man könnte also sagen, dass die Geschichte jedes Menschen ihre Wurzeln in Afrika hat, weil jeder von uns letzten Endes dorther stammt.«

»Sehr schön, Kofi. Vielen Dank«, sagte Brise, und ihre Augen strahlten noch mehr als sonst. »Bevor ich Lehrerin wurde, habe ich an einer Expedition in die Shungura-Berge in Äthiopien teilgenommen. Ich habe dort Steine und Knochen und Gene untersucht. Wir haben Skelette gefunden, die mehrere Tausend Jahre alt waren. Das haben uns die Felsen erzählt, in denen sie begraben waren. Und anhand einiger Genproben konnten wir auch die DNA dieser urzeitlichen Völker entschlüsseln.«

Ich wandte mich zu Janie um. Wir starrten uns an.

»Expeditionen«, flüsterte sie. »Urzeitliche Völker.«

»Stimmt, aber sie kann es nicht gewesen sein. Sie hätte Rorty so was nie angetan, oder?«

Alice Granger stand auf. Legte den Finger an die Lippen, machte »Schsch« und sagte dann mit ihrer merkwürdig piepsigen Stimme: »Ich glaube, dass wir alle von anderen Sternen kommen. Meine Vorfahren sind mit großen Booten vom Himmel auf die Erde gerudert.«

Viele brachen in Gelächter aus, aber Brise hob die Hand.

»Alice hat eine interessante Frage aufgeworfen. Vielleicht sind wir ja tatsächlich vor langer Zeit von anderen, weit entfernten Sternen oder Planeten hierhergekommen. Denn wie ist diese riesige Kugel, die wir die Erde nennen, überhaupt entstanden? Wo kommen all die Elemente her, aus denen sie besteht? Und aus denen auch *wir* bestehen? Wie weit müssen wir zurückgehen, um an unseren Ursprung zu gelangen?«

»Das weiß nur Doctor Who«, sagte Hep.

Ich meldete mich. »Ich hab noch eine Frage.«

Doch da klingelte es auch schon, und alle sprangen auf.

Brise zwinkerte mir zu. »Beim nächsten Mal«, sagte sie.

Die Schüler strömten auf den Schulhof und dann durchs Tor auf die Straße hinaus. Ich hielt nach Janie Ausschau, konnte sie aber in dem Gewusel nirgends entdecken. Sie war wohl schon losgegangen.

Am Schulzaun, ein Stück von der Bushaltestelle entfernt, stand eine Gruppe von Jungs, größtenteils Siebtklässler. Ich ging auf sie zu. Sah sie tuscheln und flüstern, mit vor Aufregung glänzenden Augen. Immer noch mehr Schüler kamen hinzu. Sie schubsten und rempelten und schrien.

Ein magerer Junge namens Jon Quix löste sich aus dem Pulk und kam mir entgegen.

»Was willst du?«, fragte ich.

»Alle sagen, du kannst völlig abgedrehte Sachen machen.«

»Schon möglich«, sagte ich.

»Zaubertricks und so.«

»Kann sein.«

»Alle haben Angst vor dir.«

»Das ist gut.«

»Ich nicht.« Er starrte mich an. »Los, mach mal was.«

»Vielleicht, aber erst musst du mir sagen, was da drüben los ist.«

»Wir gehen zu Sumo.«

»Aha?«

»Er will uns was zeigen.«

»Und was?«

Jon zuckte die Achseln. »Erst muss man bezahlen.«

»Wie viel?«

»Ein Pfund.«

Ich kniff die Augen zusammen. »Nun sag schon. Ich kann nämlich auch Flüche aussprechen.«

Er zuckte wieder die Achseln. »Wenn ich wüsste, was es ist, würde ich ja nicht hingehen. Sumo sagt jedenfalls, so was hätten wir garantiert noch nie gesehen.«

Ich lachte. »Und das glaubt ihr ihm?«

Schleicher schlich vorbei. Er warf mir einen kurzen Blick zu und schaute dann schnell weg. Hammer kam als Nächster, beschleunigte seinen Schritt und überquerte die Straße. Jon lief zu der Horde Jungs zurück, die sich jetzt hinter Hammer und Schleicher in Bewegung setzte.

Ich folgte ihnen in einiger Entfernung und hielt nach Sumo Ausschau, doch der war offenbar schon vorgegangen. Vor seinem Haus blieb der Trupp schließlich stehen und sammelte sich in der Einfahrt.

Ich blieb ein Stück entfernt stehen und sah zu, wie sich eine Warteschlange vor der Garage bildete. Kichernd und rangelnd schoben die Jungs sich langsam vorwärts. Kurz darauf kamen die ersten wieder heraus, mit überheblichem Grinsen. Gestikulierten und zeigten sich gegenseitig, wie groß es gewesen war, wie lang und wie breit.

»Na, hat es sich gelohnt?«, fragte ich, als zwei von ihnen an mir vorbeikamen.

Der eine blieb stehen. »Oh ja. Echt krass.«

»Und was ist es nun?«

Der andere antwortete: »Dürfen wir nicht sagen. Ham wir geschworen.« Er fuhr sich mit dem Zeigefinger über die Kehle und verzog das Gesicht. »Zahl doch selber ein Pfund und gucks dir an.«

»Von wegen!«, rief ich.

Es dauerte ewig, bis Jon wieder rauskam. Als er mich sah, lief er über die Straße auf mich zu. »Gehst du auch hin?«

»Von wegen«, wiederholte ich. »Außerdem kannst du mir doch jetzt erzählen, was da los ist. Was hat Sumo in seiner Garage versteckt?«

Jon fuhr sich ebenfalls mit dem Finger über die Kehle und machte ein ersticktes Geräusch. »Etwas, das ihm jedenfalls mehr wert ist als mein Leben.«

»Sei nicht albern. Sumo kann doch gar nicht wissen, was du mir erzählst.«

»Er hat gesagt, er schneidet uns die Kehle durch und dann macht er uns platt. In dieser Reihenfolge.«

»Ach, der hat doch bloß 'ne große Klappe. Eigentlich ist er ein echtes Weichei. Ein rosa Marshmallow.«

Jon schüttelte den Kopf. »Ich sage nichts.« Er warf sich den Rucksack über die Schulter und marschierte davon.

»Wo willst du denn hin?«

»Zur Bushaltestelle.«

»Und wenn ich was für dich zaubere, erzählst du's mir dann?«

Er blieb stehen. Blickte zu Boden. Überlegte kurz.

»Okay. Aber dafür muss es schon richtig gut sein.«

Ich ließ ihn hinten im Garten stehen. Sagte ihm, er solle die Augen zumachen und warten. Ging rein, um Rorty zu holen, und kam mit ihm durch die Seitentür wieder raus, wo Jon uns nicht sehen konnte. Rorty machte sich unsichtbar.

»Jon? Du kannst kommen.«

Er öffnete die Augen und lief auf mich zu.

»Hast du noch Geld dabei?«

Er zog eine Münze aus der Hosentasche. »Das brauch ich aber für den Bus«, beschwerte er sich.

»Keine Sorge, du kriegst es ja wieder. Leg die Münze auf deine Handfläche. Schau noch mal nach, ob sie echt ist. Sich anfühlt wie immer.«

Jon betrachtete sie von allen Seiten. Drückte sie zwischen den Fingern.

»Alles okay?«

Er nickte.

»Dann halt sie gut fest.«

Er umschloss sie mit der Faust.

»*Ata!*«, rief ich und bewegte die Hand über seiner Faust hin und her. »Wie du siehst, habe ich nichts angefasst. Jetzt mach die Hand auf.«

Jon öffnete die Faust und sog scharf die Luft ein. Zwei identische Münzen lagen auf seiner Handfläche. Er ächzte und kreischte. Hüpfte auf und ab.

»Wie hast du das gemacht?«, keuchte er. »Mach das noch mal! Nur ein Mal noch!«

»Gut, ein Mal noch. Aber dann erzählst du mir, was du weißt.« Ich starrte ihn drohend an.

Er nickte und zog einen Fünfer aus der Tasche.

»Dreimal falten«, sagte ich. »Und wieder gut festhalten.«

Ich wedelte mit den Händen überm Kopf und unter den Armen. Murmelte seltsame Beschwörungen. Flatterte mit den Lidern. Drehte mich dreimal links und dreimal rechts herum.

»*Ata! ATA!*«, rief ich dröhnend.

Jon bog langsam seine Finger auf. Eine zweite Fünfpfundnote, genauso gefaltet, lag in seiner Hand.

Jon schnappte wieder nach Luft. »Ich bin reich«, rief er. »Und du hast wirklich magische Kräfte. Wie Merlin, der Zauberer.«

Ich holte uns zwei Gläser Orangensaft und wir setzten uns auf die Terrassenmauer, neben die Geranien. Jon erzählte, wie sie einzeln in die Garage geführt worden waren. Wie Hammer und Schleicher an der Tür Wache gestanden hatten.

»Sumo hat behauptet, das wär ein Alien. Gestern Nacht hätte es einen großen grünen Blitz gegeben, und dann wär dieses Ding vom Himmel gefallen. Aber ich hab es mir genauer angesehen, und ich glaube das nicht.« Er nahm sein Glas. »Hast du vielleicht einen Strohhalm?«

Ich brachte ihm einen Mickymaus-Strohhalm.

»Und was zu essen?«

Ich ging noch mal rein, um einen Teller mit selbst gebackenen Ingwerplätzchen zu holen (nur für Besuch).

»Zufrieden?«, fragte ich.

Jon nickte. Dann sagte er: »Es sieht aus wie ein Affe, ist aber keiner. Mein Vater ist nämlich Experte für solche … wie heißen die noch? … Hominiden. Und ich gucke immer sämtliche Tier-Dokus, und ein Menschenaffe wars ganz sicher nicht, kein Schimpanse, kein Orang-Utan und auch kein Berggorilla.« Er zählte sie an den Fingern auf. »Und auch kein Bonobo, die sind nämlich ganz ähnlich wie Schimpansen. Ziemlich klein war es. Lag im Stroh. Daneben stand ein Eimer Wasser. Sah aus wie ein Weibchen.«

Ein Schauer durchlief mich, als ich mir das Bild vor Augen rief.

»Und weiter?«

»Keine Ahnung. Sie sah krank aus. Fast wie tot. Hat sich kaum bewegt.«

Er sog an seinem Strohhalm. Dann hob er den Blick. »Kein Wort zu Sumo, okay?«

»Aber nur, wenn du auch niemandem von meinen Zaubertricks erzählst. Du weißt ja, ich kann auch Flüche aussprechen.«

Jon starrte mich einen Moment lang an, dann bückte er sich und zog ein Handy aus dem Rucksack.

»Hier«, sagte er. Er tippte kurz darauf herum und hielt mir dann den Bildschirm hin. »Hab ich gemacht, als Sumo nicht hingeguckt hat. Bisschen dunkel, aber die Umrisse kann man erkennen.«

Eine kleine Gestalt lag auf der Seite, die Augen geschlossen.

»Was ist denn das da?« Ich zeigte auf etwas Helles in ihrer Hand.

»Eine Narzisse«, sagte Jon.

Ich hatte nicht bemerkt, dass er die ganze Zeit hinter uns stand. Dass er ihre vagen Umrisse auf Jons Handy erkannt hatte.

Ich fand ihn oben in meinem Zimmer. Er war gerade dabei, sie zu zeichnen, in Ocker und Ziegelrot. Zog einen Kreis um sie herum, einen blassen, unregelmäßigen Ring.

»Ich mich erinnern«, sagte er.

Sein Blick war weit entfernt, seine Stimme so leise, dass ich ihn kaum verstehen konnte.

»Minilige Stückchens«, hauchte er. »Fetzelige Fetzens und winzelige Schnipsels. Kleine blinkige Bilders in Kopf.«

Es klang, als sänge er leise vor sich hin.

»Ich klettern, vier Astschrittens noch bis Große Blau, bis hoch wie LuftKönig. Unten in Grünheit ich sehen Pogsy, daumenlang auf Farnboden, ich hören Pogsy.

›*Oh Geist von Wald, oh halten fest, leiten sein Schrittens und bringen zurück mit reichlichse Süße.*‹

Ich fühlen ihr Ängstens in zitternse Baumhaut.

Ich beißen auf Rauchgras, *Wengas* machen *bssss* und stechen. Ich feste halten un langmachen un schieben Rauchgras in *Wenga*-Nest. Is rasendse Gebrummsel. Ich hacken un hacken. Schmecken Süße.

›*Jo-Ho, hoch wie LuftKönig*
Jo-Ho, atmen Große Blau
Mm-bala, Mm-bala,
Ich kommen mit Rauchgras
und holen reichlichse Süße.‹«

Er seufzte und schaute dann zu mir hoch, ein Lächeln in den braunen Augen.

»Is Pogsy«, sagte er. »Is Grund, warum ich hier. Ich suchen Pogsy Blue.«

ZWEITER TEIL

17

»Weißt du noch, wie du gesagt hast, es gibt immer mehr als einen?«

Schweigen am anderen Ende der Leitung.

»Du hattest recht«, sagte ich.

Janie keuchte auf. »Das ist nicht dein Ernst.«

»Doch. Sie ist bei Sumo in der Garage und wir müssen sie befreien. Heute Nacht.«

Der Plan war von mir. Doktor Knallkopp, hatte Janie mich genannt. Mister Oberspinner. Ich hatte alles bis ins letzte Detail durchdacht. Janie würde bei mir ›Hausaufgaben machen‹, und ich bei ihr. Sie würde den alten Kinderwagen ihres Bruders mitbringen, samt Verdeck und Babydecke, in dem wir Rorty verstecken und mit ihm zu Sumo laufen konnten. Janie würde auf der Straße Schmiere stehen, und Rorty und ich würden zur Rückwand der Garage schleichen, damit er dort ein Loch machen konnte. Ich würde Pogsy zum Kinderwagen tragen, und schon wären wir wieder auf dem Heimweg.

Ganz einfach.

Unkompliziert.

Absolut brillant.

Es war ungefähr halb sieben. Wurde langsam dunkel. Hund bellten. Kinder kreischten auf der Straße. Wir ließen Janie auf dem Fußweg vorm Haus zurück.

»Wenn das bloß gut geht«, flüsterte sie.

»Wir müssen es versuchen«, antwortete ich.

Die Garage war ein schäbiger Holzschuppen mit Spitzdach und Doppeltür. Die winzigen Fenster waren zugenagelt, die Türgriffe mit einer dicken Kette umwickelt. Ich bedeutete Rorty, mir zur hinteren Wand zu folgen. Dort nahm er den Helm ab, markierte ein Loch, klickte, und wir kletterten hindurch.

Aus dem Küchenfenster hinter der Garage sickerte schwaches Licht in den Raum. In der kalten Luft war unser Atem zu sehen.

»Pogsy? Bist du hier?«

Wir stiegen über zerbeulte Koffer und Tüten voller rostiger Schrauben und Nägel hinweg. An einer Wand standen Regale, in denen sich Kisten voller Handys, DVD-Player, Flachbildschirme und X-Boxen stapelten. Rorty wischte die Spinnweben weg, hob hier ein Bündel Zaunlatten an, zog dort an Netzen und Plastikplanen.

»Pogsy?«

Wir balancierten über Kabeltrommeln, schoben Einmachgläser mit dem Fuß beiseite. Rorty keuchte auf, als er plötzlich vor einem lebensgroßen Weihnachtsmann aus Plastik stand.

»Der ist nicht echt«, flüsterte ich.

Wir waren jetzt fast vorn, an der Doppeltür, wo kaum noch was zu erkennen war. Wir gingen auf die Knie und tasteten uns weiter.

»Pogsy? Bist du hier?«

Rorty stieß einen Blecheimer um.

»Vorsichtig«, sagte ich.

Wir wischten mit den Händen über den Boden, an den Wänden hinauf und in finstere, staubige Ecken hinein.

Ich hörte ihn seufzen und drückte seine Schulter.

»Ich fürchte, sie ist nicht mehr hier«, sagte ich.

Ich schob mich an der Garagentür entlang und als ich aus Versehen dagegen stieß, schwang sie plötzlich auf, und die beiden Enden der Kette baumelten vor meiner Nase hin und her.

»Jemand hat das Kettenschloss aufgebrochen. Wir können hier rausgehen«, sagte ich, aber Rorty wollte die Garage unbedingt noch einmal absuchen.

Zentimeterweise arbeiteten wir uns wieder nach hinten durch. Stocherten in alle Ecken. Öffneten Schubladen, Schränke. Schoben uns durch Müll und Dreck und schließlich wieder hinaus in die beißend kalte Luft.

Rorty hielt den Blick gesenkt.

»Wir geben nicht auf«, sagte ich tröstend. »Wir finden sie. Versprochen.«

Auf Zehenspitzen schlich ich zu Janie zurück, die mit dem Kinderwagen die Straße auf und ab lief.

»Oh nein!«, flüsterte sie. »Sie ist aus der Garage verschwunden?«

Ich nickte.

»Ich gehe ins Haus und suche dort nach ihr«, sagte ich.

»Was? Wie denn?«

»Rorty soll mich tarnen.«

»Bist du verrückt? Und wenn das schiefgeht?«

»Wir müssen rausfinden, ob sie Pogsy ins Haus geholt haben. Es gibt keine andere Möglichkeit.«

»Aber das ist doch viel zu gefährlich, Kofi. Rorty hat noch nie jemand anderen getarnt.«

»Theoretisch müsste es funktionieren.«

»Und was, wenn es praktisch aber nicht funktioniert? Willst du für den Rest deines Lebens wie ein Stück Wand aussehen?«

Ich holte tief Luft. »Ich weiß nicht, wie lange wir hier noch brauchen werden. Vielleicht ist es besser, wenn du schon mal nach Hause gehst.«

»Das gefällt mir gar nicht«, sagte sie. Einen Moment lang blieb sie unschlüssig vor mir stehen, dann drückte sie mich kurz an sich. »Pass auf dich auf, okay? Und sag Bescheid, wenn ihr zurück seid.«

Sie schob den Kinderwagen über die Straße. »Das gefällt mir überhaupt nicht!«, rief sie noch mal über die Schulter zurück.

Die Hintertür stand offen, die Küche war leer, und so schlichen wir uns weiter in den Flur, wo ich mich in die Ecke neben der Garderobe drückte. Ohne zu zögern, streckte Rorty den Zeigefinger aus, malte ein großes Oval auf die Wand, klickte, sodass ich getarnt war, und schlich dann wieder raus, um draußen auf mich zu warten.

Und so kauerte ich jetzt bei Sumo im Flur, zwischen dem zusammengeklappten Kinderwagen und einem Stapel alter Zeitungen. Neben der Treppe lag eine zusammengerollte Windel und ein Haufen schmutziger Babywäsche. Der Teppich war fleckig und staubig, die Windel stank, und eine leichte Übelkeit stieg in mir auf. Ich malte mir aus, was passieren würde, wenn ich mich wirklich übergab. Jemand, der gerade vorbeiging, würde nur einen Schwall Erbrochenes aus dem Nichts hervorströmen sehen – ich selbst war ja als Tapete getarnt.

Eine Frau kam die Treppe heruntergestampft und blieb kurz stehen, um ihre Zigarette in einem schmutzigen Teller auf dem Flurtisch auszudrücken.

»Sieh zu, dass du irgendwas zu essen kriegst, okay? Dein Vater und ich gehn aus.«

»Der Scheißkerl is nich mein Vater!«, hörte ich Sumos Stimme aus dem Nachbarzimmer.

Ein Baby fing an zu weinen. Ra-bäh, ra-ra-ra, ra-bäääh, wie ein winziges Maschinengewehr. Sumos Mutter steckte sich die nächste Zigarette an und hustete.

»Jetzt nimm sie doch mal hoch«, schimpfte sie, stapfte an mir vorbei und stieß die Tür zum Wohnzimmer auf. Das Weinen verstummte kurz und setzte dann wieder ein.

»Gib ihr die Flasche«, sagte sie.

Sumo schlurfte durch den Flur. Ich drückte mich an die Wand und hielt die Luft an, als er vorbeikam. Ich schaute an meinem tapetengemusterten Körper hinunter und auf meine teppichfarbenen Füße. Kaum zu glauben, dass ich hier stand und vollkommen unsichtbar war.

Sumo nahm gerade die Babyflasche aus der Mikrowelle, als draußen eine Autotür zugeschlagen wurde. Hastig stellte er die Flasche ab und kam in den Flur gedonnert. Nahm seine Jacke vom Boden auf und warf sie übers Treppengeländer, stellte seine Schuhe ordentlich auf der Fußmatte ab, hängte seine Schultasche an die Garderobe und blieb dann zögernd stehen, den Blick auf die Vordertür gerichtet.

Das Baby weinte immer noch.

Sumo holte die Flasche aus der Küche und verschwand, nach einem weiteren Blick auf die Eingangstür, im Wohnzimmer.

Kurz darauf kam ein Mann herein. Er war untersetzt, mit breiten Schultern und Tattoos, die sich an seinen Unterarmen hinunterschlängelten. Er trat die Tür hinter sich zu und ging erst mal aufs Klo, um zu pinkeln. Rülpste und kam wieder raus, ohne zu spülen.

»Col? *EastEnders* is schon dran!«, brüllte Sumos Mutter.

Stimmen dröhnten aus dem Nachbarzimmer. Schreie. Türenknallen. Dramatische Szenen im Pub. Ich hielt den Moment für passend, mich ein Stückchen an der Wand in Richtung Treppe entlangzuschieben, doch mit einem Mal wurde die Wohnzimmertür wieder aufgerissen und Col erschien. Ich drückte die Füße an die Sockelleiste und schloss die Augen. Der Boden bebte, als er vorbeilief. Ich hörte die Kühlschranktür, das Ploppen und Zischen einer Bierdose, neuerliches Stampfen und wieder das Schlagen der Wohnzimmertür. Ich stieß die Luft aus und schlich auf Zehenspitzen in die Garderobenecke zurück.

Kurz darauf trat Sumos Mutter in den Flur, stellte sich vor den Flurspiegel und schmierte sich etwas Blau auf die Augenlider und Rot auf die Lippen.

»Sie braucht heute noch 'n Fläschchen, haste gehört?«

»Milch is alle«, sagte Sumo.

»Dann hol welche.«

»Brauch ich Kohle für.«

»Haste doch selber.«

Col tauchte auf. »Gibts schon wieder Ärger?«

Sumo schüttelte den Kopf.

»Pass bloß gut auf meine Tochter auf, klar?« Er boxte Sumo gegen die Schulter. »Klar?«

»Klar«, sagte Sumo.

Sie gingen. Der Motor sprang an. Musik plärrte aus dem Wagenfenster. Sumo stand in der Tür und schaute ihnen nach.

»Ich hoffe, du kratzt bald ab, Col«, flüsterte er.

Das Baby brüllte und brüllte. Ich kniff die Augen zusammen, als Sumo jetzt nach dem Kinderwagen neben mir griff und ihn aufklappte. Er schob ihn zur Haustür, ging ins Wohnzimmer und kam schließlich mit dem Baby zurück. Sie trug einen Fellanzug mit Kapuze. Ihr Gesicht war knallrot. Sie hatte die Augen fest geschlossen und machte sich beim Schreien ganz steif.

»Schsch«, hörte ich Sumo immer wieder. »Schsch. Schsch.« Er legte das Baby in den Kinderwagen. Stopfte die Decke rundrum fest. »Schsch. Sch-sch-schsch.«

Er kramte in seiner Schultasche und zog eine Handvoll Münzen heraus, die er sich in die Hosentasche steckte. Dann nahm er einen Schlüsselbund vom Fensterbrett, machte die Vordertür auf, wendete den Kinderwagen und zog ihn hinaus in die Dunkelheit.

Einen Moment lang blieb ich noch in der Stille stehen und lauschte ihren Stimmen nach. Sah sie noch mal vor mir. Die schmalen, roten Lippen von Sumos Mutter. Die fleischige Nackenfalte von Col. Sumos massigen Körper, wie er das Baby im Arm hielt.

Ich schaute die Treppe hinauf und stellte ihn mir dort oben vor. Folgte seinen Schritten über den zerschlissenen Läufer nach oben. Vorbei an den Klamottenhaufen über dem Geländer und dem schmutzigen Geschirr, das überall herumstand. Mondlicht fiel durchs Fenster. Mein Schatten ragte vor seiner Türe auf.

»KEIN ZUTRITT FÜR IDIOTEN«, stand auf einem Schild. »KLOPFEN ODER RÜBE AB.«

Sein Zimmer ging auf den Garten hinaus. Ein Bademantel hing an einer verbogenen Gardinenstange. In den Ecken türmten sich Berge von Gerümpel und Plastikspielzeug. Überall lagen Klamotten herum.

Neben Sumos Bett stand eine Wiege. Ein selbst gebasteltes Mobile hing darüber: bunte Plastiklöffel, Garnrollen und Streifen aus Alufolien, die mit Wollfäden an einer Pyramide aus Kleiderbügeln befestigt waren.

In die Wand über seinem Bett hatte er »TOD UND VERDERBEN« eingeritzt.

Ich durchsuchte die übrigen Zimmer, öffnete Wandschränke und guckte unter Betten, zerrte Koffer hervor und klappte sie auf.

Auch im Badezimmer schaute ich nach und dann wühlte ich mich durch das Chaos in der Abstellkammer. Aber ich fand keinen Hinweis darauf, dass sie hier irgendwo versteckt gehalten wurde.

Ich verließ das Haus wieder durch die Hintertür. Rorty klickte und meine Tapetentarnung verschwand.

Ich schüttelte den Kopf. »Tut mir leid, Rorty.«

Wir machten uns auf den Heimweg. Über den Straßenlaternen schimmerte der Mond und funkelten die Sterne. Am Bordstein standen Mülltonnen für die morgige Leerung bereit. Rorty lief schweigend neben mir her. Er hatte den Kopf gesenkt und die Kapuze übers Gesicht gezogen. Wir bogen gerade in die nächste Straße ein, als er plötzlich stehen blieb und wieder kehrtmachte, so schnell, dass ich kaum Schritt halten konnte. Vor Sumos Einfahrt hielt er inne, und wir musterten den Bretterhaufen an der Vordertür, die Dachziegel hinten im Garten und den Müll, der unter der Hecke lag.

»Was ist denn los?«, flüsterte ich. »Was hast du vor?«

Aber er stand nur da, reglos und ernst.

Ein Hund trottete vorbei. Seine Krallen kratzten über den Asphalt. Er blieb stehen, um zu schnuppern, hob ein Bein und lief wieder weiter.

Rorty schien ihn gar nicht zu bemerken. Er starrte weiter die Garage an. Ich hörte ihn tief durchatmen. Sah, wie er den Helm abnahm. Dann streckte er die Hand aus, zeichnete die Umrisse der Garage nach und klickte. Ein einsamer Autoreifen, der an der Seitenwand gelehnt hatte, kam ins Rollen, fing an zu eiern und fiel schließlich scheppernd auf die Seite.

Um ihn herum war alles dunkel und leer.

Die Garage war verschwunden.

18

Es war noch dunkel, als mein Handy brummte. Eine SMS von Hep.

Grusel-Alarm. Garage von Sumo spurlos verschwunden.

Ich seufzte, schloss die Augen und sank ins Bett zurück. Stellte mir vor, wie die Nachricht von Handy zu Handy sprang.

Von Sumo zu Schleicher. Von Schleicher zu Hammer. Von Hammer zu Hep. Von Hep zu mir.

Ich versuchte, wieder einzuschlafen, aber es ging nicht. Ich musste ständig an Pogsy denken. Nach der Schule hatten alle sie noch in Sumos Garage gesehen, und keine drei Stunden später war sie weg.

Und auch die Garage mit dem ganzen Gerümpel darin ging mir einfach nicht aus dem Kopf: all das Metall, Holz, Gummi, Plastik, all die winzigen Teilchen, von denen es zusammengehalten wurde.

Moleküle. Elemente. Atome.

Leptonen. Quarks. Hadronen.

Wo war das alles geblieben? All diese geballte Materie, diese Trillionen kleinster Partikel: innerhalb von Nanosekunden ausgelöscht. Das war doch vollkommen unmöglich! Es kam mir vor, als wäre ich plötzlich in einer Welt gelandet, in der nichts mehr real war.

»Schütze die Unschuldigen«, murmelte ich vor mich hin. »Lass nicht zu, dass alles mit Tod und Zerstörung endet.«

Ich lauschte auf das schwache Rauschen des Verkehrs und auf Rortys ruhigen Atem neben mir und döste noch mal ein, bis der Wecker klingelte und es Zeit für die Schule war.

Wie gewohnt trat ich durchs Tor. Lief über den Schulhof. Die Vordertreppe hinauf. Durch den Eingang. Überall standen Schüler in Gruppen zusammen, irgendein kleiner Spinner raste den Gang hinunter.

Hep schlurfte auf mich zu, mit heraushängendem Hemd und eingetrocknetem Rotz an der Nase.

»Meine These«, raunte er. »Sumos Affe ist ein Top-Undercover-Agent. Die USA schicken ihre Spezialeinheit los, die schnappt sich den Typen und vernichtet auch gleich sämtliche Beweise. Was glaubst du?«

»Ich glaube, dass du spinnst«, sagte ich.

Jeder kam mit einer anderen Theorie über das Verschwinden der Garage an. Sumo hatte sich draufgesetzt. Der Stadtrat hatte sie in einer Nacht-und-Nebel-Aktion abreißen lassen. Aliens hatten sie geklaut. Sie war einem spontanen Garagen-Brand zum Opfer gefallen. Unsere Lehrer hatten auch keine besseren Ideen.

In der Pause schlich sich Sumo von der Seite an. Stieß mich in die Rippen. Grinste dämlich, ruderte mit den Armen und rief: *»Ata! Ata!«*

»Ich wär vorsichtig mit diesem Wort«, sagte ich.

»Du bist hier der Magier, nich ich«, sagte er.

Hammer und Schleicher drückten sich im Hintergrund herum, als trauten sie sich nicht näher ran.

»Wo kam der Affe in deiner Garage her?«, fragte ich.

»Geht dich überhaupt nix an«, erwiderte Sumo.

»Und wo ist er jetzt?«

»Woher soll ich das wissen?«

»Du hast gesehen, wozu ich fähig bin, also pack jetzt lieber mal aus.«

Sumos Blick flackerte hin und her. »Hier kann ich nich reden«, sagte er. »Ich komm mal bei dir vorbei.«

»Heute Abend«, sagte ich.

»Geht nich«, sagte Sumo.

»Morgen nach der Schule.«

»Mal sehen«, sagte er. »Morgen is letzter Schultag, stimmts?«

»Ich rechne mit dir. Euer Haus soll doch nicht auch noch verschwinden, oder?«

Sumo schob wieder ab, die Hände in den Hosentaschen.

»Was war'n das gerade?«, fragte Hep.

»Keine Ahnung«, sagte ich. »Ich glaub, der hat sie nicht mehr alle.«

Auch während der restlichen Stunden gaben Janie und ich uns alle Mühe, den Anschein zu erwecken, als wüssten wir *nicht* ganz genau, was mit Sumos Garage passiert war. Wir fragten uns, wo Pogsy Blue sein mochte. Und ob Sumo etwas darüber wusste. Irrte sie gerade irgendwo hier durch Bradborough, oder hatte jemand sie entführt?

Brise kam zum allerersten Mal zu spät. Mit aufgelöster Frisur und verdrehtem Rock stürmte sie schließlich ins Klassenzimmer. Sogar ihren Lippenstift hatte sie vergessen. Als Erstes baute sie sich vor der Klasse auf und sagte: »Wer in dieser Stunde auch nur ein Mal das Wort ›Garage‹ erwähnt, der kriegt es mit mir zu tun. Verstanden?«

»Sie wirkt ein bisschen gereizt«, flüsterte Janie.

»Allerdings«, sagte ich. »Ich frag mich bloß, warum.«

Nach der Schule wollten Janie und ich in den Burrows nach Knochen suchen, für das Abstammungs-Projekt. Sie kam in einer wasserdichten Jacke und Wanderschuhen.

»Wie war das eigentlich, als er die Garage gelöscht hat?«, fragte sie. »Ich meine, wie sah das aus?«

Ich ließ die Szene in Gedanken noch mal ablaufen.

»Es war dunkel. Rorty war ziemlich fertig, weil wir Pogsy nicht gefunden hatten. Er hat einfach sein übliches Markieren und Klicken gemacht. Erst stand die Garage noch da, und dann war sie weg.«

»Kein langsames Wegbrutzeln oder so?«

»Nein, wie die Farbe in Sumos Gesicht«, sagte ich. »In der einen Sekunde noch da, in der nächsten verschwunden.«

Sie seufzte. »Hast du schon mal überlegt, was du tun würdest, wenn du alles, was du willst, einfach verschwinden lassen könntest?«

»Klar. Als Erstes wären gemeine Lehrer dran, dann gewalttätige Eltern, und gleich als Nächstes würde ich mir die Psychopathen vorknöpfen.«

»Und ich würde erst mal den ganzen Atommüll loswerden und alle Müllberge und Treibhausgase«, sagte Janie. »Und Kriege gäbs auch keine mehr. Stell dir das mal vor. Sobald jemand einen Angriff versucht, wärs auch schon wieder vorbei.«

»Einfach auf Löschen klicken, bevor der Feind auch nur die Waffe ziehen kann.«

Der Gedanke allein konnte einem schon Angst machen.

Wir folgten einem Radweg, der hinter den Häusern verlief.

»Hier lang«, sagte Janie. Wir bogen in eine schmale Straße ein, dann in einen Fußweg. »Meinst du, dieser Typ namens Gerry weiß über Rortys Fähigkeiten Bescheid? Das mit dem Kopieren und Tarnen und Löschen und so?«

»Keine Ahnung. Von dem Chip muss er jedenfalls wissen, schließlich haben sie sein Signal verfolgt. Und vielleicht kennt er auch den Trick mit der Tarnung, sonst bräuchten sie ja nicht diesen Höllenhund.«

»Oder«, sagte Janie, »sie suchen immer nur nachts nach ihm, um nicht aufzufallen, und da können sie Rorty sowieso nicht sehen, ob mit oder ohne Tarnung, und deshalb brauchen sie den Hund.«

»Möglich«, sagte ich, wenn auch ohne Überzeugung.

»Kannst du dir vorstellen, was passieren würde, wenn er irgendeinem schlechten Menschen in die Hände fällt?« Janies Stimme war plötzlich voller Angst.

Mich durchlief ein Schauer. Der Gedanke war mir auch schon gekommen. Ich hatte Albträume gehabt, in denen Rorty dazu gezwungen wurde, das britische Parlament zu löschen oder das Weiße Haus. Oder Atomwaffen zu kopieren, den Präsidenten zu klonen oder Unmengen von Banknoten herzustellen.

»Er ist so ein lieber kleiner Kerl«, sagte ich. »Er kommt aus einem Nebelwald, in dem es winzige Antilopen und exotische Vögel gibt. Der Gedanke, irgendwer könnte ihn für seine bösen Zwecke missbrauchen, ist mir unerträglich.«

»Wir müssen ihn beschützen«, sagte Janie. »Lass uns schwören, dass wir ihn niemals verraten werden – nicht mal im Angesicht des Todes.«

Wir blieben stehen, und sie legte mir die Hände auf die Schultern.

»Ich schwöre, dass ich Rorty niemals verraten werde«, sagten wir gleichzeitig. »Nicht mal im Angesicht des Todes.«

»Dazu gehört auch, dass wir ein Versteck für ihn finden«, fügte Janie hinzu.

»Schon in Arbeit«, sagte ich.

»Und dass wir Pogsy Blue für ihn finden«, sagte Janie. »Glaubst du, die beiden sind ein Paar?«

»Das halte ich durchaus für möglich.«

Wir durchquerten ein Waldstück, hinter dem die Felder begannen. Stiegen auf ein Gatter und schauten über die tiefen Furchen und die Reihen kleiner grüner Triebe hinweg, die sich der Sonne entgegenstreckten.

»Die Familie meiner Mutter stammt aus dieser Gegend«, sagte Janie. »Sie waren Bauern, viele Generationen lang.«

In der Nacht hatte es geregnet und Steine und Kiesel freigelegt. Der Boden war mit ihnen übersät. Janie nahm einen davon auf, musterte ihn kurz und warf ihn dann zurück.

»Ein paar Wissenschaftler haben hier Ausgrabungen gemacht und massenhaft Töpferwaren gefunden. Millionen Stücke. Einige sogar aus dem siebten Jahrhundert vor Christus. Aber *ich* würde am liebsten einen Knochen finden. Das ist doch nun wirklich nicht viel verlangt, oder? Nur einen einzigen kleinen Knochen, bei dem man die DNA untersuchen und feststellen kann, ob ich mit ihm verwandt bin.«

Wir suchten den Boden ab, kauerten uns in die Furchen, zerkrümelten Erdreich zwischen den Fingern. Wir lauschten dem Krächzen der Krähen, spürten den Wind in den Haaren und atmeten den strengen Geruch nach fruchtbarer Erde.

»Ich hab Hunger«, sagte ich und warf mich ins Gras.

»Guck mal in den Rucksack«, sagte Janie. »Ich versuchs noch mal näher an der Ausgrabungsstelle.«

Sie hatte Heidelbeer-Muffins mitgebracht. Außerdem ein halbes Brot, ein Messer und eine fast leere Packung Margarine. In einer Seitentasche fand ich eine Tüte Chips, in der anderen eine Plastiktasse und eine Thermoskanne mit dampfendem süßem Tee.

Ich machte mir ein Brot mit Chips, ließ den Blick über die Baumreihen zwischen den Feldern schweifen, entdeckte den Flaum aus frischem Grün an ihren Zweigen. Sah Janie aus der Ferne zu, wie sie immer wieder etwas vom Boden aufnahm. Und überlegte, wie es mit Rorty Thrutch weitergehen sollte.

Schließlich kam Janie zurückgestapft und ließ sich neben mir auf den Boden fallen. Sie hatte einen Knochen gefunden, aber er sah zu klein aus, um von einem Menschen zu stammen.

»Ich nehm ihn trotzdem mit«, sagte sie. »Man kann ja nie wissen.«

Es wurde kühl und das Licht allmählich schwächer. Wir packten ein und machten uns auf den Heimweg.

»Mir ist noch was eingefallen.« Ich beschleunigte meinen Schritt, um neben ihr zu laufen. »Etwas, das Jon gesagt hat, als er mir das

Foto von Pogsy gezeigt hat. Er hat gesagt, sein Vater sei Experte auf dem Gebiet.«

»Auf welchem Gebiet?«

»Hominiden.«

Sie schaute mich fragend an.

»Menschenaffen und alle anderen Vorläufer des heutigen Menschen«, erklärte ich.

»Und Rorty ist ein Hominide?«

»Mit ziemlicher Sicherheit«, antwortete ich.

»Dann glaubst du also, Jons Vater hat mit der Sache zu tun?«

»Genau das müssen wir jetzt rausfinden.«

19

Zwei Tage war es jetzt her, dass Rorty Sumos Garage gelöscht hatte. Der Himmel war trüb und grau und es goss mal wieder in Strömen. Unten klingelte es an der Tür. Sumo stand auf der Matte. Die Kette war vorgelegt und ich musterte ihn durch den Spalt.

Er hatte das Baby dabei. Es hing in einem knallrosa Tragetuch vor seiner Brust und schlief. Sumo versuchte, an mir vorbei ins Haus zu schauen.

»Is deine Mutter da?«

»Nee.«

»Dein Vater?«

Warum wollte er das wissen? Hatte er irgendwie rausbekommen, dass ich bei ihm im Haus gewesen war, in seinem Zimmer, und wollte sich jetzt an mir rächen? Aber das würde er wohl kaum wagen, oder? Schon gar nicht mit dem Baby dabei.

»Mein Vater müsste jeden Moment zurück sein«, sagte ich. Das stimmte zwar nicht, aber ich schaute die Einfahrt hinunter, als würde ich ihn dort erwarten.

Das Baby fing an zu weinen. Sumo zog ein Fläschchen aus der Jackentasche.

»Sie hat Hunger«, sagte er. »Ich muss die Milch warm machen.«

Ich löste die Kette. Er putzte sich die Schuhe ab, streifte sie von den Füßen und stellte sie ordentlich nebeneinander auf die Matte. Wir gingen in die Küche. Er wärmte die Milch auf und schüttelte sich ein paar Tropfen aufs Handgelenk. Dann nahm er das Baby aus dem Tuch, setzte sich hin und schob ihr den Nuckel in den Mund.

»Sie heißt Shima«, sagte er. »Mums Idee. Wie so 'ne Insel in Indonesien. Mum is auf Spätschicht im *Tesco*.«

Ich schaute das Baby an. Es hatte die Augen zugekniffen und machte kleine Schluckgeräusche.

»Die Polizei war da, wegen der Garage«, sagte er.

Mein Herz schlug schneller und lauter. Ich dachte an all das Gerede in der Schule. Die Theorien und Gerüchte. *Wie kann sich diese dämliche Bretterbude einfach so in Luft auflösen?*

»Col glaubt, dass ich das war. Col is mein Stiefvater. Aber es is ja wohl klar, dass du das warst, oder? Du kannst schließlich zaubern. Musste mir unbedingt beibringen.«

Ich zögerte. Schüttelte dann den Kopf. »Ich kann gar nicht zaubern, Sumo. Ich tue nur so. Es gibt keine Zauberei.«

»Du hast doch selber gesagt, unser Haus machst du vielleicht auch noch weg.«

»Aber doch nur, damit du mir von dem Affen erzählst.«

»Glaub ich dir nich. Du kannst wirklich zaubern, in echt, Alter. Von wem hast du das? Von deinem Vater?«

Ich schüttelte wieder den Kopf. »Ehrlich nicht. Und das mit der Farbe war auch bloß ein Trick.«

»Nee, nee, nee. Die Farbe war kein Trick und die Garage auch nich. Hat keine zehn Minuten gedauert, bis die verschwunden war. Als ich los bin, stand sie noch da, und als ich wiederkam: alles weg. Und kein Lärm. Kein LKW. Kein Schutthaufen. Wer soll'n das sonst gewesen sein? Außerdem hat Schleicher dich nach der Schule bei mir rumlungern sehn, als wir den Affen rumgezeigt haben.«

Vorsichtig zog er Shima den Nuckel aus dem Mund. Legte sie sich über die Schulter und klopfte ihr sanft auf den Rücken. Musterte mich aus seinen kleinen, halb versteckten Augen.

»Wenn ich dir alles erzähl, machste Col dann auch weg?«

Ich starrte ihn an. Wusste nicht, was ich sagen sollte.

»Nur ’n kleiner Fluch, du weißt schon, und weg isser.«

»Ich sag dir doch, ich kann nicht zaubern. Außerdem wäre das ein Verbrechen. Vielleicht sogar Mord.«

Sumo grinste und schüttelte den Kopf. »Du kannst nich gut lügen. Ich war überall grün und du wedelst mal kurz mit’m Arm, bla-ba-di-blubb, und schon is alles weg. Und weil du gewusst hast, dass wir dich garantiert nich in die Garage lassen, warst du sauer – und Hokuspokus, Zauber-Zauber-Fidibus, hast du sie weggemacht. Muss man kein Genie für sein, um das zu schnall’n.«

Er nahm Shima von der Schulter. Schaute sie an. Gab ihr einen Kuss. Tippte ihr auf die kleine Knopfnase. Drückte sie an seinen massigen Körper und stand auf.

»Ich frag nich wegen mir«, sagte er.

Er hatte noch nichts gegessen, also machte ich ihm Bohnen und Toast. Zwei Dosen. Sechs Scheiben. Er zeigte mir, wie man ein Baby hält, deutete auf die Stelle, wo ihr Schädel noch nicht zusammengewachsen war, und sagte, da müsse ich aufpassen. Sie schaute mich an. Gluckste. Ich berührte ihre winzigen Finger und noch winzigeren Nägel. Roch ihren zarten, milchigen Geruch.

Sumo schaufelte das Essen in sich hinein. Leckte sich die Lippen. Nahm noch mehr Brot, um die Soße aufzutunken.

»Ich werde niemandem Schaden zufügen«, erklärte ich ihm. »Und ich kann nicht zaubern.«

Er schaute mich an. Nickte und grinste.

»Aber du musst mir jetzt trotzdem sagen, was du den anderen in eurer Garage gezeigt hast. Das ist echt wichtig. Wenn du mir jetzt hilfst, dann helfe ich dir, so gut ich das eben kann, auch bei Col. Versprochen.«

Shima gurrte und gurgelte in meinen Armen. Sumo wischte sich mit dem Ärmel über den Mund und zog die Nase hoch. Dann legte er Messer und Gabel ordentlich nebeneinander auf den Teller. Verschränkte die Arme auf dem Tisch.

»Vorletzte Woche is Col ziemlich spät aus'm Pub zurückgekommen, und da lag dieses Affending aufm Kreisverkehr vor der Uni, einfach so. Also hat er angehalten und nachgeguckt. War 'n bisschen exotisch, weißt du, nich so 'n normaler Gorilla oder Uranutang oder so. Col dachte, den kann er vielleicht irgendwie zu Geld machen, an 'nen Zirkus verkaufen oder so, also hat er ihn mitgenommen und in die Garage gesperrt. Hat ihm was gegeben, zum Ruhigstellen. Ich hab gesehen, wie er die Pillen von meiner Mum zerdrückt hat.«

Sumo schaute auf seinen leeren Teller hinunter. »Hast du noch mehr?«

Ich gab ihm Shima zurück und stellte ihm Bio-Bananenbrot hin. Er nahm zwei Scheiben.

»Aber was wars denn nun genau, ein Affe oder was anderes?«

»So was hast du noch nich gesehen. Bisschen wie *Planet der Affen*. War, glaub ich, ein Weibchen. Hat mir 'n Haufen Kohle gebracht. Fünfundzwanzig Mäuse in *einer* Stunde. Aber das Geschäft hast du mir ja jetzt vermasselt. Weil, jetzt is sie ja weg, mitsamt der Garage und dem ganzen Kram von Col.«

Donner grollte. Eine Bö ließ Regentropfen wie kleine Geschosse gegen das Fenster prasseln. Ich hielt den Blick auf den Tisch gesenkt. Wagte nicht, ihn anzusehen.

»Weißt du, ob Col und Quix sich kennen?«, fragte ich.

»Jon Quix?«

»Nee, sein Vater.«

Sumo schnaubte. »Keine Ahnung. Kann gut sein. Col kennt massenhaft Leute. Wieso?«

»Weil ich glaube, dass dieses Affenweibchen gar nicht mehr in der Garage war, als die verschwunden ist. Irgendwer muss sie vorher schon rausgeholt haben. Und ich glaube, das war vielleicht dieser Quix, oder ein Typ namens Gerry, der für ihn arbeitet. Übrigens ist das auch gar kein Affenweibchen, sondern eine viel höher entwickelte Art, eine frühe Form des heutigen Menschen. Und wir müssen sie unbedingt finden. Es geht um Leben und Tod, deshalb brauche ich deine Hilfe.«

Ich riskierte einen Blick. Er grinste wieder. Schüttelte den Kopf. Schüttelte sich vor Lachen.

»Eine Hand wäscht die andere. Zauber-Zauber-Fidibus. Wusst ich doch, dass du das warst. Bist eben doch ’n Zauberer. Kofi, der große Magier!«

20

»Du hast *was*?«, kreischte Janie und schlug die Hände vors Gesicht. Zwischen den Fingern hindurch funkelte sie mich wütend an. »Hast du jetzt endgültig alle Schrauben locker?«

Wir saßen im Café der Buchhandlung. Zweite Etage. Ledersessel am Fenster. Ich: Kräutertee mit Löwenzahn, Holunderblüten und Gojibeeren aus dem Himalaya. Janie: großer Kakao mit Karamellsoße, extra viel Milchschaum und doppelten Marshmallows obendrauf.

»Ich musste es ihm sagen, Janie. Sumo ist unsere einzige Verbindung zu Pogsy.«

»*War* unsere einzige Verbindung. Wir haben nicht den leisesten Schimmer, wo sie jetzt ist.«

»Sie war bei Sumo zu Hause, weil sein Stiefvater sie dorthin gebracht hat, und da ist sie auch zuletzt gesehen worden. Also ist das logischerweise der Ort, wo wir noch am ehesten auf Hinweise stoßen, die uns weiterhelfen können. Außerdem sucht Col sicher auch schon nach ihr, und Sumo sagt uns Bescheid, falls er sie findet.«

»Was hatte Col eigentlich mit Pogsy vor?«

»Sie verkaufen. Zirkus, Zoo, oder irgend so was.«

»Und du bist sicher, dass jemand sie da rausgeholt hat? Sie könnte doch auch aus eigener Kraft geflohen sein.«

»Und warum war dann die Kette vorm Garagentor durchgeknipst?«

»Vielleicht hat sie die selber aufgebrochen. Vielleicht kann sie auch löschen und kopieren und all so was, genau wie Rorty. Vielleicht hat die Wirkung der Tabletten nachgelassen, und dann hat sie sich selber befreit. Könnte doch sein, dass sie auch so einen Chip im Kopf hat.«

»Das glaube ich nicht.«

»Warum nicht?«

»Weil Rorty dann schon längst mit ihr Kontakt aufgenommen hätte. Du weißt schon, so, wie er mir diese Nachrichten auf den Computer geschickt hat. Das Gleiche könnte er dann doch auch mit Pogsy machen, von Chip zu Chip sozusagen.«

»Nicht, wenn sie die ganze Zeit unter Drogen stand. Aber vielleicht sind Sumos Stiefvater ja am Ende die Pillen ausgegangen, und dann ist sie aufgewacht und hat sich aus der Garage befreit.«

»Und warum hat sie dann noch keinen Kontakt mit Rorty aufgenommen? Immerhin ist sie jetzt schon zwei Tage weg.«

Janie stöhnte und lehnte sich mit verschränkten Armen zurück. »Du bist *echt* nervig.«

Ich zuckte die Achseln. »Angeborener Scharfsinn. Ich glaube eher, dass Gerry sie da rausgeholt hat. Vielleicht hat der Hund sie aufgespürt. Jedenfalls wissen jetzt alle, dass Col mit der Sache zu tun hat, und weil sie ja immer noch nach Rorty suchen, werden sie bestimmt bald kommen, um ihn auszuquetschen.«

»Stimmt, daran habe ich noch gar nicht gedacht«, sagte Janie. »Hast du Sumo denn auch schon von Rorty erzählt?«

Ich schüttelte den Kopf. »Je weniger er weiß, desto besser. Nicht, dass er sich aus Versehen verplappert, falls Col oder sonst wer ihn ausquetscht.«

»Ich habe übrigens mal *Professor* Quix gegoogelt«, sagte Janie.

»Ich auch, aber da war nicht viel zu finden, oder? Macht Forschungsreisen. Schreibt wissenschaftliche Aufsätze über Neandertaler, aber das wars dann auch schon.«

»Jedenfalls verfügt er über den nötigen Grips und die Kenntnisse, um der kriminelle Drahtzieher im Hintergrund zu sein.«

»Das stimmt«, sagte ich.

»Warum gehen wir nicht einfach hin und fragen ihn? Jetzt gleich?«

»Glaubst du, der gibt offen zu, dass er illegale Versuche an Hominiden durchführt? Nein, das müssen wir irgendwie anders rauskriegen. Und Sumo hält uns, wie gesagt, auf dem Laufenden, falls Quix mit Col Kontakt aufnimmt.«

Janies Augen verengten sich. »Vom schlimmsten Feind zum besten Kumpel, was? Womit hast du ihn denn rumgekriegt?«

Ich holte tief Luft.

»Tja, das ist ein bisschen kompliziert. Ich hab versprochen, ihm zu helfen, dass er Col irgendwie loswird, und bevor du fragst: Ich weiß auch nicht, wie das gehen soll. Sumo ist nicht davon abzubringen, dass ich so was wie den Schwarzen Gürtel der Dunklen Künste habe und Col einfach so von der Bildfläche verschwinden lassen kann.«

»Mit Rortys Hilfe wär das vielleicht sogar möglich.«

»Jedenfalls bin ich jetzt sein Freund.«

»Wie schön«, sagte Janie. Sie beugte sich über ihre Tasse und blies einen Smiley in ihren Milchschaum.

Eine Zeit lang beobachteten wir schweigend die Leute unten auf der Einkaufsstraße. Magere Jungs mit Hosen auf halbmast. Eine dunkelhäutige Frau mit rosa Streifen im Haar. Ein Mann in einer Warnweste, der den Müll aufsammelte.

Mein Handy brummte.

»Das ist Rorty«, sagte ich.

`Brauchen paar Happens sein ausgelungert`

Ich sah Janie an. »Ich glaube, er meint ausgehungert.«

»Wer ist ausgehungert?«

»Der Molimo.«

Wir gingen zum *Tesco* und kauften Bananen, Salat und eine Packung Kekse.

»Und was ist das nun, ein Molimo?«, fragte Janie.

»Rorty hofft, dass er Pogsy damit findet. Ein Molimo ist ein Bambusrohr, auf dem man Töne erzeugen kann, aber es ist auch eine Art Totem und der Name für das ganze Ritual, alles auf einmal. Für Rorty ist der Wald so was wie ein Gott. Er gibt ihm Schutz und Nahrung und wenn irgendwas schiefgeht, wie zum Beispiel, dass Pogsy verschwindet, dann glaubt Rorty, dass der Wald, also der Gott des Waldes, eingeschlafen ist.«

Janie starrte mich von der Seite an. »Ein Bambusrohr? Das Kekse isst?«

»Nur symbolisch. Den Molimo füttern heißt, ihm eine Opfergabe zu bringen, und wenn man auf ihm spielt, ist das so was wie ein Gebet, und dann wacht der Wald wieder auf.«

»Und bringt Pogsy Blue zu ihm zurück?«

Ich nickte. »So ungefähr. Sobald er den Wald geweckt hat, will Rorty den Molimo auf jedem Kreisverkehr spielen, damit Pogsy ihn hört und zu uns zurückkommt.«

»Ziemlich abgedreht«, sagte Janie.

»Ich weiß.«

»Ich mag abgedreht.«

»Das weiß ich auch. Die erste Zeremonie findet heute um Mitternacht statt.«

»Bisschen spät für mich«, sagte Janie enttäuscht.

»Keine Sorge«, sagte ich. »Ich erzähl dir morgen alles.«

21

In einer Ecke unseres Gartens, gleich hinter dem Schuppen, gibt es ein kleines Stück Brache. Vom Haus aus kann man sie nicht sehen. Sie liegt im Schatten, ist ziemlich schmal und, laut Dad, ›der reinste Horror für den Rasenmäher‹. Mum nennt sie ›die Blumenwiese‹, was leicht übertrieben wirkt, schließlich ist sie kaum größer als ein Handtuch. Ich hatte sie fast schon vergessen, bis Rorty mich nach einem ruhigen, heiligen Ort für den Molimo fragte. Und so legte er ihn jetzt vorsichtig zwischen den Klee und die Brennnesseln.

Ein paar Nächte vorher war er in Grimms Gartencenter gewesen. Er hatte sich am Stamm des Wilden Weins vor meinem Fenster hinuntergelassen, ins mondlose Dunkel hinein. Höhligse-Schwarz sagte er dazu. Er hatte sich als ein Stück Nachthimmel getarnt, ein Loch in die Wand des Tropenhauses geklickt und war zu den Palmen und Orchideen und Bonsaibäumchen hineingestiegen. Hatte die Finger in Kunststoffbecken getaucht, an Hyazinthen gerochen, dem Scharren der Meerschweinchen und dem Blubbern der Aquarien gelauscht. Dann hatte er sich ein passendes Bambusrohr gesucht, es kopiert, den Rückweg angetreten und das Loch in der Wand hinter sich geschlossen.

Jetzt war es Mitternacht. Wir standen auf der ›Blumenwiese‹ und betrachteten das etwa einen Meter lange Rohr, das halb verborgen zwischen den Gräsern lag.

»Und was passiert jetzt?«, fragte ich.

Rorty schaute mich an. »Is noch Schlimm Tot.«

Wir legten die Bananen, den Salat und die Kekse vor den Molimo auf die Erde. Rorty besprenkelte ihn mit etwas Wasser und wickelte ihn in eine karierte Decke aus dem Kofferraum unseres Autos.

Dann setzten wir uns neben ihn, über uns der Sternenhimmel. Die Venus hing tief im Westen. Über dem hellen Planeten flackerten zahllose kleinere Lichtpunkte.

»Dort kommen wir alle her«, sagte ich, den Blick nach oben gerichtet. »Alles, woraus wir gemacht sind, jedes noch so kleine Teil, stammt von Sternen ab. Wenn ein Stern stirbt, bleiben all diese winzigen Partikel übrig, aus denen unsere Haut, unser Blut, unsere Haare und Nägel gemacht sind, und die Blätter und die Bäume und die Tiere im Wald. Auch in deinem Wald, Rorty. Alles. Jedes Atom auf dieser Erde.«

Rorty schaute zum Himmel hinauf. Er seufzte.

»Und unsere Erde ist bloß ein riesiger Ball, der irgendwo im Nichts hängt, wie all die anderen Sterne und Planeten auch. Umgeben von Dunkelheit und absoluter Leere.«

Rorty zeichnete einen Umriss in den Himmel. Dann zeigte er auf sich selbst, klickte und wurde zu einer dunklen, funkelnden Masse. Er fing an zu tanzen. Hob den Molimo in den Nachthimmel, um ihm zu zeigen, wo er herkam. Rieb ihn mit Erde, Gras und Blättern ab, damit er verstand, dass er ein Teil der Erde und des Waldes war. Dann trugen wir ihn zu dem Bach, der hinter dem Garten durch die Burrows floss. Ich folgte Rortys glitzernder Gestalt durchs Dunkel.

»Wenn du dich sehen könntest, Rorty!«, sagte ich. »Du bist ein richtiger Sternenmann!«

Ich hörte ihn leise lachen, und dann standen wir auch schon am Bach. Rorty legte den Molimo ins Wasser und erklärte ihm, dass der Wald ohne Wasser für immer tot und verschwunden wäre. Dann kehrten wir zur Blumenwiese zurück. Rorty klickte, wurde wieder sichtbar und hob den Molimo noch einmal zum Himmel empor.

»Wald is Vater un Mutter«, sagte er sanft. »Wald geben alles reichlichs. Geben Essen un Schutzen un Wärmens un Weichlichheit.«

Er unterbrach sich. Atmete tief ein und aus.

»Wenn Wald schlafen, nich aufpassen un sorgen für uns.«

Ich dachte an Rortys Nebelwald, der ihm alles gab, was er brauchte. Tiere und Pflanzen als Nahrung. Das Wasser aus Flüssen und Seen. Holz und Blätter für Hütten und Feuer. Der Wald, den er verehrte und der ihn schützte.

Rorty klickte wieder. »Wenn Wald schlafen, Wald brauchen wecken. Molimo mussen singen. Dann wecken Wald un Wald passen wieder auf. Wald finden Pogsy Blue.«

Er ließ sich ins Gras nieder. Hob den Molimo an die Lippen, holte Luft und blies. Es gab einen traurigen, flehenden Ton, als riefe er den Wald aus tiefster Seele an. Ich stellte mir vor, wie die Töne vom Wind davongetragen wurden, zwischen Blättern und Zweigen herumwirbelten, wie der Wald erwachte und die zarten Klänge sich ihren Weg durch Straßen, Städte und Dörfer suchten, unter Türen hindurch und in jedes Fenster hinein, bis sie Pogsy Blue gefunden hatten.

Als er fertig war, legte Rorty den Molimo zwischen Klee und Brennnesseln zurück, und zum ersten Mal sah ich Tränen in seinen Augen.

Leise schlichen wir uns wieder ins Haus, und unsere Schatten huschten neben uns die Treppe hinauf. Wir vergruben uns in die Wärme unserer Decken und lauschten den Geschöpfen der Nacht.

»Quix«, flüsterte ich. »Hast du den Namen schon mal gehört?« Ich hielt die Luft an. Blinzelte ins Dunkel.

»Quix«, flüsterte Rorty zurück. »Quixie. Machen Rorty Ängstens un Zitterungs.«

Ich tastete nach seiner Hand. »Kannst du dich an irgendwas erinnern?«, fragte ich.

»Fransigs. Fetzens von Träume un Schattendüster in weit fernse Sternennacht. Flatterns un Flüsterns in tiefe Höhlen.«

»Aber du erinnerst dich an den Namen?«

»Bröcksel un Stücksel. Winzelne Schnippse-Schnappse.«

»Sag Bescheid, wenn dir noch was einfällt, ja? Vielleicht hilft uns das, Pogsy zu finden. Aber hier brauchst du keine Angst zu haben, hier bist du in Sicherheit.«

22

Ich mag keine Partys. Sinnloses Gequatsche geht mir furchtbar auf die Nerven. Es interessiert mich nicht, ob die Super Hoops Relegation spielen müssen oder nicht. Und ich will auch nicht wissen, ob Carly was mit Wilso hatte, deshalb lande ich dann meist vor irgendjemandes PlayStation. Aber es spricht sich natürlich rum, wenn man so ein Langweiler ist, und irgendwann lädt einen keiner mehr ein. Was ich völlig in Ordnung finde.

Trotzdem habe ich mich in der ersten Ferienwoche dann sogar selbst zu einer Party eingeladen. Sumo hatte mir davon erzählt. Er wollte hin, weil er Würstchen und Chips und Kuchen mochte. Eingeladen war er wohl auch nur deshalb, weil Jon Quix nicht den Mut hatte, Nein zu sagen. Und ich wollte hin, um rauszufinden, ob Jons Vater Pogsy in seinem Haus versteckt hielt.

Samstag um drei sollte es losgehen. Jon wurde zwölf.

Nach Little Crompton braucht man mit dem Rad eine halbe Stunde. Um fünf nach drei hielt ich vor dem schmiedeeisernen Tor des Herrenhauses an. Bunte Fähnchen und Luftballons hingen zwischen den steinernen Pfosten. Autos parkten auf dem grasbewachsenen Randstreifen. Es gab großes Gehupe und Geschrei, als einige Fahrer versuchten, auf der engen Straße zu wenden. Kinder mit Geschenken und Glückwunschkarten stiegen aus. Einige gingen zusammen mit ihren Eltern rein.

»Es findet hinten im Garten statt«, riefen sie.

Ich schob mein Rad die Einfahrt hinauf, die von lila Krokussen und gelben Schlüsselblumen gesäumt wurde. Blaue Glockenblümchen wuchsen büschelweise unter dem Dach einer Platane.

Der Garten war riesig. Zwischen zwei Festzelten stand eine Hüpfburg. Auf der Terrasse waren Tische und Stühle aufgestellt. Ich ließ mein Rad an der Hauswand stehen.

Anscheinend waren hauptsächlich Jungs eingeladen, die meisten von ihnen jetzt schon außer Rand und Band. Kreischend tobten sie übers Gelände und schubsten sich gegenseitig zu Boden. Als Jon mich entdeckte, fiel ihm das Lächeln aus dem Gesicht. Er zögerte kurz, kam dann aber auf mich zugetrottet.

»Merlin«, sagte er. »Was machst du denn hier?«

»Ich dachte, ich schau mal vorbei«, sagte ich.

»Hat mein Dad dich schon gesehen?«

»Nein«, sagte ich.

»Puh! Dann ist ja gut.« Jon sah erleichtert aus.

»Ich geh mal zu Sumo rüber, okay?«

Jon zuckte die Achseln. »Klar. Insgesamt sind wir dreiunddreißig. Das wird bestimmt super!«

Schreie wurden laut. Auf der Hüpfburg versuchten gerade ein paar Jungs, eine Menschenpyramide zu bauen, um jemand über den Rand zu werfen. »Jon!«, riefen sie. »Jon!«

Jon stieß ein wildes Gebrüll aus und rannte auf sie zu.

Ich entdeckte Sumo, wie er das Buffet in einem der Zelte umkreiste, ein Stück Kuchen in der einen, einen Krapfen in der anderen Hand.

»Echt gutes Futter hier«, sagte er. »Willste auch?«

»Noch nicht.« Ich ließ den Blick durch den Garten schweifen. »Wer von denen ist denn der Vater von Jon?«

Sumo zuckte die Achseln und biss in den Krapfen.

»An dem Tag, als eure Garage verschwunden ist«, sagte ich, »ist da später am Abend vielleicht noch jemand bei euch aufgekreuzt?«

Er kaute und dachte nach.

»Jepp«, sagte er dann. »Ziemlich spät noch. Als Mum und Col aus'm Pub zurückkamen. War 'n ziemliches Geschrei da draußen. Voll der Alarm. Shima is davon aufgewacht.«

»Weißt du, wer das war?«

»Keine Ahnung.«

»Und worum gings?«

»Weiß ich auch nich. Col hat ständig mit irgendwem Ärger.« Er nahm sich ein paar Würstchen.

»Wollen wir uns jetzt mal drin umschauen?«

»Klar«, sagte Sumo.

»Aber wir müssen uns beeilen, okay? Sie wird kaum frei herumlaufen, deshalb suchen wir eher nach verborgenen Ecken und verschlossenen Türen«, erklärte ich. »Sie heißt übrigens Pogsy.«

»Hübscher Name.«

Wir traten durch die Terrassentür ins Haus. Aus der Küche waren Stimmen und das Klappern von Geschirr zu hören. Jon hatte Schilder aufgestellt – ZUR TOILETTE HIER LANG –, aber wir beachteten sie nicht.

»Ich such oben, du hier unten«, flüsterte ich. »Schau nach, ob es einen Keller gibt. Treffpunkt in zehn Minuten auf der Terrasse.«

Sumo lief einen Flur entlang, und ich rannte die geschwungene Treppe hinauf. Arbeitete mich durch die obere Etage und zählte sechs Schlafzimmer und drei Bäder. Hastig machte ich in jedem die Runde, schaute in Truhen, unter Betten, suchte nach verschlossenen Schranktüren und anderen Winkeln, in denen man eine kleine Hominidin verstecken konnte.

Am Ende des Flurs war eine weitere, schmalere Treppe. Sie führte zum Dachboden hinauf. Ich klopfte und drückte zögernd die Tür auf.

»Hallo? Ist hier jemand?«, fragte ich.

Der Dachboden war riesig, mit Fenstern über die ganze Länge des

Schrägdachs. Billardtische und Tischtennisplatten standen herum, eine Modelleisenbahn schlängelte sich an den Wänden entlang. An einem Ende, quer über die Giebelseite, waren mehrere Schränke aufgereiht. Von irgendwoher kam ein schwaches Klopfen.

»Pogsy, ich bin Kofi, ein Freund von Rorty. Melde dich, wenn du mich hören kannst. Wir sind hier, um dich zu befreien.« Ich stand ganz still, schloss die Augen und wartete auf ein Geräusch, ein Zeichen. »Pogsy? Bist du hier?«

Langsam ging ich auf die Schränke zu, öffnete eine der Türen und schaute hinein. Die Regale quollen über vor Spielzeug. Ich schob es beiseite, um bis zur Rückwand sehen zu können. Reckte mich, um sie nach einer Geheimtür abzutasten. Das Klopfen fing wieder an. Aber ich konnte es noch immer nicht orten.

»Pogsy? Hab keine Angst, ich bin hier, um dir zu helfen.«

Vorsichtig öffnete ich einen weiteren Schrank, und dann noch einen, jedes Mal in der Hoffnung, ein blinzelndes Augenpaar in der Dunkelheit zu entdecken.

Der letzte Schrank war tiefer, vollgestopft mit Büchern und noch mehr Spielzeug. Ich kletterte hinein und rief leise: »Rorty ist bei mir in Sicherheit. Komm raus, dann bringe ich dich zu ihm.«

Als ich mich aufrichten wollte, stieß ich aus Versehen einen Stapel Bücher um, die mir erst über den Rücken polterten und dann eine Kiste mit Legosteinen zum Kippen brachten, die sich prasselnd auf den Boden ergossen. Ich erstarrte und betete inbrünstig, dass mich unten niemand gehört hatte. Im selben Moment brach das Klopfen ab und wurde von hektischem Geflatter abgelöst.

Nur ein paar Vögel, die an den Ziegeln gepickt hatten, weiter nichts. *Wo steckst du bloß, Pogsy Blue?*

Ich schloss die Schranktür und schlich mich wieder nach unten. Ich war fast schon im Erdgeschoss, als ich sah, dass Gerry unten am Geländer lehnte. Seine Stirn war tief gefurcht.

»Du schon wieder«, sagte er. »Du tauchst wohl ständig am falschen Ort auf, wie? Was hast du hier drin zu suchen, Bürschchen?«

»Das Klo«, sagte ich. »Ich dachte, das Schild zeigt hier hoch.«

»Du hast nicht zufällig ein bisschen rumgeschnüffelt?«

Ich hielt seinem Blick stand. »Warum sollte ich das tun?«

Gerry schnaubte wütend. »Mal sehen, was der Professor dazu sagt. Der sucht nämlich schon nach dir.«

Das hörte sich gar nicht gut an. Was wollte Quix von mir? Hatte Jon ihm etwa von den Zaubertricks erzählt?

Sumo wartete schon auf der Terrasse. »Kein Keller«, sagte er. »Und im Erdgeschoss hab ich nix gefunden.«

»Bei mir war auch Fehlanzeige.«

»Keine Sorge, Alter, die finden wir schon. Aber suchen macht hungrig. Wie wärs mit 'ner kleinen Stärkung am Buffet?«

»Ist gut. Vielleicht findet Quix uns in den Zelten auch nicht ganz so schnell.«

Das eine Festzelt war leer bis auf einen Tisch und ein paar Stühle, aber in dem anderen, das mit großen bemalten Pappblumen und riesigen Papierlaternen dekoriert war, bog sich immer noch der Buffettisch unter Bergen von Marshmallows, Süßspeisen, Chips und Kuchentellern. Ich dachte an Rorty und wie er sich all diese Party-Köstlichkeiten kopieren würde, um sie dann jeden Tag essen zu können. Bloß gut, dass er zu Hause geblieben war und nichts von dieser Party wusste.

»Hallo, ihr zwei«, sagte eine Stimme.

Ein weißhaariger Mann mit tief gebräunter Haut und leuchtend blauen Augen kam auf uns zu. Er lächelte. »Professor Nigel Quix. Jons Vater.«

Ich sog scharf die Luft ein.

Er schüttelte uns die Hand. Klopfte uns auf die Schulter. Musterte uns eingehend.

»Ich bin Kofi«, sagte ich.

»Sebastien«, sagte Sumo. »Nettes Häuschen ham Sie da.«

Quix lächelte strahlend. »Ja, uns gefällt es auch. Ich habe von deinem Vater gehört, Kofi. Er arbeitet an der Uni, stimmts? Hochinteressanter Forschungsansatz.«

»Meinen Vater kennen Sie bestimmt nich«, sagte Sumo. »Den kenn nich mal ich.«

In der Miene von Professor Quix verschob sich etwas. »Ach«, sagte er. »Wie bedauerlich.«

»Und was ist *Ihr* Forschungsgebiet, Professor Quix?« Ich konnte kaum glauben, wie ruhig meine Stimme klang.

»Ach, so dieses und jenes. Meist eher jenes.« Er lachte. Warf mit einer Kopfbewegung seine Haartolle aus der Stirn. »Eigentlich sollte heute ein Magier auftreten, aber der hat in letzter Minute abgesagt. Von euch kann wohl keiner zufällig einspringen?«

Seine blauen Augen bohrten sich in meine, als wollte er meine Gedanken sezieren und jedes noch so kleine Geheimnis ans Licht zerren.

»Kofi is der Hit«, sagte Sumo. »Der kann lauter richtig coole Tricks, Zauberfarbe und all so was, ehrlich!«

»Du musst mich mit jemandem verwechseln, Sumo.« Ich warf ihm einen warnenden Blick zu, damit er den Mund hielt.

»Nee, nee, du kannst richtig gut zaubern. In echt. Und ohne den ganzen Schnickschnack und so. Nur 'n paar magische Worte und schon: Hokuspokus, Zauber-Zauber-Fidibus.«

»Halt die Klappe, Sumo.«

Quix lachte. »Dann haben wir also schon einen Ersatz gefunden?«

»Tut mir leid«, sagte ich, »aber das ist ein Irrtum. Ich kann überhaupt nicht zaubern.«

Quix trat näher. Beugte sich über mich und sagte leise: »Da hat mir Jon aber was ganz anderes erzählt.«

Mir wurde ganz heiß. Mein Herz stotterte und pochte.

»Mein Reden«, sagte Sumo. »Jetzt stell dich nich so an. Du bist so gut, dass du inner Glotze auftreten könntest.«

»Ich habe vollstes Vertrauen in deine Fähigkeiten, Kofi«, sagte Quix. »Die Jungs werden sicher begeistert sein.«

»Das ist doch lächerlich. Ich bin noch nie als Zauberer aufgetreten.«

»Keine Widerrede, Merlin«, sagte Quix. In seiner Stimme schwang jetzt etwas Hartes, Unerbittliches mit. Er stieß mich unsanft in den Rücken und schob mich dann raus ins Freie. »Kommt, wir gehen rüber in das andere Zelt und dann zeigst du uns ein paar von deinen kleinen Tricks, okay?«

23

Jons Mutter war schon dabei, die Jungs im leeren Festzelt zusammenzutreiben. Dicht gedrängt saßen sie im Gras, tuschelten, kicherten und machten unanständige Geräusche mit ihren Händen und Achselhöhlen.

Eine andere Mutter stellte eine Kiste mit Requisiten neben dem Tisch ab, der auf zwei Böcken ruhte. Bunte Taschentücher. Ein Deck Spielkarten. Schaumgummibälle und Becher aus Metall. Ein schwarzer Plastik-Zauberstab mit weißer Spitze.

»Vielleicht kannst du irgendwas davon gebrauchen«, flüsterte sie. »Sag Bescheid, wenn noch was fehlt.«

Weitere Mütter kamen herein, mit Klappstühlen unter dem Arm. Die Väter stellten sich am Zelteingang auf. Es sah jetzt schon fast nach einer Menschenmenge aus. Nach einem richtigen Publikum. Ich versuchte, tief durchzuatmen, aber mein Herz pochte wild vor sich hin. Ich sah Jon, mit knallrotem Gesicht und ein paar schweißnassen Strähnen in der Stirn.

»Der ist echt gut«, sagte er gerade zu den anderen. »Ihr werdet schon sehen.«

»Äh, herzlich willkommen«, rief ich über das allgemeine Geplapper hinweg.

Die Jungen klatschten und johlten.

»Ich, äh, ich habe überhaupt nichts vorbereitet, deshalb, äh … fangen wir jetzt einfach mit einem Kartentrick an.«

Ich nahm das Deck aus der Kiste. Schüttelte die Karten aus ihrer

Hülle. Einige fielen auf den Boden, und als ich mich nach ihnen bückte, wurde in den vordersten Reihen gekichert.

»Gibt es einen Freiwilligen?«

Ein Junge in der zweiten Reihe hob die Hand.

»Na los, Marty, mach schon!« Seine Freunde schoben ihn nach vorn.

Marty stellte sich neben mich. Zog sein T-Shirt glatt, kreuzte die Arme vor der Brust und grinste seine Freunde an.

Ich mischte die Karten. Breitete sie fächerartig aus, mit den Bildern nach unten. Wandte mich ab.

»Wähl eine Karte aus«, sagte ich. »Schau sie dir an und merk sie dir. Zeig sie allen herum, aber keiner darf sagen, wie sie heißt.«

Dann klappte ich das Deck auf und Marty legte die Karte zurück. Ich mischte noch einmal.

»Und jetzt werde ich, mit der Kraft der Magie, deine Karte wiederfinden.« Ich zählte ein paar Karten in Martys Hand und wählte eine davon aus. »Das ist deine Karte!«

»Nee, ist sie nicht«, sagte Marty. Er hielt sie für alle hoch.

Alle schüttelten den Kopf. »Nein, ist sie nicht.«

Aus den Reihen der Mütter stieg mitleidiges Stöhnen auf.

»Versuchs noch einmal, Herzchen«, sagte eine von ihnen.

»Mach doch den Trick mit dem Geld!«, rief Jon.

»Ja, der mit dem Geld!«, sagten seine Freunde.

Ich legte die Karten weg. »Ich mache jetzt den Trick mit den Bechern und Bällen.«

Unwilliges Gemurmel lief wie eine Welle durchs Zelt. Ich legte drei Bälle auf den Tisch und stellte drei Becher daneben. Auch bei diesem Trick hatte ich keinen blassen Schimmer, wie er funktionierte.

Ein kleines Mädchen näherte sich schüchtern von der Seite. Sie hielt mir den Plastik-Zauberstab hin.

»Hast du vergessen«, sagte sie.

»Wie süß!«, seufzten die Mütter.

»Drei Bälle. Drei Becher«, sagte ich und stülpte einen Becher über jeden Ball.

»Mit der Kraft der Magie ...«

»Lieber nich«, sagte Sumo.

»Na gut.« Ich fuchtelte theatralisch mit dem Zauberstab über den Bechern herum. »Hokuspokus, Zauber, Zauber, FIDIBUS!«

Ich hob einen Becher an. Der Platz darunter war leer.

Ein paar Zuschauer keuchten auf, dann war es still.

Ich tippte auf den zweiten Becher. Wieder war der Ball verschwunden. Das Publikum schrie auf.

Triumphierend hob ich auch den dritten Becher an.

»Zauber-Zauber-Fidibus!«, rief Sumo. Die Jungs sprangen auf und jubelten. Die Mütter schlossen sich ihnen an. Das kleine Mädchen kam wieder angetrabt und probierte den Zauberstab aus.

Ich wandte der Menge den Rücken zu und wühlte in der Requisiten-Kiste.

»*Rorty!* Was machst du hier?«, flüsterte ich. »Stell dir vor, wenn Quix dich entdeckt!«

»Ich helfen finden Pogsy«, flüsterte er zurück.

»Nur noch ein kleiner Kartentrick, und fertig. Dann setzt du den Helm wieder auf und verschwindest von hier.«

Der Lärm hatte sich weiter gesteigert. Die Kinder brüllten rhythmisch: »Zu-ga-be! Zu-ga-be!« Ich wusste nicht genau, ob Rorty mich verstanden hatte.

Ich entdeckte Quix zwischen den anderen Vätern am Zelteingang und sah, wie er Gerry gerade beiseitezog und irgendwelche Anweisungen erteilte. Er war rot im Gesicht und die Venen an seinem Hals traten hervor.

Mir schlug das Herz bis zum Hals.

»Und jetzt der letzte Trick für heute, noch mal mit den Karten«, rief ich.

»Du hast doch eben erst angefangen!«, brüllte ein Junge von hinten.

»Schsch«, machten die Mütter.

Während ich die Karten mischte, bemerkte ich aus dem Augenwinkel, dass einige kleinere Kinder vom Schoß ihrer Mütter herunterkletterten und zur rechten Zeltwand liefen. Ich hob den Kopf und sah, wie breite blaue Streifen auf dem Stoff erschienen. Die Kinder standen wie gebannt. Ihre Blicke folgten den Kreisen und Linien, die die Farbe über die ganze Fläche hinweg beschrieb.

»Andererseits«, sagte ich hastig, »ist Zaubermalerei doch noch viel netter. Mit Blau fangen wir an.«

Lächelnd hob ich den Arm und versuchte, den wilden Schwüngen der Farbe zu folgen, von links nach rechts, von rechts nach links.

»Und jetzt noch ein tolles Gelb.«

Sämtliche Kinder waren inzwischen aufgesprungen. Drängten sich nach vorne. Pfiffen und schrien. Aller Augen waren auf die Zeltwand gerichtet.

Ich tat mein Bestes, um es so aussehen zu lassen, als wäre ich derjenige, der die Farben lenkte, aber es war nie vorauszusehen, wo sie als Nächstes auftauchen würden.

»Und Schwarz«, rief ich und folgte hektisch der Linie, aus der jetzt zwei Augen und ein Paar riesiger Stiefel entstanden. Mehrere Jungs schoben sich unter der Zeltplane hindurch nach draußen. Einer kam gleich wieder zurück, mit enttäuschter Miene.

»Nichts zu sehen«, sagte er achselzuckend.

»Und was ist das hier für ein Klecks?«, rief ich laut, um auch die anderen wieder hereinzulocken. »Na so was, eine Nase!«

Die Kleinen hopsten begeistert auf und ab. Schrien und klatschten. »Ein Clown! Das ist ein Clown! Seht mal, ein Clown!«

Ein ganzer Pulk hatte sich davor versammelt, berührte die Nase, die Schuhe und das lächelnde Gesicht. Auch Jon und seine Freunde kamen näher, die Hände in den Taschen vergraben. Musterten das Bild, traten wieder einen Schritt zurück, kratzten sich am Kinn.

»Echt krass.«

»Genial.«

»Wie hat er das gemacht?«

Ich beobachtete die Eltern, sah die Skepsis auf ihren Gesichtern. Lauschte auf das Stimmengemurmel. Sie wussten, dass das unmöglich war. Eine der Mütter stand auf. Sie strahlte übers ganze Gesicht.

»Hat er das nicht toll gemacht? Einfach großartig! Findet ihr nicht auch?« Sie hob die Arme über den Kopf und fing an zu klatschen. »Na los, Leute.«

Andere fingen ebenfalls an zu lächeln und zu klatschen. Ich versuchte, ihr Lächeln zu erwidern, während ich mich innerlich verzweifelt fragte, ob Rorty jetzt auch wirklich nach Hause ging.

»Wie hast du das bloß gemacht?«, fragte Quix, während er sich zwischen Stühlen und Leibern hindurch auf mich zuschlängelte. »Das war ja phänomenal.«

Er tätschelte mir die Schulter. »Die geht doch auch hoffentlich wieder ab, oder?«, fragte er dann.

»Verzeihung?«

»Die Farbe? Morgen werden die Zelte wieder abgeholt.« Er starrte mich einen Moment lang an, dann lachte er. »Nur ein Scherz, nur ein Scherz.«

Etwas schien ihn abzulenken. Er schaute über mich hinweg in den Garten. Hob die Augenbrauen und nickte. Ich wandte mich um und sah drei Männer mit drei Hunden.

»Komm, Kofi«, sagte Quix. »Wir setzen uns jetzt schön auf eine Bank und essen ein Stück Geburtstagstorte.« Er winkte zwei Jungs heran, erteilte ihnen leise einen Auftrag und sah ihnen nach, als sie auf das Haus zurannten.

Dann legte er mir fest eine Hand in den Nacken und führte mich hinter die Zelte auf eine kleine Anhöhe, wo zwischen Rosenbeeten und alten Weiden eine Holzbank stand. Wir setzten uns und schauten über die Wiesen und Felder, die sich, so weit das Auge reichte, jenseits des Gartens erstreckten.

»Muss doch toll sein, eine solche Begabung zu besitzen«, sagte Quix. »Hast du die Jungs gesehen? Die waren hin und weg. Völlig aus dem Häuschen.«

Ich saß vornübergebeugt. Presste die Handflächen gegeneinander. Starrte auf den Rasen hinunter. Zuckte die Achseln. »So toll wars auch wieder nicht.«

»Widmest du dich allen Dingen mit solcher Energie und Perfektion?«

Ich zuckte wieder die Achseln. »Meistens schon«, sagte ich.

Quix beugte sich vor, sodass er mir ins Gesicht sehen konnte. »Ich bin sehr froh, dass du heute gekommen bist. Und weißt du auch, warum?« Seine Stimme klang gefährlich sanft.

Ich schaute ihn fragend an. Tat so, als wüsste ich nicht, was er meinte.

»Du und dieser Affe, ihr steht euch sehr nahe, stimmts?«

Ich fühlte mich plötzlich ganz schwer, als würde ich gleich vornüberkippen. Richtete mich mühsam auf und atmete tief durch, um das erdrückende Gewicht zu verlagern.

»Ich suche ihn schon seit Wochen. Hatte nicht gedacht, dass er noch lebt. Hast du ihm geholfen, Kofi?« Er ließ mich nicht aus den Augen.

Die beiden Jungs kamen wieder auf uns zu, jeder mit einem Teller in der Hand. »Hier, die Torte.« Sie hatten auch Gabeln und Servietten mitgebracht. Verlegen grinsend blieben sie vor uns stehen und boxten sich gegenseitig in die Rippen.

»Nun frag schon.«

»Frag du doch.«

»Nein du.

»Na los.«

»Jon sagt, du kannst so einen Trick mit Geld.«

Ich zuckte die Achseln. »Nichts Besonderes.«

»Fand Jon aber schon. Zeigst du uns den mal? Hier, ich hab auch Geld dabei.« Er hielt mir eine Münze hin. »Bitte!«

Quix schaltete sich ein: »Mit Verlaub, meine Herren, aber Kofi und ich unterhalten uns gerade geschäftlich. Sobald wir fertig sind, kommt er zu euch rüber, okay?«

»Will er Profi werden?«

Quix lachte. »Wäre durchaus möglich, oder?«

Sie nickten und wandten sich zum Gehen, aber der eine drehte sich noch mal um.

»Wofür sind eigentlich die Hunde, Mister Quix?«

»Ach, nur eine Sicherheitsmaßnahme.«

»Sieht aus, als hätten sie was gefunden. Die Männer lassen sie grad von der Leine.«

Quix stand auf und beschattete die Augen mit der Hand. »Haben offenbar seine Spur aufgenommen«, murmelte er.

Rorty! Ich sprang auf. Bäume und Himmel verschwammen vor meinem Blick. Die Sonne brannte auf mich herab.

Ich stellte meinen Teller ab und beobachtete, wie die Hunde kläffend über das Gelände stürmten, das hinter der Gartenhecke begann.

Rorty war also doch noch hier. Ich musste ihn finden und wegbringen, bevor noch Schlimmeres passierte.

»Kann nicht mehr lange dauern«, sagte Quix. Er beobachtete die grausige Szene wie ein unterhaltsames Sportereignis. »Das Problem ist nur, dass er ein paar Fähigkeiten entwickelt hat, mit denen ich nicht gerechnet hatte. Höchst erstaunliche Fähigkeiten.«

Jetzt hörte man ein Jaulen. Dann die Rufe der Männer. Am Tor, das durch die Hecke auf die Wiesen führte, hatte sich ein Pulk von Kindern gebildet. Sie hüpften und schrien. Quix lief mit großen Schritten über den Rasen und im Zickzack zwischen den Blumenbeeten hindurch. Ich sprintete ebenfalls los, aber mitten durch die Beete, geradewegs aufs Gartentor zu, wo ich mich unter die anderen Kinder mischte.

Dann war auch Quix da. Er drängte sich durch die Menge, riss das Tor auf und stapfte durchs hohe Gras auf Gerry und die drei Hundeführer zu. Brüllte. Winkte. Forderte sie auf, die Hunde zurückzurufen.

»Was soll das'n jetzt?«, fragte Sumo.

»Keine Ahnung«, hauchte ich.

Quix sprach mit den Hundeführern. Wir sahen, wie sie die Achseln zuckten und die Köpfe schüttelten. Wie Quix sich vor die Stirn schlug und mit den Armen ruderte.

Von den Hunden war nichts mehr zu sehen. Und auch nichts mehr zu hören. Nicht mal ein Winseln.

Er hat sie gelöscht, dachte ich. *Rorty hat mal eben drei Hunde gelöscht.*

Ich wandte mich zu Sumo um. »Ich glaube, wir sollten jetzt lieber gehen«, sagte ich.

Sumo seufzte. »Das glaub ich auch. Mehr krieg ich sowieso nich runter.«

24

Wir brauchten fast zwei Stunden bis nach Hause, weil ich ständig stehen blieb, um sicherzugehen, dass Quix und Gerry uns nicht folgten. Und um unauffällig zu überprüfen, ob Rorty noch bei uns war, der sich alle Mühe gab, mit dem Hintergrund zu verschmelzen.

Außerdem benutzen wir, so gut es ging, Seitenstraßen, schmale Gassen und Trampelpfade, auch wenn es vollkommen sinnlos war, weil sie längst wussten, wo ich wohnte.

Immerhin gab mir das Zeit zum Nachdenken, und während ich mein Rad neben mir herschob, dachte ich: *Jetzt ist es also klar. Professor Nigel Quix. Der Vater von diesem Jammerlappen Jon, der schon losheult, wenns beim Nachschlag in der Mensa keine Pommes mehr gibt.*

Quix ist also dieser geheimnisvolle Unbekannte, der Rorty aus irgendeinem verborgenen Winkel der Erde hierhergebracht und ihm dann die Erfindung meines Vaters eingepflanzt hat. Und der offensichtlich so furchtbar schlau ist, dass dieser Chip bei ihm auf eine Weise funktioniert, die mein Vater sich nicht mal vorstellen konnte.

Oder war das nur ein Zufall?

Quix hat doch gesagt, Rorty hätte Fähigkeiten entwickelt, mit denen er nicht gerechnet hat. Vielleicht vollbringt MINDLINK diese Wunder ja nur in Rortys Gehirn? Dann ist der gute alte Rorty am Ende sogar cleverer als der Herr Professor höchstpersönlich? Der vorhin die Dreistigkeit besessen hat, ihn als Affen zu bezeichnen? Prähistorisches Genie wäre wohl passender.

Aber mit welchem Ziel hat Quix ihm dem Chip überhaupt eingepflanzt? Was hat er mit ihm vor?

Sumo und ich wechselten uns mit dem Fahrrad ab. Probierten Abkürzungen und verliefen uns. Sumo fing immer wieder davon an, dass wir ins Geschäft einsteigen sollten. Partner werden. Er meinte, ich könnte schon morgen im Fernsehen auftreten.

»Aber die Sache mit Col haste nich vergessen, oder?«, fragte er.

»Alles zu seiner Zeit, Sumo. Alles zu seiner Zeit.«

Als ich mit Rorty zu Hause war, schickte ich Janie eine Nachricht und sie kam gleich zu uns rübergeflitzt.

»Habt ihr Pogsy gesehen? War sie dort?«

Ich schüttelte den Kopf. »Nein, leider nicht.«

Janie barg den Kopf in den Händen und stöhnte frustriert.

Ich erzählte ihr von Quix und Sumo und den gelöschten Hunden.

»Dann steckt also wirklich Jons Vater dahinter. Und Gerry und der Rest sind seine Handlanger. So ein Widerling.«

»Quix hat gesagt, Rorty sei schon vor Wochen verschwunden. Wahrscheinlich ist er geflohen, sobald er gemerkt hat, dass er Dinge löschen kann, zum Beispiel, um ein Loch in die Wand zu machen. War das so, Rorty?«

»Und Pogsy war auch dabei?«, fragte Janie.

Rorty überlegte. »Ich kein Bilders in Kopf. Ich nich erinnerns.« Niedergeschlagen kauerte er sich neben Janie, zupfte an ihren Haaren und zog kleine Hautschuppen heraus.

»Dabei hab ich sie gestern erst gewaschen«, sagte Janie.

Aber Rorty schien sie gar nicht zu hören.

»Du hättest nicht zur Party kommen sollen«, sagte ich zu ihm. »Das hat alles noch viel komplizierter gemacht.«

»Ich mögen Partys«, erwiderte Rorty. »Ich mögen Kuchens.«

»Wir müssen dich von hier wegbringen, bevor sie noch mal herkommen und nach dir suchen.«

»Ich gut in Löschen«, sagte Rorty.

»Bissige Hunde zu löschen mag ja gerade noch angehen, aber einen Menschen darfst du auf keinen Fall löschen. Dann würden die Schwierigkeiten erst so richtig anfangen. Wir müssen dich unbedingt an einen sicheren Ort bringen. Außer Reichweite.«

»Was das angeht …«, sagte Janie.

»Ja?«, fragte ich.

»… habe ich was gefunden.«

»Echt?«

»Ja, der Ort ist einfach perfekt. Mitten im Nichts, hundesicher und jede Menge Feuerholz. Frisches Wasser mit Fischen drin und ein freier Platz, um eine Hütte zu bauen.«

»Wo denn?«

»Streng geheim.«

»Jetzt komm schon, Janie.«

»Du kennst es sowieso nicht, auch wenn ich es dir sage.«

»Und da gibts alles, was auf unserer Liste steht?«

»Alles.«

»Is neue Haus?«, fragte Rorty.

»Ja.« Janie nahm seine Hand. »Für dich allein. Nächstes Wochenende bringen wir dich hin. Und heute Abend geht ihr beide ja noch mal mit dem Molimo los. Ich wünschte, ich könnte dabei sein, aber das wär zu riskant. Wenn Mum mich erwischt, krieg ich richtig Ärger.«

»Lange musst du nicht mehr warten, Janie. Sobald Rorty seine neue Hütte hat, kann er auf dem Molimo spielen, sooft er will.«

25

Er weckte mich mit sanftem Flüstern. Wir schlichen uns aus dem schlafenden Haus. Huschten durch die Straßen wie Diebe, Ruhestörer in der Stille der Nacht. Der Mond ging auf, und der Himmel war mit Sternen übersät. Wir liefen mitten auf der Fahrbahn und kümmerten uns weder um Ampeln noch sonstige Verkehrsregeln. Es war kaum etwas zu hören. Ein kläffender Hund. Das Aufheulen eines Motorrads. Das leise Rauschen der Autos auf der Schnellstraße.

Rorty hob den Kopf.

Wir betraten den *Tesc-O*-Kreisel.

Schon wieder ein Kreis. Alles bewegt sich in Kreisen. Die Sonne, der Mond, die Erde. Frühling, Sommer, Herbst und Winter, der Kreislauf des Wassers: Wolken, Regen, Meer und wieder Wolken. Planeten kreisen um Sonnen. Elektronen um Atomkerne. Rortys Hütte war rund. Rortys Feuerstelle auch. Ringstraßen, Kreisverkehre, Autoreifen. Rortys Atem, wenn er auf dem Molimo spielte.

Er streichelte das Rohr. Flüsterte ihm etwas zu. Lief auf und ab und dehnte die Schultern, wie ein Solist vorm Konzert. Malte einen vagen Umriss in den mondhellen Himmel, klickte und setzte sich in ein Sternenbad.

Und der Molimo fing an zu singen.

Ich schloss die Augen und stellte mir seinen Regenwald vor. Sah ihn unter schimmernden Wipfeln aus Grün, mit dem Großen Blau darüber. Hörte fast schon das Surren der Insektenflügel, das Krächzen und Trillern der Vögel, roch das herbe Aroma von Erde und

Schlamm. Und ich sah Rorty mit dem Großen Gott des Waldes, inmitten der Schönheit und Vollkommenheit der Welt.

Die sanften Klänge des Molimo schwebten über Bradborough hinweg.

Finde sie, sangen sie. *Finde Pogsy. Bring sie nach Hause. Bring sie uns zurück.*

Ich öffnete die Augen, und immer noch schimmerte die Nacht, leuchtete der Mond, und der Gesang des Molimo klang in mir nach, während wir unter den orangefarbenen Straßenlaternen nach Hause gingen. Ich hörte ihn noch, als ich meinen Schlafanzug anzog und mich ins Bett fallen ließ. Im Wachen und im Träumen hörte ich ihn rufen.

Wach auf, wach auf, wir spähen, wir schauen, wir suchen Pogsy Blue.

26

Es war der letzte Samstag in den Ferien. Der Tag vor Rortys Umzug, und obwohl er nicht weit weg zog, dachten wir, es wäre nett, ihm etwas zum Abschied zu schenken.

Wir ließen ihn in meinem Zimmer zurück und gingen runter zum Mittagessen. Mum hatte uns einen Salat aus weißen und grünen Bohnen hingestellt, dazu zwei Äpfel (entkernt, halbiert und mit Zitronensaft beträufelt, damit sie nicht braun wurden), eine Schale mit Nüssen und Rosinen (kein Salz, kein Öl, keine Zusatzstoffe), Möhrensaft und eine einzelne Pflaume. Daneben lag ein Zettel:

Kaliumreiches Mittagessen. Bitte Pflaumen kaufen.

Ich starrte auf das Essen. »Wie soll ich denn davon satt werden?«

»Hör auf zu jammern«, sagte Janie. »Das ist gut für dich. Von so was haben sich die Menschen der Frühzeit ernährt.«

»Die hatten doch bloß keine andere Wahl, sonst hätten sie auch lieber *Fish and Chips* gegessen und danach ein *Magnum*-Eis.«

Nach dem Essen räumten wir alles weg und machten uns auf den Weg zum *Frittentempel*, um dort Rortys Überraschung zu besorgen.

Oder vielmehr taten wir das nicht.

Jedenfalls nicht im *Frittentempel*.

Mum hat mir mal erzählt, dass man manchmal das Glück hat, im Raum-Zeit-Kontinuum zu landen, und dann wird plötzlich alles ganz leicht.

»Stell dir vor, Kofi«, hatte sie gesagt. »Letzten Freitag war es ganz offensichtlich meine Bestimmung, um Viertel vor vier in Grimms Gartencenter zu sein, denn als ich in der sengenden Sonne auf den völlig überfüllten Parkplatz fuhr – in einer Hitze, wegen der ich zum ersten Mal in zwei Jahren die Klimaanlage einschalten musste –, setzte gerade ein Wagen aus der einzigen Parklücke zurück, die im Schatten der dicht belaubten Äste einer Eiche lag.«

»*Dicht belaubte Äste*? Seit wann bist du so poetisch?«

»Werd nicht frech«, sagte sie. »An diesen Nachmittag ist in der Praxis etwas passiert, das ich noch nie erlebt habe. Ich hatte eine ganze Stunde ohne Termin. Ich warf einen Blick auf die kahle Orchidee auf meinem Schreibtisch und bin sofort, ohne nachzudenken, ins Gartencenter gefahren. Und als ich dann vollkommen ruhig und entspannt in die Praxis zurückkam …«

»Du bist nie vollkommen ruhig und entspannt«, sagte ich.

»An dem Tag schon«, sagte Mum. »Ich war absolut Zen und genau in dem Moment, wo ich meine neue blühende Orchidee auf den Schreibtisch stelle, kommt mein nächster Patient durch die Tür.«

Mum führt eine Liste über alle Situationen, in denen Raum und Zeit plötzlich eins werden und alles sich so mühelos ineinanderfügt, als stünde es im *Großen Buch des Schicksals* geschrieben.

Und auch wenn ich es nicht zugeben wollte: Da war etwas dran.

Janie und ich ahnten noch nicht, dass es uns bestimmt war, an diesem Tag um zehn Minuten nach eins im Drogeriemarkt an der Valley Road zu sein, aber alles fügte sich so, dass es am Ende dazu kam.

Der *Frittentempel* liegt eigentlich genau entgegengesetzt zur Valley Road, aber auf dem Weg dorthin trafen wir Hep, der uns erzählte, der Imbiss sei geschlossen, weil es dort gebrannt hatte, wegen der Fettablagerungen in den Abluftrohren. Er riet uns, zu *Heiß & Fettig* zu gehen.

In der Valley Road.

Mein Geld hatte gerade so für die Portion *Fish and Chips* gereicht, die Rorty bekommen sollte, aber als wir aus dem Imbiss traten, entdeckte Janie den Drogeriemarkt nebenan.

»Ich kauf mir noch schnell mein Anti-Schuppen-Shampoo«, sagte sie und schaute in ihr Portemonnaie. »Das kostet vier Pfund zwanzig. Ich hab aber nur vier Pfund.«

Ich wühlte in meinen Taschen und zuckte die Achseln.

»Dann eben nicht«, sagte sie, und wir wandten uns zum Gehen.

Doch im *Großen Buch des Schicksals* war es nicht vorgesehen, dass wir zu diesem Zeitpunkt schon wieder verschwinden sollten, deshalb gab das Raum-Zeit-Kontinuum Janie einen sanften Schubs, sodass sie vor sich auf den Fußweg schaute und dort ein Zwanzigpencestück entdeckte.

»Genau das, was mir fehlt«, sagte sie. »Ist ja verrückt!«

Um neun Minuten nach eins betraten wir den Drogeriemarkt in der Valley Road. Es gab drei Gänge. Die Shampoos befanden sich im mittleren Gang, gleich gegenüber von den Babyprodukten. Um zehn Minuten nach eins liefen wir Brise in die Arme, die eine Vorratspackung Windeln und drei Packungen Baby-Feuchttücher im Einkaufskorb hatte.

Sie wirkte peinlich berührt.

»Oh, hallo!«, sagte sie. »Hattet ihr schöne Ferien?«

»Ja, danke«, sagte Janie.

»Die *Fish and Chips* riechen aber wirklich gut«, sagte Brise. Vielleicht wollte sie andeuten, dass wir die lieber mal essen sollten, statt wie gebannt in ihren Einkaufskorb zu starren.

»Die sind für einen Freund von uns«, sagte Janie. Sie lächelte. Und dann stellte sie die Frage, die uns überhaupt nichts anging, auf die wir aber beide unbedingt die Antwort wissen wollten, und die zu stellen nur Janie den Mut aufbrachte.

»Hat jemand kürzlich ein Baby bekommen?«

Brise zögerte. Sagte laut: »Hmmmm«. Und dann: »Oh ja. Die sind für eine Freundin von mir.« Sie nickte kurz und ging zur Kasse.

Janie kaufte ihr Anti-Schuppen-Shampoo, und wir schauten Brise hinterher, wie sie den Laden verließ.

Sie winkte uns zu. »Bis Montag!«

Wir liefen nach Hause, um noch mehr Geld zu holen, und dann zu Mr Barty, wo wir ein weißes *Magnum*-Eis kauften.

»Das kann unmöglich ihr eigenes sein«, sagte ich. »Dann hätte man ihren Bauch gesehen.«

»Manche Frauen kriegen keinen so großen Bauch, und außerdem hat sie doch immer so weite Oberteile an.«

»Wenn es ihres wäre, wär sie jetzt im Mutterschutzurlaub«, sagte ich.

»Stimmt«, sagte Janie. »Aber für wen sind dann die Windeln?«

Brise war noch nicht lange in Bradborough. Wir wussten kaum mehr über sie, als dass sie vorher die Welt bereist hatte, um Ausgrabungen zu machen, und erst vor vier Monaten an die Landlow-Schule gekommen war. Sie hatte uns auch erzählt, dass sie inzwischen zwar die meisten ihrer Nachbarn kannte, die alle uralt und bröselig waren, davon abgesehen aber noch nicht viele Freunde gefunden hatte.

Keiner von uns hätte ahnen können, dass wir Brise an jenem Tag im Drogeriemarkt an der Valley Road treffen würden, aber Mum hatte recht: Es gibt Dinge, die müssen einfach passieren. Auf irgendeiner Seite im *Großen Buch des Schicksals* hatte das wohl so gestanden.

Wieder in meinem Zimmer, klappte Rorty mit spitzen Fingern die fettige Packung auf. Er lächelte, als er das riesige Fischfilet und die dick geschnittenen Pommes sah. Er kopierte beides, und dann auch noch das weiße *Magnum*-Eis.

»Jeden Tag solltest du so was aber lieber nicht essen«, sagte Janie. »Das macht nämlich dick.«

Rorty hatte inzwischen schon alle möglichen Lebensmittel kopiert – auch Äpfel, Bananen und Hühnereintopf –, um sie in sein neues Zuhause mitzunehmen. Wenn Janies Beschreibung stimmte, gab es dort alles, was er sich nur wünschen konnte. Und er wäre endlich in Sicherheit vor Gerry und Sirus und Nigel Quix. So hofften wir jedenfalls.

27

Der Fluss war stellenweise tief. Gemächlich floss er über Felsen und Kiesel. Kleine Windböen kräuselten die Oberfläche, die wie ein Streifen Bronze schimmerte.

Wir wollten zur Insel in der Mitte des Flusses übersetzen, auf die hintere Seite, wo die Bäume das Wasser beschatteten. Wir schoben das gelbe Dingi ins Wasser, hörten, wie es über die Kiesel scharrte, sahen die Wellen, die es im Flachen erzeugte. Ich hielt es im Gleichgewicht, während Rorty reinkletterte. Es bot nur Platz für zwei, deshalb würde ich erst ihn rüberbringen und dann Janie.

Wir knieten uns auf den rostigen Boden. Janie reichte Rorty den Molimo über den Bug. Mit einer Hand hielt er ihn fest, die andere ließ er durchs Wasser schleifen.

Wir steuerten die Insel an, wurden aber auf halber Strecke von der Strömung erfasst. Ich wollte das Dingi zum Ufer lenken, aber wir kamen aus den Wirbeln und Strudeln nicht heraus. Janie rief, ich sollte mich mehr anstrengen, aber das Paddel war klein und der Sog war stark. Rorty hing die ganze Zeit über dem Bootsrand und hielt nach Fischen Ausschau.

»Is große«, sagte er. »Is winzelige Winzies un großelige Großies.«

Als er sich aufrichtete, geriet das Boot ins Schwanken. Er verstärkte die Bewegung noch, warf den Kopf zurück und lachte, während wir hilflos weiter trudelten.

»Hör auf mit dem Quatsch!«, schrie Janie.

»Ich kucken nach Fischies«, rief Rorty.

»Tu lieber, was sie sagt«, flüsterte ich. »Sie kann echt gefährlich werden, wenn man sie reizt.«

Wir passierten das Ende der Insel, wo das Wasser tiefer und ruhiger war, wendeten dort und fuhren auf der anderen Seite wieder ein Stückchen flussaufwärts, bis wir das flachere Ufer erreichten. Unter den ausladenden Bäumen war es kühl. Rorty griff nach ein paar überhängenden Zweigen und zog uns an Land.

Die Insel hieß Heron's Island. Janies Vater war hier immer zum Angeln hergekommen, bis der Fluss irgendwann an den Wasserpflanzen erstickte. Sie waren überall. Flächendeckende grüne Matten, die sich ans Ufer klammerten. Rorty trat auf ein paar größere Steine und hielt das Bambusrohr über den Kopf.

»Sieh dich schon mal ein bisschen um«, sagte ich. »Ich hol Janie rüber.«

Die Brennnesseln reichten uns bis zur Hüfte, mit ihren fingerdicken, stacheligen Stängeln. Wir suchten uns Stöcke und hieben auf dichtes Dornengestrüpp ein. Wir trampelten Disteln platt und knickten Halme ab, aus denen milchiger Saft hervorquoll. Seltsam modrige Gerüche stiegen aus der Erde auf – das fremdartige Aroma von Zwiebeln und Kräutern. Wir blieben kurz stehen, um zu verschnaufen und uns den Schweiß abzuwischen.

»Kommen sehen. Kommen sehen.«

Rorty saß auf einem Ast und baumelte mit den Beinen. Als wir auf seiner Höhe waren, ließ er sich fallen.

»Is wundernse Schönheit. Alles Leuchtens un Funkelns.« Er zog uns zwischen Disteln und Wiesenkerbel hindurch.

An einem Ende der Insel, wo das Ufer steil zum Fluss hin abfiel, hatte er eine kleine Lichtung geschaffen. Hatte das dichte Unterholz gerodet und ein paar kleinere Bäume gefällt, von denen nur noch die abgesägten Stümpfe aus der Erde ragten. Rings um die Lichtung neigte sich das hochgewachsene Gras nach außen, als würde es von einem starken Luftzug niedergedrückt. Es war, als wate man in eine grasbewachsene Schüssel hinein.

Ich holte Rortys neuen Helm aus dem Rucksack. Es war eine Weiterentwicklung des 3000-SS-Turbo, mit einem Stirnpolster aus Schaumstoff zur Vermeidung von Druckstellen und mit Belüftungsschlitzen zur verbesserten Luftzirkulation.

»Die Scheitel-Lasche hab ich entworfen«, sagte Janie. Sie half Rorty, den Helm an seinen Kopf anzupassen. »Lasche-AUF bedeutet, dass MINDLINK funktioniert. Lasche-ZU, und nichts geht mehr, kein Senden, kein Empfangen, nichts. Lasche-ZU, und du bist nur ein Hominide wie jeder andere auch.«

Rorty strahlte. »Ich probieren«, sagte er.

Er klappte die Lasche auf, die genau über seiner Narbe saß. Er ging zum nächsten Baum und schrieb »HOMINIDEN VOR!« auf den Stamm.

Janie lachte und klatschte.

Rorty klappte die Lasche zu und versuchte, die Schrift zu löschen, aber nichts geschah.

»Super! Es funktioniert«, rief Janie. »Aber denk dran, die Lasche möglichst selten zu öffnen, damit Gerry und Quix dich nicht orten können.«

Rorty nickte und strahlte. Er öffnete die Lasche und löschte, was er auf den Stamm geschrieben hatte. Dann änderte sich seine Miene, und er zeigte auf eine Stelle am Rand der Lichtung.

»Kofi. Janie. Sitzen.«

Wir ließen uns auf den Boden sinken und schauten zu, wie er ein paar Flechten, Äste und Zweige sammelte. Dann kauerte er sich neben uns. Wir sahen die Konzentration auf seinem Gesicht und hörten das Klicken hinten in seiner Kehle. Ein gespaltener Stock mit einer Mulde darin und ein zweiter Stock mit abgeschälter Rinde erschienen in seiner Hand. Es war der Feuerbohrer, den er vor einigen Wochen in seiner Hütte gefertigt hatte.

Janie schnappte nach Luft. »Daran werde ich mich wohl nie gewöhnen«, flüsterte sie.

Rorty setzte das abgeschälte Stöckchen in die Mulde des anderen Stocks und drehte es so lange zwischen den Händen hin und her, bis Rauch aufstieg und die trockenen Flechten sich entzündeten. Er nährte das Feuer mit Zweigen und dürrem Gras und sang dann, ganz leise, in die Flammen hinein:

Hei-jo-balaja-jo

Hei-jo-balaja-jo

Er sang für das Feuer und für den Wald.

»Wald brauchen wecken«, flüsterte er.

Der Rauch stieg in einer dünnen Spirale auf. Rorty stand vor uns, ruhig und feierlich.

»Ich lauschen«, flüsterte er. Er neigte den Kopf und schloss die Augen. »Wald atmen. Wald schlafen. Is dunkel alle Ortens. Dunkel in Wald un dunkel in Kinders un dunkel in Brüders un Schwesters. Wenn Wald schlafen, wir mussen wecken Wald. Wir mussen singen. Mussen hören Stimmen von Altens, von Geisters, mussen wecken Wald un Wald sprechen wieder zu uns.«

Vorsichtig schob er sich ums Feuer herum, schaute uns an und sagte: »Is Zeit. Is Molimo.« Und damit wandte er sich um und ging auf die Bäume zu.

28

Wind war aufgekommen. Wolken rasten vorbei, als hätte jemand den Himmel auf Zeitraffer gestellt. Janie legte sich ihren Pullover über die Schultern und rückte näher ans Feuer.

Anfangs war ich nicht sicher, ob es wirklich der Molimo war. Wir hörten kleine Haucher und Puster. Aber dann kam es, unverwechselbar, aus der Tiefe der Bäume hervor. Ein sanftes, lang gezogenes Klagen, voll Trauer und Sehnsucht. Ein uralter Klang, der durch die Luft und durch die Erde bis in unser Blut und unsere Knochen vordrang.

»Hast du das gehört?«, fragte Janie. »Das spürt man ja bis ganz tief drin.«

Ich wusste, was sie meinte, sagte aber nichts. Wir schlossen die Augen und lauschten.

»Fühlt sich so an, als würde er nicht nur seinen Wald aufwecken, sondern auch diesen hier«, sagte Janie irgendwann. »Vielleicht, weil Pogsy hier in der Nähe verschwunden ist? Vielleicht ruft der Molimo jetzt die Waldgeister an, die Urahnen, die Seelen der Menschen, die hier vor langer Zeit gelebt haben.«

»Kann sein«, sagte ich. »Wenn man an so was glaubt.«

Janie zog die Schultern hoch. »Manchmal muss man einfach an Mythen und Mysterien glauben. Die Fakten außer Acht und der Fantasie freien Lauf lassen. Nicht an Moleküle und Schallwellen und elektromagnetisches Gedöns denken, sondern auf seinen Instinkt und seine Gefühle hören. Es gibt noch so vieles, was wir *nicht* verstehen. Oder wie würdest du nach heutigen wissenschaftlichen Erkenntnissen das Verschwinden dieser dämlichen Garage erklären?«

Ich versuchte es erst gar nicht. Was konnte ich schon sagen? *Niemand* konnte das erklären.

Wir saßen schweigend nebeneinander und hörten einfach nur zu. Die Bäume schienen sich im Rhythmus der Klänge zu wiegen. Irgendwann fiel mir auf, dass auch ich mich bewegte, als wären diese Töne nicht nur ein Geräusch, sondern etwas Lebendiges, etwas Körperhaftes, ein Wesen, das in uns drang und uns umgab. Ich sprang auf. Schüttelte Beine und Arme aus. Lief ein paar Schritte auf und ab.

Janie lächelte. »Geht ganz schön unter die Haut, was?«

»Nein, nein, schon okay.«

Der Molimo verstummte und hob dann wieder an. Er war jetzt weiter entfernt und erfüllte den Wald mit seinem geisterhaften Gesang. Regenschwere Wolken zogen sich über der Insel zusammen und Donner grollte. Die ersten dicken Tropfen fielen.

»Die Hütte!«, stieß Janie plötzlich hervor. »Er hat die Hütte vergessen.«

Der Regen kam in Wellen herunter, als hätte die Luft eine Lunge: beim Einatmen nur ein leichtes Tröpfeln, dann wieder eine wahre Sturzflut, die uns in den Schutz der Bäume trieb. Wenige Augenblicke später stand Rorty neben uns und schaute in das Unwetter hinaus.

»Die Hütte«, sagte Janie und wischte sich das Wasser aus den Augen. »Du hast noch gar keine Hütte.«

Rorty trat einen Schritt vor. Er fuhr mit der Hand durch die Luft, und eine plötzliche Druckwelle ließ uns nach hinten stolpern. Etwas Großes, Hölzernes war auf der Lichtung gelandet, von einem gewaltigen Scheppern begleitet, als sein Inhalt vom Aufprall abrupt gebremst wurde.

»Das glaub ich jetzt nicht«, sagte ich.

Janie lief auf das Tor zu, zog die lose baumelnde Kette aus den Türgriffen und riss einen Flügel auf.

»Halt, Vorsicht!«, rief ich. »Da liegt überall rostiges Zeug und um die Ecke steht ein Weihnachtsmann.«

»Woher weißt du das?«, fragte Janie. »Ich kann hier kaum was erkennen.«

Wir setzten uns alle drei ganz vorn in den Eingang, bis das Hämmern des Regens nachließ. Dann stießen wir das Tor weit auf, um Licht hereinzulassen.

»Wie hast du es bloß geschafft, sie zurückzuholen?«, fragte ich Rorty.

»Ich wollen kleine Haus für Pogsy. Ich denken winzelige Denkens weit weit weg. Anfangs ich machen falsch ganze Zeit. Rauschen Gras allens runter un runter. Jetz ich wissen, wo finden winzelige Denkens. Ich bringen Pogsy kleine Hütte.«

Janie lachte. Schüttelte den Kopf. »Du meinst, Sumos Garage hat irgendwo rumgestanden und nur darauf gewartet, dass du sie zurückholst?«

»Ist doch irgendwie logisch«, sagte ich.

»Ach ja?«, fragte Janie. »Wirklich?«

Nein, dachte ich. *Eigentlich nicht. Eigentlich ist das vollkommen unlogisch.*

Rorty bewegte sich zwischen dem Gerümpel hindurch und schob es zu kleinen Haufen zusammen. Ich stapelte die gestohlenen Computer und Bildschirme in einer Ecke auf. Dann kippten wir eine kleine Kommode auf die Seite, als provisorischen Tisch, und Rorty kopierte uns drei Portionen *Fish and Chips* und drei *Magnum*-Eis zum Nachtisch.

Die Sonne hing schon tief über den Bäumen, erreichte nur noch die obersten Wipfel und ließ den Rest im Schatten. Wolken legten sich in zarte hellrosa und blaugraue Falten.

»Was hältst du davon?«, fragte Janie.

»Wovon?«, fragte ich zurück.

Sie schaute in den Himmel und flüsterte: »Du hast es doch auch gespürt, oder? Diese Erwartung, als würde bald etwas ganz Wichtiges, Geheimnisvolles passieren.«

Ich zuckte die Achseln. »Nicht so richtig.«

Sie schnalzte missbilligend mit der Zunge. »Du bist wirklich ein hoffnungsloser Fall. Kalt wie Stein. Aber ich hab mir das nicht bloß eingebildet, weißt du. Ich denk mir das nicht bloß aus.«

Ich konnte nichts sagen. Eigentlich war es unmöglich, aber auch ich spürte immer noch den Nachhall in mir, in meinem Kopf und meinem Körper. Wie ein langsamer Puls, ein Herzschlag. Als würde Rortys Wald ganz allmählich erwachen.

29

»Merlin! Merlin!«

Der erste Schultag nach den Ferien. Ich blieb oben an der Treppe stehen und wandte mich um. Seine Beine waren ganz verschwommen, so schnell rannte er auf mich zu, während er die Riemen seines Rucksacks umklammert hielt.

»Warte!«, rief er.

Ich wartete.

Jon stürmte die Treppe herauf. In seinen Augen stand die nackte Angst.

»Mein Vater hat alles aus mir rausgeholt«, keuchte er. »Ich weiß, dass es meine Schuld ist, aber er hat mich gezwungen, ihm alles zu erzählen.«

Ich starrte ihn länger an, als nötig gewesen wäre. Lange genug, um ihm Angst zu machen – Angst vor der Macht, die ich möglicherweise über ihn besaß.

»An dem Tag, als du die Zaubertricks bei dir im Garten gemacht hast, hat meine Mutter gefragt, warum ich so spät nach Hause gekommen bin, aber mir fiel keine Ausrede ein, und mein Vater hat gesagt, ich schulde Mum eine Erklärung, und dann hat er mich angebrüllt, und ich hab gesagt, du hättest mir Zaubertricks gezeigt, und er hat gefragt, was für Tricks, und ich habe gesagt, die waren echt cool, und hab ihm die beiden Fünfpfundnoten gezeigt, und da ist er plötzlich ganz ernst geworden und hat mich gezwungen, ihm alles über dich und diesen Affen zu erzählen.«

Er atmete keuchend. »Und sprichst du jetzt einen Fluch aus?«

»Kann gut sein«, antwortete ich.

Kurz darauf, bei der Morgenversammlung in der Aula, als Mr Steele gerade verkündete, welche Spendenaktion die Schule für den Welthungertag geplant hatte, torkelte Jon Quix plötzlich in den Mittelgang und übergab sich. Die Schüler ringsum wichen vor ihm zurück wie schwimmender Pfeffer vor einem Tropfen Spüli. Er wurde von Hutzel-Zutzel, unserer Schulkrankenschwester, weggeführt und nach einer stark verkürzten Versammlung strömten wir alle am Hausmeister vorbei, der die Reste von Jons Frühstück aufwischte.

»Ich bin schuld«, sagte ich.

»Wieso?«, fragte Janie.

»Ich hab ihm heute Morgen Angst gemacht. Er ist totenblass geworden.«

»Was hast du denn getan?«

»Ihn glauben lassen, ich würde ihn vielleicht verfluchen.«

»Dann wird es wohl Zeit, ihm die Wahrheit zu sagen«, meinte Janie.

In der Mittagspause hielten wir Ausschau nach ihm. Er lehnte allein an einer Wand im Flur. Sein Gesicht war immer noch kreidebleich.

»Alles okay?«

Als ich näher kam, drehte er sich hastig weg.

»Ich muss dir was sagen«, setzte ich an.

Jon rührte sich nicht und starrte auf den Boden.

»Ich kann überhaupt nicht zaubern, nicht im Geringsten, auch keine schwarze Magie oder sonst irgendwas in der Richtung. Ich muss mich bei dir entschuldigen.«

Jon zuckte die Achseln und seufzte. »Wenn das stimmt, wie hast du dann eine Fünfpfundnote aus dem Nichts auftauchen lassen und wie ist dieser Clown an der Zeltwand erschienen und wie sind die Hunde verschwunden?«

»Komm, wir setzen uns hin«, sagte Janie. Sie führte Jon zu den Stufen vorm Speisesaal. Reichte ihm ihre Limoflasche, aus der er mit gierigen Schlucken trank. Dann saßen wir nur da und warteten, dass jemand zu sprechen anfing.

»Es geht um meinen Vater, stimmts?«, fragte Jon schließlich.

»Das nehmen wir an.«

»Ich dachte immer, er forscht an irgendwas. Was macht er denn in Wirklichkeit?«

»Wir hatten gehofft, dass du uns das sagen kannst.«

»Was Kriminelles?«

»Vielleicht.«

»Was ist ein *Homo sapiens* der Frühzeit?« Er starrte uns aus aufgerissenen Augen an.

»Ein nahe verwandter, aber ausgestorbener Vorfahr von uns«, sagte ich.

Jon blinzelte. »Ich glaube, so einen hatte mein Vater in seinem Labor. Aber das ist schon ein paar Wochen her.«

Mein Blick begegnete dem von Janie.

»Na, dann ist das ja kein Problem, oder?«, sagte sie. »Wir gehen einfach hin und sagen: *Hi, Professor Quix, gibts hier in Ihrem bösen Labor vielleicht unerlaubterweise einen Frühzeitmenschen, den wir dringend befreien müssen?* Und dann suchen wir alles nach Pogsy ab und verschwinden wieder.«

»Schon klar, Janie. So wird das nicht funktionieren. Warst du mal im Labor deines Vaters, Jon?«

»Letztes Jahr irgendwann. Ich musste meinen Ausweis vorzeigen.«

Janie lachte.

»Jetzt ist es sogar noch schlimmer geworden«, sagte Jon. »Man kommt nicht mal bis zum Empfang ohne irgendwelche Tastencodes und Magnetkarten, und nachts gibt es Kameras und Bewegungsmelder und Alarmanlagen.«

»Dann ist Rorty wohl der Einzige, der sich Zutritt verschaffen könnte«, sagte Janie. »Oder meldet ein Bewegungsmelder auch Dinge, die unsichtbar sind?«

»Wer ist Rorty?«, fragte Jon.

Die Sonne war weitergewandert, und die Steinstufen vorm Speisesaal erschienen uns plötzlich kalt und feucht.

»Komm, wir laufen ein Stück«, sagte ich.

Wir gingen in Richtung Sportplatz. Jon blieb zwischen Janie und mir, die Hände tief in den Hosentaschen und den Blick auf den Boden gerichtet.

»Wir vermuten, dass Rorty ein sogenannter Atavismus ist«, sagte ich. »Eine frühe Form der menschlichen Spezies, die in irgendeinem verborgenen Winkel der Erde Zehntausende von Jahren überlebt hat. Und der Frühzeitmensch, den dein Vater im Labor hatte, das ist vermutlich Rortys Freundin Pogsy Blue.«

Jon machte große Augen. »Zehntausende von Jahren?«

Ich nickte.

»Mein Vater ist viel auf Reisen«, sagte Jon. »In Afrika und Sibirien und Indonesien. Wahrscheinlich hat er die beiden gefunden, oder?«

Janie nickte. »Wir vermuten, dass er Rorty und Pogsy hierhergeholt hat, um Experimente an ihnen vorzunehmen.«

»Experimente, die bei Affen nicht funktionieren würden«, fügte ich hinzu, »aber zu riskant sind, um sie an Menschen vorzunehmen.«

»Das ist nicht in Ordnung, oder?«, fragte Jon. Er blieb stehen und schaute uns an.

»Nein«, sagte ich. »Deshalb wollen wir ihnen auch helfen.«

Jon seufzte. »Ich hab mal gehört, wie er mit irgendwelchen Leuten telefoniert hat. Es ging um ganz viel Geld. Davon hat er sich das Labor eingerichtet.«

Wir spazierten wieder zum Schulgebäude zurück. Die Mittagspause war fast vorbei.

»*Ich* könnte doch rein ins Labor«, sagte Jon. »Ich frage meinen Vater. Ich nerve ihn so lange, bis er mich noch mal mitnimmt.«

»Nein«, sagte ich. »Dann weiß er sofort, dass ich dahinterstecke Und du kriegst noch viel größeren Ärger.«

»Ich will aber mithelfen.«

»Selbst wenn du reinkommst und Pogsy findest, wie willst du sie denn anschließend rausschmuggeln?«

»Kofi hat recht«, sagte Janie. »Deinen Vater sollten wir da lieber raushalten. Sag uns einfach, wo im Labor die Toiletten sind, dann weiß ich nämlich schon, wie wir reinkommen. Und auch wieder raus.«

Janies Plan umfasste Rorty, Sumo und ein Motorrad – mehr wollte sie uns nicht verraten. Aber wir brauchten auf jeden Fall Sumos Einverständnis.

Und dann fiel uns plötzlich auf, dass wir ihn heute noch gar nicht gesehen hatten.

30

Auch am Dienstag kam Sumo nicht zur Schule.

Und nicht am Mittwoch.

Und nicht am Donnerstag.

Am Freitag erzählte Brise, seine Mutter hätte ihn wegen Grippe entschuldigt. Ich glaubte kein Wort davon. Und so ging ich gleich nach der Schule bei ihm vorbei.

Es war später Nachmittag. Die Schatten auf dem Fußweg wurden schon lang, und die Ligusterhecken leuchteten golden. Ich nahm ein paar Abkürzungen zwischen den Häusern hindurch und kam zu einem grasigen Hügel, über den kreuz und quer ein paar Sandwege verliefen. Von hier oben hatte man einen Blick über das ganze Crowland-Viertel – mattgraue Dächer, Telefonmasten, Rauchspiralen aus Ziegelschornsteinen. Kinder rasten mit ihren Rädern den Hang hinunter und sprangen über selbst aufgeschüttete Rampen.

Sumos Haus war leicht zu erkennen, weil es das einzige war, neben dem eine garagengroße Lücke klaffte. Ich kniff die Augen zusammen und versuchte, in die Fenster zu schauen.

»Was glotzte denn so?«, fragte ein dünnes Mädchen mit strähnigem Haar und müden Augen.

»Will nur sehen, ob Sumo zu Hause ist.«

»Der? Der is mit Shima unterwegs.« Sie zeigte zum Fuß des Hügels. »Irgendwo da unten.«

Ich wandte mich zum Gehen.

»Schon gehört, was mit der Garage passiert is?«, rief sie mir nach.

»Nee, was denn?«

»Von ’nem Ufo aufgesaugt.«

»Ach, echt?«

»Klar. Bloß schade, dass sie Col nich gleich mitgenommen ham.« Und damit lief sie zu den anderen zurück.

Sumos rechter Unterarm war eingegipst, die Haut rund um sein linkes Auge lila verfärbt und geschwollen. Seine Unterlippe war aufgeplatzt und genäht worden. Er saß auf einer Parkbank, schaute in den Kinderwagen und summte leise.

»Was dagegen, wenn ich mich setze?«

Er zuckte die Achseln. Sah mich nicht mal an.

»Col?«, fragte ich.

Er zuckte wieder die Achseln.

Eine Zeit lang saßen wir schweigend da. Er summte und ruckelte sanft den Kinderwagen hin und her.

Shima wurde wach und weinte. Sumo seufzte, stand auf und schlug die Decke zurück. »Heute is aber wirklich ein schlimmer Tag, was? Die bösen Zähnchen, stimmts?«

Bei dem Versuch, sie ohne seinen verletzten Arm aus dem Wagen zu heben, schnitt er eine Grimasse und sog zischend die Luft ein.

»Soll ich das machen?«, fragte ich.

»Dann mal los«, knurrte er.

Ich nahm sie hoch und hielt sie im Arm. Spürte ihren winzigen Körper. Sumo rieb ihr rosa Gel aufs Zahnfleisch. Gab ihr einen rosa Beißring.

»Jetzt müsste ’ne Weile Ruhe sein.«

»Wir haben uns gefragt, wo du abgeblieben bist.«

Er schnalzte mit der Zunge und schüttelte den Kopf.

»Ist Hammer nicht vorbeigekommen?«

»Nö.«

»Schleicher?«

»Hat ’ne SMS geschickt. ›Was is los? Machste blau?‹ Der Penner.«

»Warum hast du Col nicht angezeigt?«

»Kann ja nix beweisen. Der sagt doch einfach, er wars nich.«

»Warum ist er denn überhaupt auf dich los?«

»Na rat mal! *Mein ganzes Zeug is weg*, hat er gesagt. *Meine Existenzgrundlage* nennt er das. Heiße Ware würd ich wohl eher sagen. Alles geklaut. Angeblich zehntausend Mäuse wert, alles zusammen. Und dann noch dieser verfluchte Affe.«

»Aber du kannst doch überhaupt nichts dafür.«

»Dann mach ihm das mal klar.«

Er kitzelte Shima unterm Kinn. Lächelte und zog lustige Grimassen. Streckte die Zunge heraus. Ihre Augen versuchten, ihn zu fixieren, dann versteifte sie sich und fing wieder an zu quengeln.

»Gib mal wieder her«, sagte Sumo. »Is eh Schlafenszeit.«

Ich half ihm, sie in den Kinderwagen zurückzulegen. Er löste die Bremse, und wir liefen zusammen den Pfad entlang.

»Wir suchen immer noch nach Pogsy«, sagte ich. »Hat Col sie mal irgendwie erwähnt?«

»Nee. Wieso is die euch denn überhaupt so wichtig? Wie hast du das noch mal genannt: Die is *höher gewickelt*?«

»*Entwickelt*«, sagte ich. »Außerdem gibt es …«

Ich unterbrach mich. Sollte ich ihm jetzt auch von Rorty erzählen? Ich konnte ihn schon hören: *Nich dein Ernst, oder? Zwei Affen? Hier, im öden Bradborough?*

»Also, sie ist viel mehr als ein Affe. Sie ist ein früher *Homo sa*… ein Mensch aus der Frühzeit, als es solche Menschen wie uns noch gar nicht gab. Und außerdem … gibt es zwei von ihnen.«

Sumo runzelte die Stirn. »*Zwei* ausgestorbene Affenmenschen? Und was machen die ausgerechnet hier, in diesem blöden Bradborough?«

Ich lachte. Laut heraus.

»Genau das möchte ich auch gern wissen.«

Wir gingen noch beim *Tesco* vorbei. Ich wartete mit Shima draußen. Sumo kam mit einer Packung Windeln, Feuchttüchern, Milchpulver und einem Fahrradschloss raus.

»Für mein Zimmer.«

»Und was soll ich denen in der Schule erzählen?«

Er zuckte die Achseln.

»Wann kommst du denn wieder?«

»Montag. Bis dahin is die Schwellung wohl weg. Außer, er geht noch mal auf mich los.«

Ich schaute ihn an. Das blutunterlaufene Auge, die geschwollene Lippe, der Gipsarm. Und daneben Shima, ein winziges Bündel menschlicher Unschuld.

»Kannst du uns für morgen ein Motorrad besorgen?«, fragte ich.

»Klar«, sagte Sumo. »Kein Problem.«

31

Die Operation ›Schlaflose Schafe‹ sollte Samstag stattfinden, am helllichten Tag. Das war Janies Idee gewesen. Keine nächtlichen Sicherheitsvorkehrungen, die überwunden werden mussten, und die vage Hoffnung, das Labor am Wochenende weitgehend leer vorzufinden. Aber letztlich hatten wir natürlich keinen blassen Schimmer, was uns erwartete.

Jon zufolge lagen die Toiletten im hinteren Teil des Gebäudes, der über einen schmalen, von einer Baumreihe verdeckten Fußweg zu erreichen war. Die Toilettenräume waren leicht zu finden: zwei schmale waagerechte Fenster, eins für jede Kabine, etwa zweieinhalb Meter über dem Boden.

Ein Loch in eine Hauswand zu machen, dauert ziemlich genau neun Sekunden. Eine Sekunde für ›Lasche-AUF‹, fünf, um ein großes Oval zu zeichnen, durch das wir hindurchpassen würden, zwei, um ›Löschen‹ zu denken, und eine, um das klickende Geräusch zu machen, woraufhin sich die Wand-Moleküle in Luft auflösten.

Im nächsten Augenblick starrten wir die Trennwand zwischen den beiden Kabinen an. Wir kletterten durch das Loch in die rechte davon. Ich ging auf die Knie und lugte unter der Tür hindurch.

»Die Luft ist rein«, flüsterte ich.

Rorty schloss das Loch in der Außenwand, und wir schlichen uns bis zur Waschraumtür. Lautlos öffnete ich sie einen Spalt. Stimmengemurmel war zu hören. Das Klappern von Tasten. Wir sahen uns an. Mit großen Augen.

»So viele Leute«, flüsterte Janie. »Was machen die alle hier am Wochenende?«

Auf der einen Seite hatte man freie Sicht bis vor zum Empfangstresen. Alles war tipptopp sauber. Makellos weiß. Verchromte Lampen und geflieste Böden, verglaste Türen, Menschen in Laborkitteln.

Zentimeterweise schoben wir uns in den Flur und vor die weiße Wand, sodass Rorty uns einen nach dem anderen tarnen konnte. Für Janie war es das erste Mal. Überrascht stieß sie ein leises Quieken aus.

»Ich gehe zuerst, dann Rorty, dann Janie«, flüsterte ich. »Bleibt dicht hinter mir.«

»Aber wie denn? Wir können dich doch kaum sehen.«

»Wir fassen uns an den Händen«, erwiderte ich.

Seitwärts trippelten wir den Gang entlang. Kamen an einem Sprachlabor vorbei, in dem Poster vom Gehirn und von den Nervenbahnen hingen. Überall surrten Computer. Wir duckten uns unter einem großen Plakat an der Flurwand durch, auf dem ›Hirn-Atlas‹ stand.

»Lasche-Zu, Rorty?«, hauchte ich.

Er trug den verbesserten 3000er-SS der zweiten Generation. Mit stabilen Aluminiumstreifen statt der vielen Folienschichten und Scharnieren aus Büroklammern an den Laschen, damit sie länger hielten.

Zur Antwort drückte Rorty nur kurz meine Hand.

Wir bewegten uns vorsichtig weiter bis zur nächsten Glastür. Eine Gruppe von Leuten schaute sich eine Computersimulation auf einer riesigen Leinwand an. Man sah Soldaten im Einsatz, die in völligem Schweigen durchs Kampfgebiet liefen. Sie kommunizierten nur per Gedankenübertragung: mithilfe von MINDLINK.

Das also hatte Quix damit vor!

Wir kauerten gerade hinter einem Wasserspender, als gegenüber eine Tür aufsprang und Quix herausmarschierte. Walross Gerry und der Detektor-Mann folgten ihm. Wir erstarrten.

»Unsere Kunden warten händeringend auf dieses Programm!«, rief Quix. Er war rot im Gesicht, und an seiner Stirn pochte eine dicke Ader. »Dabei haben wir noch nicht mal die EEG-Signale in verschiedenen Sprachen getestet. Für Operation ›Silent Talk‹ braucht es *zwei* Hominiden. Also schaffen Sie mir die beiden endlich her, egal wie.«

Der Detektor-Mann meldete sich zu Wort. »Wie gesagt, von einem der beiden haben wir ein Signal aufgefangen. Das Gerät ist also in Ordnung. Aber dann war das Signal plötzlich weg, als hätte dieses Vieh die Verbindung unterbrochen.«

Quix öffnete den Mund, um etwas zu erwidern, schloss ihn aber wieder.

»Die sind ganz schön raffiniert, die beiden«, sagte Gerry. »Das müssen Sie ja wohl zugeben, Mr Quix.«

Quix richtete seinen Blick auf Gerry. Sprach langsam durch verkniffene Lippen. »Ich muss überhaupt nichts zugeben. Und wenn der Detektor nicht funktioniert, Tom, dann sorgen Sie gefälligst dafür, dass er's tut. Und bis dahin setzen Sie halt noch mehr Hunde ein. Ich brauche *zwei* Hominiden und die werde ich auch bekommen.« Er wandte sich um und stampfte den Gang hinunter.

Wir warteten, bis alles wieder still war.

»Geht es, Janie?«

»Nein«, flüsterte sie, tastete nach meiner Hand und drückte sie zitternd.

Ich ging wieder vor, führte Rorty und Janie durch Gänge voller Überwachungskameras tiefer in das Gebäude hinein. Immer wieder drückten wir uns an die Wand, um Leute vorbeizulassen. Wir öffneten die Tür zu einem fensterlosen Raum. Kreisrunde Scheinwerfer waren aus verschiedenen Winkeln auf einen Operationstisch gerichtet. Drumherum weiße Schubladenschränke auf Rollen. Mehrere

Tabletts mit blauem Stoff, auf denen chromglänzende Instrumente aufgereiht waren.

Wir sahen, wie Rortys schimmernder Umriss ein paar Schritte in den Raum trat, und hörten ihn seufzen.

Rasch gingen wir weiter und bogen in den nächsten Gang ein, wo wir auf noch einen Raum ohne Fenster stießen. Wir schauten durch die Glasscheibe in der Tür. Weiße Gitterstäbe vom Boden bis zur Decke, eine Käfigtür, eine offene Abflussrinne, Futterreste in einer Plastikschale.

»Haben sie euch hier gefangen gehalten?«, flüsterte Janie. »Dich und Pogsy?« Sie drückte Rortys Hand. »Ich hasse diesen Quix«, hauchte sie. »Ich hasse sie alle.«

Mein Blick fiel auf die Uhr an der Wand. Zwölf Minuten waren bereits um.

»Los, kommt«, sagte ich. »Je länger wir uns hier aufhalten, desto größer ist die Gefahr, dass man uns entdeckt. Wir müssen noch eine Reihe Büros kontrollieren und den Raum dort ganz hinten im Flur.«

Wir hasteten weiter und lauschten auf die Satzfetzen, die aus den Räumen drangen, in der Hoffnung, Pogsy würde vielleicht irgendwo erwähnt. Doch wir hatten kein Glück. Im Gegenteil. Als wir versuchten, an einer offenen Bürotür vorbeizukommen, bemerkte uns eine Frau mit Designerbrille.

Sie sprang von ihrem Bürostuhl auf. »He, Moment! Was war denn das?«

Mehrere Kollegen drängten in den Flur. Die Frau wies auf unsere Umrisse, während wir auf die nächste Tür zustürmten. Raum Nummer 1.1D. Von drinnen waren Stimmen zu hören.

»Einmal tief Luft holen«, flüsterte ich.

Janie zog an meiner Hand.

»Es geht nicht anders, wir müssen da rein«, sagte ich.

Ich drückte die Klinke herunter. Auf Händen und Knien krochen wir über die weißen Fliesen und quetschten uns an die nächstgelegene Wand. Wir hörten die gereizte Stimme von Quix: »Entweder reinkommen oder Tür zumachen, verflucht noch mal!«

Das Labor war ein einziges Gewirr aus Kabeln und Drähten. Dutzende von Bildschirmen säumten die Wände. In der Nähe des Fensters stand Tom, der Detektor-Mann, und schraubte an seinem Gerät herum. Quix beugte sich über irgendwelche Pläne vor ihm auf dem Tisch.

»Nigel!« Die Frau mit der Brille platzte ins Zimmer. »Ich hab da so komische Umrisse gesehen. Drei weiße Umrisse. Sie sind hier hereingekommen.«

Quix fuhr auf und sah sich hektisch um. »Das muss der andere Hominide sein. Wehe, der geht euch wieder durch die Lappen!«

Er wirbelte um den Tisch herum, ging auf die Knie und suchte den Boden ab. »Camilla, Sie suchen die andere Ecke ab. Der Rest blockiert die Tür.«

Tom kroch unter den Tischen am Fenster herum. Camilla trat mit ihren spitzen Schuhen in jede Lücke. Sie kam immer näher, wischte mit den Händen über die Wand.

Wir machten uns so klein wie möglich, eng aneinandergedrückt. Es gab kein Entkommen mehr. Ich schloss die Augen.

Und dann klappte Rorty offenbar die Lasche auf, denn plötzlich passierten zwei Dinge auf einmal: Der Detektor auf Toms Tisch fing wild zu piepen an, und Camilla erstarrte in ihrer gebückten Haltung, sodass ihr die Brille nach vorne rutschte und das Blut in die hängenden Wangen schoss. Doch bevor Rorty auch Quix ausschalten konnte, hatte der schon einen Satz auf uns zu gemacht, fuhr mit den Armen durch die Luft, erwischte Janie und zog dann Rorty zwischen uns hervor.

»Na endlich«, sagte er. »Weg mit der Tarnung. Alle drei.«

32

Kurz darauf saßen wir in Quix' Büro. Janie kochte vor Wut. Tom machte gerade den verbesserten 3000er-SS auf Rortys Kopf noch mal richtig fest, und ein anderer Mann fesselte ihm die Handgelenke hinter dem Rücken zusammen.

»Jetzt lasst ihn doch endlich in Ruhe!«, schrie ich. »Er ist die größte Entdeckung des Jahrtausends. Die Tatsache, dass es ihn überhaupt gibt, ist ein Wunder. Er wirft den gesamten Evolutionsplan der Menschheit über den Haufen, und Ihnen fällt nichts Besseres ein, als ihn für Ihre Zwecke auszubeuten. Sie sind echt ein Ungeheuer!«

Quix nickte zu einem stämmigen Mann an der Tür hinüber. »Labor drei«, sagte er.

Machtlos sahen wir zu, wie Rorty den Flur hinuntergeschubst wurde.

»Sie sind ein durch und durch schlechter Mensch!«, rief Janie.

Quix lächelte überheblich. »Bei all eurem Scharfsinn und Heldenmut ist euch vielleicht entgangen, dass die Technologie, die wir hier entwickeln, entscheidend zur Weltsicherheit beitragen wird, ja, sogar unverzichtbar für die Zukunft unseres Planeten ist.«

Ich hielt seinem Blick stand. Seine blauen Augen brannten sich in meine. »Und *Ihnen* ist vielleicht entgangen, dass Sie zwei einzigartige, unschuldige Lebewesen entführt und meinem Vater seine Forschungsergebnisse gestohlen haben.«

Quix runzelte die Stirn. »In MINDLINK steckt so einiges an cleveren Ideen. Es hätte uns Jahre gekostet, das alles selbst zu entwickeln.« Er unterbrach sich. »Und übrigens sind es zwei.«

»Zwei was?«

»Zwei MINDLINK-Chips. In einem Hirn.«

Ich wechselte einen Blick mit Janie.

»Wo haben Sie Rorty eigentlich entdeckt?«, fragte sie.

Quix lachte. »Ach, so heißt der also? Tja, das werde ich euch wohl kaum verraten.«

»Aber das *waren* Sie, oder nicht? Auf einer Ihrer Forschungsreisen?«

Quix lächelte. »Bei mir zu Hause hängt eine Weltkarte mit lauter roten Stecknadeln drin. Jedes Mal, wenn ich aus irgendeinem Winkel dieses Planeten zurückkehre, steckt mein braves Söhnchen eine weitere Nadel in diese Karte, um zu dokumentieren, wo ich überall war. Ich kannte die Legenden rund um die Ebu Gogo, die Sagen von dem kleinwüchsigen Volk, halb Affe, halb Mensch. Aber ich hätte natürlich nie gedacht, dass es sie wirklich noch gibt, höchst lebendig und putzmunter, mitten im tiefsten Dschungel.«

»Sie hätten Ihre Entdeckung doch einfach für sich behalten können«, sagte Janie. »Sie in Ruhe lassen.«

»Unmöglich!«, rief Quix. »Sie sind doch genau das, was wir brauchen. Sie sind das fehlende Glied in unserer Forschung, der entscheidende Link zu MINDLINK sozusagen. Deshalb muss ich leider darauf bestehen, dass ihr mir den zweiten auch noch bringt. Wir versuchen, die Sache möglichst unauffällig über die Bühne zu bringen. Und möglichst ohne Gewaltanwendung. Aber wenn es nicht anders geht …«

Dann war Pogsy also gar nicht hier im Labor. Aber wenn nicht Quix sie aus der Garage geholt hatte, wer dann?

»Nein«, sagte ich. »Auf keinen Fall. Wir werden alles dafür tun, dass Pogsy nicht auch noch in Ihre Hände gerät.«

Ich stand auf. »Komm, Janie. Wir holen jetzt Rorty und dann hauen wir ab.«

»Ach ja, glaubst du?«, fragte Quix. »Labor eins«, sagte er dann zu Tom. »Keine Erfrischungen.«

Ich schielte zu Janie hinüber.

»Plan B«, formte sie lautlos mit den Lippen.

Ich nickte, zog mein Handy aus der Tasche und schickte die Nachricht an Sumo:

Plan B aktivieren.

Tom schob uns den Gang entlang. Einige Mitarbeiter hoben den Blick, schauten aber gleich wieder weg. Schüttelten grinsend den Kopf, als wären wir bloß ein paar dumme Blagen, die man beim Klingelstreich erwischt hat. Wir liefen durch den Empfangsbereich, vorbei an Sofas und Couchtischen und fächerförmig ausgelegten Zeitschriften.

»Sieh mal, Kofi«, sagte Janie und nickte in Richtung Eingang.

»Das ging ja schnell«, sagte ich.

Sumo stand draußen und hatte Jon im Schwitzkasten. Plan B war bereits in Kraft getreten.

Die Empfangsdame griff hastig zum Telefon und Sekunden später stürmte Quix an uns vorbei. Marschierte bis zur ersten, inneren Glastür und starrte wütend nach draußen. Hämmerte seinen Code in die Tastatur, trat durch die sich öffnende Tür – und erstarrte. Sumo donnerte mit dem Gipsarm gegen die Scheibe. Schüttelte den Kopf. Fuhr sich mit dem Finger über die Kehle. Quix drückte auf die Sprechanlage und wir hörten Sumos ruhige Stimme:

»Lassen Sie sie raus, oder Jon is weg. Ich hab hier ein Motorrad stehen, und dann sehn Sie ihn nich mehr wieder.«

Mit verzerrter Miene wand sich Jon in seinem Griff. Neben Sumo wirkte er geradezu winzig.

Quix machte einen Schritt nach vorn. Dann wieder zurück.

»Beeil dich, Dad! Er drückt mir die Luft ab!«

Sumo zog sich ein Stückchen zurück und zerrte Jon über den Asphalt hinter sich her.

Quix rieb sich die Stirn. Schnaufte und keuchte.

»Rufen Sie die Polizei«, sagte er dann zu der Dame am Empfang.

»Dann sehen Sie Jon nie wieder«, warnte ich ihn.

Quix rief Sumo über die Sprechanlage hinterher: »Schon gut, schon gut, komm zurück. Lass mich doch mal kurz nachdenken.«

Sumo kam wieder näher. Starrte durch die Glastüren zu uns herein. Sein Gesicht war immer noch geschwollen und voller Blutergüsse. »Bringen Sie die beiden nach vorn, wo ich sie sehn kann«, sagte er.

»Tun Sie, was er sagt«, sagte Quix.

Tom schubste Janie und mich Richtung Tür.

»Und schicken Sie Ihre Schläger weg!«, brüllte Sumo.

Quix bedeutete den Sicherheitsleuten, sich zu verziehen.

»Jetzt hör'n Sie mir mal gut zu, Professor«, sagte Sumo. »Ich weiß nämlich, dass Col und Sie da grad irgendwas drehen. War'n ja oft genug bei uns, stimmts? Ham da 'n paar hübsche Pläne geschmiedet, stimmts? Und die soll'n doch auch bestimmt nich durchsickern, oder?«

»Es gibt keine Pläne«, sagte Quix. »Und jetzt lass Jon endlich los.«

»Ach, der lebt noch?«

Sumo verschob seinen Griff. Jon schnappte pfeifend nach Luft und hustete.

»Nun sei doch vernünftig! Lass ihn los, sonst tust du ihm noch ernsthaft weh. Ich weiß, dass du nur deinen Freunden helfen willst, aber wenn du nicht sofort damit aufhörst, ruf ich die Polizei.«

Sumo starrte ihn an. »Wir wissen doch beide, was hier läuft, Professor. Und deshalb werden Sie jetzt einfach tun, was ich sage: Lassen Sie Janie, Kofi und Rorty gehn.«

Janie und ich traten zögernd näher.

»Keinen Schritt weiter«, sagte Quix.

»Ich hab Sie auch gefilmt«, sagte Sumo. »Sie und Col.«

Quix presste die Lippen aufeinander. Sog langsam Luft ein und stieß sie geräuschvoll wieder aus.

»Die zwei hier kannst du haben, aber nicht den Hominiden«, sagte er.

Er schob uns zur Tür, als draußen plötzlich ein Schrei ertönte. Zwei Männer stürmten auf Sumo zu. Sie warfen ihn zu Boden und bogen ihm die Arme auf. Einer von ihnen schnappte sich Jon und lief mit ihm auf die Eingangstür zu, die Quix inzwischen geöffnet hatte. Während er hindurchstürmte, rannte Janie in der Gegenrichtung hinaus und brüllte dem Mann auf dem Vorplatz zu, er solle Sumo gefälligst loslassen. Hinter ihr schlossen sich die Türen mit einem satten ›Klonk‹.

Quix brauchte einen Moment, um die Situation zu erfassen, dann kniff er die Augen zusammen und brüllte: »Erhöhte Sicherheitsstufe rund ums Gebäude. Ich hab jetzt genug von diesem Kinderkram. Rufen Sie meine Frau an, sie soll Jon abholen, und sperren Sie den Knaben hier in Labor eins.«

Und ohne einen weiteren Blick auf uns eilte er in sein Büro zurück.

Unauffällig gab ich Jon das Daumen-hoch-Zeichen, und seine Augen funkelten, während er ein Lächeln unterdrückte.

33

Eins muss man Jon Quix lassen: Er hat verborgene Talente. Der Auftritt mit Sumo war schon filmreif und mindestens einen Preis als bester Nachwuchsdarsteller wert. Aber mit der nächsten Performance katapultierte er sich eindeutig in die Riege der Stars, wenn nicht gar der Oscar-Preisträger.

Sein Vater war noch nicht ganz verschwunden, da setzte der Hustenanfall ein. Übergangslos. Binnen weniger Sekunden wechselte er von quicklebendig zu qualvoll erstickend. Die Empfangsdame schoss hinter ihrem Tresen hervor, aber als sie bei ihm war, traten ihm schon die Augen aus den Höhlen und seine Wangen waren leichenblass.

Sie schrie nach jemandem namens Dr. Nam, und als die dann erschien, rang Jon wie ein Ertrinkender nach Luft. In der nächsten Minute riefen gleich zwei Personen einen Krankenwagen, Dr. Nam brachte Jon in Position für das Heimlich-Manöver und eine weitere Person wurde nach einem Skalpell geschickt. Die Empfangsdame war in Tränen aufgelöst.

Der einzige Grund, warum ich mir sicher war, dass Jon die Szene nur spielte, war der Anblick seiner rechten Hand, die zwischen Dr. Nams Beinen hindurch mit einer Schlüsselkarte winkte. Niemand sah, wie ich danach griff, mich behutsam zurückzog und dann zum Laborraum drei lossprintete.

Die Schlüsselkarte öffnete mir die Außentür, dann stand ich vor dem Käfig. Rorty lag auf dem Boden ausgestreckt, die Hände immer noch gefesselt, die Augen halb geschlossen. An dem Riss in seinem

Helm erkannte ich, dass er versucht hatte, sich den 3000er-SS abzustreifen. Ob er sich dabei selbst k. o. geschlagen hatte?

»Rorty! Steh auf! Ich hol dich hier raus!«

Ich sah, wie seine Brust sich hob und senkte. Sein Atem ging kurz und flach.

Neben der Käfigtür befand sich ein Tastenfeld. Ich probierte ein paar Zahlen aus. Aber ich wusste ja nicht mal, wie viele Stellen dieser Code hatte.

»Rorty! Bitte! Wir haben nicht viel Zeit!«

Ich versuchte eine weitere Zahlenkombination. Ein Licht auf dem Feld fing an zu blinken. Von draußen war die Sirene eines Krankenwagens zu hören. Ich trat gegen die Gitterstäbe. Rüttelte und riss daran. In einer Käfigecke stand eine Plastikschale mit Futter. Vielleicht würde ich Rorty wach kriegen, wenn ich ihn mit etwas bewarf. Ich steckte den Arm durchs Gitter, um den Napf zu mir heranzuziehen, und da sah ich es: Auf dem Boden dahinter lagen ein paar schrumpelige Möhren und Selleriestangen, eine Handvoll Rosinen, Mandeln und Brotstückchen. Sie waren so arrangiert, dass sie einen Code ergaben: 74392K

Rorty, du bist ein Genie!

Ich tippte den Code in das Tastenfeld, und die Käfigtür entriegelte sich.

Sanft hob ich Rorty vom Boden auf, verließ mit ihm den Käfig, drückte mit dem Ellbogen die Labortür auf und hastete dann den Flur entlang, auf der Suche nach dem Notausgang.

Rortys Körper hing schlaff in meinen Armen. Offensichtlich hatte man ihn betäubt. Ich schob ihn so zurecht, dass sein Oberkörper über meiner Schulter lag. Aus den umliegenden Büros hörte ich Stimmengewirr, und draußen wurde laut gerufen. Ich lief bis ans Ende des Gangs, und mit jedem Schritt wurde Rorty schwerer. Ich trat gegen die Tür, die ins Treppenhaus führte, und fand dort eine weitere Tür, mit einem grünen Schild darauf. Ich hielt die Schlüsselkarte vor das Lesefeld, drückte mit der Schulter die Tür auf und trat ins Freie. Ich nahm mir nicht die Zeit, mich umzusehen, sondern stürmte quer über den Parkplatz, wobei mir Rorty fast aus den Armen rutschte.

»Nur noch bis zum Weg hinter den Bäumen …«, wiederholte ich mir im Takt meiner Schritte.

Es nieselte leicht, und ein Flugzeug dröhnte über meinem Kopf hinweg. Geduckt hastete ich zwischen den Bäumen hindurch, wich Ästen aus und lief noch ein paar Meter den Weg entlang, wo Janie und Sumo auf mich warteten.

Keiner von uns bemerkte die beiden Sicherheitsleute, die an der Rückseite des Gebäudes Wache hielten.

»Komm her, ich nehm ihn vor mich«, sagte Sumo. Er saß auf dem Motorrad, das startbereit vor sich hin tuckerte.

»Hat Janie dir schon gesagt, dass wir Pogsy nicht gefunden haben?«, keuchte ich.

»Ja, aber die finden wir schon noch. Wenigstens kann Quix jetzt nix mit ihr anstellen.«

»Ich *hasse* diesen Quix«, sagte Janie, während sie mir half, Rorty vor Sumo auf die Sitzbank zu hieven. »Ich kann ihn nicht ausstehen.«

»Dann mal los, Kleiner«, sagte Sumo und nahm Rorty zwischen seine Arme. Rortys Augenlider flatterten, als würde er jeden Moment aufwachen.

»Fahr vorsichtig«, sagte ich zu Sumo.

Sumo grinste nur und wollte gerade den Gang einlegen, als plötzlich ein Sicherheitsmann, ein Kerl wie ein Schrank, zwischen den Bäumen hervorbrach, mich beiseiteschubste und nach Rorty griff. Sumo stellte die Füße ab und rammte dem Typen die Faust gegen das Kinn. Der zögerte kurz, schaute Sumo in die Augen, und wandte sich dann wieder Rorty zu. Zerrte ihn von der Sitzbank hoch, warf ihn sich über die Schulter und lief los, zwischen den Bäumen hindurch auf das Laborgebäude zu.

Ich zögerte keine Sekunde, sondern rannte ebenfalls los. Ich holte den Schrank ein, sprang ihn von hinten an und schlang ihm einen Arm um den Hals. Er wollte mich abschütteln, aber ich klammerte mich eisern fest und versuchte mit der freien Hand, Rorty den Helm abzunehmen.

»Aufwachen, Rorty! Du musst aufwachen!«

Der Helm verrutschte ein bisschen, aber nicht genug.

Ich umklammerte den Mann mit den Beinen, um ihn am Laufen zu hindern, doch da stampfte auch schon der zweite Sicherheitsmann, ein Boxer-Typ, mit Volldampf auf uns zu. Mit einer Hand löste er mich vom Rücken des Schranks, ließ mich kurz ein bisschen baumeln und dann auf den Boden plumpsen, wie ein Stück Müll.

Ich hörte Janie schreien, aber Sumos Gebrüll war noch lauter und der Anblick, wie er über den Parkplatz walzte, mit seinem Gipsarm, dem Veilchen und der geschwollenen Lippe, war wirklich beeindruckend. Mit voller Fahrt krachte er gegen den Boxer, der stolperte, fiel und ungeschickt auf dem Ellbogen landete. Ich hörte ein Knacken, als sei etwas gebrochen, aber Sumo war nicht zu bremsen. Er stürmte weiter zum Schrank und stellte ihm von hinten ein Bein. Der Schrank strauchelte und ging in die Knie, Rorty immer noch im Arm. Mit vereinten Kräften fielen wir über ihn her und versuchten, Rorty aus seinem Griff zu befreien.

»Mach doch deinen Zauber, Kofi«, schrie Sumo. »Mach das mit dem Löschen. Lass die zwei verschwinden.«

Es schien mir nicht der richtige Moment, ihm zu erklären, dass Rorty die Sache mit dem Löschen konnte, nicht ich.

Rortys Augen öffneten sich flatternd. Er sah sich um, als versuchte er, die Situation zu erfassen. Ich riss ihm den Helm vom Kopf.

»Rorty! Markieren und löschen!«

Aber er war noch zu verwirrt. Zu benommen. Ich war nicht mal sicher, ob er mich erkannt hatte, und jetzt lief auch noch ein weiterer von Quix' Schlägern auf uns zu, ebenfalls eine richtige Kante.

Janie stürmte auf ihn zu, presste ihm die Hände gegen die Brust und brüllte: »Keinen Schritt weiter!«

Das war mutig von ihr, aber drei Schläger gegen drei Kinder ist nun mal kein fairer Kampf. Kante beachtete sie gar nicht, schubste Sumo beiseite, zog den Schrank auf die Füße und schnappte sich dann Rorty.

»Die Karte«, wandte er sich an mich und streckte mir die Hand entgegen.

Einen Moment lang starrte ich ihn trotzig an, zog dann aber doch Dr. Nams Schlüsselkarte aus der Tasche und gab sie ihm. In mir brodelte es so sehr, dass ich dachte, ich würde vor Wut gleich platzen.

»Sie wissen ja gar nicht, was Sie da tun«, rief ich. »Das ist ein Mensch, den Sie da gefangen halten, einer Ihrer ältesten Vorfahren. Wie können Sie nur so skrupellos sein?«

Doch die Wirkung war gleich null. Die drei Typen klopften sich ihre Jacken ab, zogen sie glatt und gingen mit Rorty davon.

»Sagen Sie Quix, dass er damit nicht durchkommt!«, brüllte ich hinter ihnen her. »Sagen Sie ihm das!«

Wir schrien. Wir brüllten. Und sahen hilflos mit an, wie sie Rorty in Quix' Labor zurückschleppten.

Wir hörten seine schwachen Schreie.

Das saugende Geräusch der sich schließenden Tür.

Stille.

Sie hatten ihn wieder in ihrer Gewalt.

DRITTER TEIL

34

Montag. Schule. Sumo hing mit halbem Hintern und einem Dinosaurier-Schenkel auf der Tischkante, während Schleicher ihm unflätige Zeichnungen auf den Gipsarm kritzelte und Hammer die Platzwunden und blauen Flecke bewunderte.

»Col, der Neandertaler, was?«, sagte er.

»Jepp«, sagte Sumo.

»Col, das Monster!« Hammer führte eine Reihe von Scheinboxhieben aus.

»Den schnappen wir uns«, sagte Schleicher. »Wir alle zusammen. Hat er keine Chance. Den schlagen wir zu Brei.«

Zwischen Mathe und Französisch hatten wir eine Viertelstunde Pause. Wir schlenderte aus dem Klassenraum, die Treppe hinunter und über den Hof zum Sprachengebäude. Seit Samstag hing eine dunkle Wolke über mir, die sich immer wieder zu Verzweiflung verdichtete.

»Wie kann man nur so *blöd* sein!«, rief ich.

Sumo legte mir die Hand auf die Schulter. »Is doch nich deine Schuld, Kofi. Du hast ihn doch da rausgeholt. Kannst du doch nix für, wenn diese Schläger hinterm Haus stehn.«

»Und ob das meine Schuld ist! Meine ganz allein! War doch klar, dass Quix überall Wachleute hat. Und ich hab doch selber gehört, wie er die Sicherheitsstufe erhöht hat, nachdem du mit Jon aufgetaucht bist. Ich bin so ein Idiot! Ein zweites Mal spazieren wir da nicht mehr einfach so rein. Und jetzt bringen sie ihn wahrscheinlich sowieso weg, in die USA oder irgendeinen Kellerbunker in Kasachstan. Und wir sehen ihn nie wieder.«

Janie kam rüber und nahm mich in den Arm. Ich spürte die Tränen in mir aufsteigen und versuchte, sie wegzublinzeln.

»Solang er noch im Labor is, ham wir eine Chance«, sagte Sumo. »Wir müssen es eben noch mal versuchen. Du und ich und Janie.«

So einfache Worte und doch so wahr. Ich schaute auf, in seine dunklen, zwischen Speckfalten eingebetteten Augen.

»Du hast recht«, sagte ich. »Das machen wir. Wir überlegen uns einfach einen neuen Plan.«

Sumo sah auf seine Füße hinunter. »Und wo wir schon mal dran sind: Es gibt noch mehr schlechte Neuigkeiten.«

»Bitte nicht«, sagte Janie.

»Ich hab seit gestern einen Hund.«

Ich nickte und fragte mich, was daran so schlimm sein sollte.

»War 'n Geschenk«, sagte Sumo.

»Für dich?«

»Für Col«, sagte er.

»Geburtstag?«

»Nee«, sagte Sumo.

»Was für eine Rasse?«, fragte ich.

»Golden Retriever.«

»Ist doch nett.«

Sumo runzelte die Stirn. »Heißt Sniffy.«

»Toller Name«, sagte ich.

»Ich soll das eigentlich nich wissen, aber sie kommt von Quix.«

»Was?«

»Is 'n richtiger Spürhund.«

»Das ist nicht dein Ernst!«

»Und Col is nich der Einzige. Ein paar andere Typen haben auch einen Hund von Quix gekriegt, die sind alle auf Drogen und so 'n

Zeug abgerichtet, können aber auch was anderes aufspüren. Quix war bei uns, weil sie ja den Geruch von ihm brauchen.«

»Den von Pogsy?«, fragte ich.

»Die nehmen seine Decke dafür.«

»Ihre«, sagte Janie.

»Stimmt, hatte ich vergessen.«

»Was hat Quix denn sonst noch gesagt?«

»Irgendwas von sich aufteilen und in Etappen suchen und mit 'nem Soundso von einer Meile anfangen.«

»Einem Radius von einer Meile?«

»Genau.«

»Wo warst du denn, als du das alles gehört hast?«

»Unten aufm Klo.« Er grinste. »Aber keine Sorge. Die haben mich nich bemerkt.«

Ich kickte gegen die Grasbüschel.

»Echt blöd, was?«, fragte Sumo.

»Wir müssen ihn aufhalten. Ganz egal, wie.«

»Keine Sorge.« Sumo tätschelte mir wieder die Schulter. »Ich hab schon einen Plan. Wir beide, verstehste, wir schnappen sie uns, und dann haust du sie weg, einen nach dem anderen, lässt sie einfach verschwinden, mit deinem Zauberkram und so, und bei Col warten wir bis zum Schluss, damit er so richtig Schiss kriegt, und dann machste den Dreckskerl ein für alle Mal platt.«

Ich warf ihm einen Blick zu. »Wir sind hier nicht bei *Call of Duty*, Sumo.«

»Schon gut, war ja nur 'n Vorschlag.«

»Und wenn wir alle um die Ecke bringen, finden wir Rorty und Pogsy erst recht nicht mehr wieder.«

»Na gut, dann warten wir eben, bis Sniffy die beiden aufgestöbert hat, und machen Col erst hinterher kalt.«

»Mal sehen, wie's läuft«, sagte ich.

Wie in einem Nebel trieb ich durch die nächsten Stunden. Meldete mich auf keine Frage. Hörte gar nicht hin, was die Lehrer erzählten. Starrte meist nur ins Leere. Brise kam zu mir und legte mir die Hand auf die Stirn.

»Du bist heute aber gar nicht du selbst, junger Mann.«

Ich schüttelte den Kopf.

»Magst du mir sagen, warum?«

»Nein. Aber danke der Nachfrage.«

Sie musterte mich einen Moment und beugte sich dann tiefer. »Alles, was du mir sagst, wird streng vertraulich behandelt. Das weißt du doch, oder?«

»Ja«, sagte ich.

»Auch wenn es nichts mit der Schule zu tun hat.«

Ich hob überrascht den Kopf. Es war, als könnte sie meine Gedanken lesen. »Ich weiß, danke.«

In der Mittagspause gingen Janie und ich in die Schulbücherei. Jon wollte sich dort mit uns treffen. Wir hockten uns in einer Ecke vor die Heizung.

»Ich wollte euch eigentlich eine Nachricht schicken, aber wer weiß, ob ich nicht überwacht werde.«

»Wer soll dich denn überwachen?«

»Die Leute, die für meinen Vater arbeiten.«

»Und was wolltest du uns sagen?«, fragte Janie.

»Sie bringen ihn weg.«

Es durchfuhr mich wie ein Schock.

»Ich kanns echt nicht glauben«, sagte Janie.

Jon warf nervös einen Blick in die Runde, um sicherzugehen, dass uns niemand hörte.

»Und wann?«, flüsterte ich.

»Heute Abend.«

»Wie viel Uhr?«

»Keine Ahnung. Irgendwann heute Abend.«

Ich packte Jon am Ärmel. »Und du bist dir *absolut* sicher?«

»Ja. Ich hab gehört, wie mein Vater es gesagt hat.«

»Und wo bringen sie ihn hin?«, fragte Janie.

»Weiß ich nicht.«

»Denk nach«, sagte ich. »Gibt es irgendwelche Hinweise?«

»Nein«, antwortete Jon.

»Hast du sonst noch was gehört? Irgendein Detail?«

»N-nichts«, sagte Jon. Er wirkte völlig verängstigt. »Wenn mein Vater erfährt, dass ich ihn belauscht hab, bringt er mich um. Kannst du jetzt bitte meine Jacke loslassen?«

»Entschuldige«, sagte ich. »Tut mir leid, Jon. Eigentlich hast du das echt super gemacht. Ich danke dir. Wir kommen heute Abend, und wenn nötig, warten wir die ganze Nacht. Wir holen ihn da raus, und dann bringen wir ihn in seine Heimat zurück. Das ist ein Versprechen.«

35

Vielleicht sollte ich
Mum und Dad
doch lieber von Rorty
erzählen.

Die Sache wird langsam brenzlig,
eine Nummer zu groß,
erdrückend.
Und ich fühl mich
mickrig
miserabel
mulmig.

Sie haben ihn immer noch. Haben ihn uns vor der Nase weggeschnappt. Vielleicht wollen sie noch weitere Experimente mit ihm anstellen. Oder ihn der ganzen Welt vorführen.

Ich stelle mir seinen Auftritt in einer Talkshow vor:
Und hier ist er!
Der Verblüffende!
Der Unglaubliche!
Der Archaische!
Rorty Thrutch!

Also, Rorty, wie fühlt man sich denn so, wenn man aus seinem Dschungel entführt wird, in dem man seit Jahrtausenden mit seinesgleichen gelebt hat, und sich in den Fängen eines geisteskranken Wissenschaftlers wiederfindet, der die Weltherrschaft anstrebt?

Denn genau so ist es doch, oder? Rorty ist ein lebendes Relikt der menschlichen Evolution. Das Überbleibsel einer uralten Spezies, die hier und jetzt auf unserer Erde lebt und in großer Gefahr ist. Unser kleiner Freund aus dem Urwald, der nachts loszieht und sich alles kopiert, was ihm gefällt, weil er zwei der MINDLINK-Chips meines Vaters im Hirn hat, die ihm Fähigkeiten verleihen, die niemand für möglich gehalten hätte – nicht mal mein Vater selbst.

Dabei soll MINDLINK doch eigentlich Menschen *helfen*, aber Quix hat vor, es als militärische Geheimwaffe zu nutzen. Operation ›Silent Talk‹. Hirn-zu-Hirn-Kommunikation. Dinge löschen, indem man einfach darauf zeigt und dann klickt. Wie kann er nur so grausam sein? Wie kann er die Idee meines Vaters stehlen und für seine schrecklichen Pläne missbrauchen? Demnächst tritt er bestimmt noch im Fernsehen auf und brüstet sich mit seiner tollen Erfindung und wird auch noch weltberühmt.

Und Rorty hat doch nur uns, um ihn zu beschützen. Die Fantastischen Vier. Es fühlt sich an, als würde in unserem langweiligen Städtchen ein Abenteuerfilm ablaufen, mit absoluter Star-Besetzung: der gut aussehende junge Held, unterstützt von seiner tatkräftigen, resoluten Gefährtin, dazu der übergewichtige, zum Guten bekehrte Geschäftsmann und schließlich noch der verweichlichte Sohn des bösen Wissenschaftlers, der sich am Ende als unsere beste Geheimwaffe erweist.

Aber solche Sachen passieren doch einfach nicht in einer Kleinstadt wie Bradborough, irgendwo mitten im Nirgendwo.

Vielleicht
sollte ich nach unten gehen,
jetzt sofort,
und es ihnen erzählen,
sonst ist es
womöglich
zu
spät.

36

Pulsfrequenz: 92. Sichtbar zitternde Hände. Schweiß auf der Oberlippe. Alle fünf Minuten das Bedürfnis, aufs Klo zu gehen.

Eindeutige Anzeichen für panische Angst.

Der Gedanke, heute Abend vor Quix' Labor auf der Lauer zu liegen bis seine Schläger Rorty in irgendein Fahrzeug verfrachteten, sie dann auf Sumos Motorrad zu irgendeinem unbekannten Ziel zu verfolgen und Rorty bei der erstbesten Gelegenheit zu befreien, kam mir völlig absurd und durchgeknallt vor.

Wofür hielt ich mich denn? Für Alex Rider?

Und was, wenn es schiefging? Wenn es Quix gelang, Rorty wegzubringen und irgendwo anders seine Experimente an ihm vorzunehmen? Für ›Silent Talk‹ brauchte er zwei Hominiden. Vielleicht würde er, wenn ihm die Suche nach Pogsy zu anstrengend wurde, einfach in Rortys Urwald zurückkehren und ein paar andere von seinen Leuten entführen?

Wir müssen ihn aufhalten.

Wir haben keine andere Wahl.

Anderthalb Stunden hatte ich noch Zeit, bevor ich mit Sumo am Labor verabredet war. Dad kam aus seinem Arbeitszimmer. Er sah müde aus.

»Auf gehts«, sagte er. »Mum kommt heute erst später. Das nutzen wir schamlos aus, um uns mal was Anständiges zu brutzeln. Du schneidest Zwiebeln und Tomaten, und ich mach den Fisch und die scharfe Soße.«

Er schnitt die Kochbananen klein, raspelte frischen Ingwer, zerstieß zwei getrocknete Chilischoten und schmorte das Ganze in einer tiefen Pfanne.

Als wir dann am Küchentisch saßen, mit genügend Reis, um die ganze Straße satt zu kriegen, schien mir die Gelegenheit günstig, um herauszufinden, was er von den Experimenten hielt, die Quix mit den beiden Hominiden durchgeführt hatte. Sofort schnürte es mir wieder die Kehle zu, und mein Herz fing an zu rasen. Ich musste ihm genügend Informationen geben, damit er die Situation beurteilen konnte, ohne ihn jedoch auf die Idee zu bringen, dass es Rorty und Pogsy tatsächlich gab. Immerhin hatte er schon mal Geräusche in meinem Zimmer gehört und Rortys Haare in der Dusche gefunden. Auf keinen Fall durfte er die Verbindung zwischen Haaren und Hominiden herstellen.

»Ich hab mich gefragt«, hob ich an, »was wäre, wenn zum Beispiel – und das ist natürlich ein völlig verrückter, abwegiger und lächerlicher Gedanke, der mir eben erst kam und absolut nichts mit der Realität zu tun hat …«

Dad tauchte ein Stück Fisch in die scharfe Soße. »Sprich weiter«, sagte er.

»Wenn es also zufällig – und das klingt jetzt ein bisschen nach Science-Fiction, weil so was natürlich niemals *in Wirklichkeit* passieren könnte …«

Dad schaute mich über seine Brille hinweg an. Nickte aufmunternd.

»Wenn es also irgendwo noch eine uralte Spezies des Menschen gäbe …« Ich unterbrach mich, um seine Reaktion zu beobachten. Er löffelte sich gerade einen ganzen Berg Reis auf den Teller, aber seine Miene blieb unverändert, und so fuhr ich fort: »… die bisher nur noch niemand entdeckt hat, und wenn dann irgendein Wissenschaftler, oder, nur so als Beispiel, jemand wie *du* einen MIND-

LINK-Chip in das Gehirn eines solchen Hominiden implantieren würde, wäre das dann illegal? Würdest du damit gegen das Gesetz verstoßen?«

Dad häufte sich noch einen weiteren Löffel voll scharfer Soße auf den Fisch.

Dann sagte er: »Wenn ich heimlich, also ohne Erlaubnis, mit einer so seltenen Kreatur wie einem Menschen aus der Frühzeit experimentieren würde, würde ich gegen jeden ethischen Kodex verstoßen, den es je gab. Das wäre nicht nur illegal, sondern auch unmoralisch und würde mich mit Sicherheit hinter Gitter bringen.«

»Das ist gut«, sagte ich. »Das wäre dann also geklärt. Also, ich mein, es wär natürlich überhaupt nicht gut, wenn *du* so was machen würdest, aber es ist gut, dass es so eindeutige Konsequenzen für etwas geben würde, das ich natürlich komplett erfunden habe und das niemals wirklich passieren könnte, nicht heute, nicht in diesem Zeitalter, und eigentlich überhaupt gar nie.«

Ich tunkte die Gabel tief in die gebratenen Bananen. Ich war erleichtert, dass Quix wahrscheinlich hinter Gittern landen würde, aber es war natürlich traurig, dass Jon dadurch seinen Vater verlieren würde.

Dad räusperte sich. »Übrigens, was ich dir längst schon erzählen wollte.«

»Was denn?«, fragte ich.

»Wir werden MINDLINK nicht beim Menschen erproben.«

»Was? Sagt wer?«

»Die Gesundheitsbehörden. Sie haben Sorge, der Gedächtnisverlust könnte von Dauer sein.«

»Ist er aber nicht.«

Dad hob den Kopf und sah mich an.

»Also, ich meine natürlich: Warum sollte er das sein?«

»Wir müssen jedenfalls beweisen, dass es *nicht* so ist. Und bei unseren Computersimulationen kam es durchweg zu Erinnerungslücken.«

»Das waren aber auch keine Menschen, oder?«

»Andere Möglichkeiten haben wir nun mal nicht, um MINDLINK zu testen.«

»Also, ich kann dir jedenfalls sagen, dass der Gedächtnisverlust *nicht* von Dauer ist und dass du auf jeden Fall weiterforschen und es diesen dämlichen Behörden mal so richtig zeigen solltest.«

Dad lächelte. »Wenn das so einfach wäre.«

»Ist doch klar, dass so ein Gehirn ein bisschen Zeit braucht, um sich daran zu gewöhnen, dass es jetzt plötzlich mit so einem elektronischen Gerät verbunden ist. Ihr müsst einfach nur die Testphase verlängern, sonst nichts.«

Dad seufzte. »Schön wärs, Kofi, aber dafür haben wir nicht das Geld. Das Projekt ist so gut wie gestorben.« Er legte seine warme Hand auf meine. »Na los, wir machen die Teller leer, und dann räumen wir schnell auf, bevor Mum nach Hause kommt.«

Er schaltete den Dunstabzug auf die höchste Stufe, um den Fettgeruch loszuwerden, und spülte die Bratpfannen. Ich wischte alle Flächen ab, gleich mehrmals, und versprühte Lavendelduft im Raum.

Dad zwinkerte mir zu. »Das merkt sie nie.«

Ich sah auf die Uhr. Es wurde Zeit.

»Ich … äh … ich muss noch mal los«, sagte ich. »Zu einem Freund von mir … ein Projekt für die Schule.«

Ich hasste mich für diese Lüge. Ich konnte Dad dabei auch nicht ansehen, aber wenigstens hatte sie ja einen guten Grund. Das würde er hoffentlich verstehen.

»Könnte später werden«, sagte ich.

»Wie spät denn?«

»Keine Ahnung.«

»Hast du vor, dort zu übernachten?«

»Kann sein.«

»Dann lass mir Adresse und Telefonnummer da und sag Bescheid, wenn du dortbleibst. Worum gehts bei dem Projekt?«

»Um unsere prähistorischen Vorfahren.«

Dad lächelte. »Verstehe, deshalb hast du auch nach MINDLINK gefragt. Nimmst du deinen Aluhelm nicht mit?«

»Nee. Den brauch ich nicht mehr«, sagte ich.

37

Die Bäume am Rand des Parkplatzes gaben uns Deckung, während langsam die Nacht hereinbrach. Wir hatten uns die Wache in Schichten eingeteilt. Jon hatte die erste übernommen, bis der letzte Bus nach Little Crompton fuhr. Dann war Janie dran, mit ihrem Fernglas und einer Pizza vom Imbiss. Und jetzt, seit acht Uhr, versteckten Sumo und ich uns in den Schatten, mit voller Sicht auf zwei Seiten von Quix' Laborgebäude. Die Sicherheitsleute patrouillierten in regelmäßigen Abständen.

»Denen haben wir ganz schön Angst gemacht, was?«, flüsterte Sumo.

»Das will ich hoffen«, flüsterte ich zurück.

»Ein Glück, dass meine Mutter heute nich Spätschicht hat. Sonst hätte ich nich kommen können.«

»Kann Col sich denn nicht um Shima kümmern?«

»Der? Nee, ich sag doch, das is voll der Brutalo. Ein Monster. Deshalb sollste den ja auch verschwinden lassen. Außerdem is er grad dabei, Sniffy zu dressieren. Sie an Pogsys Geruch zu gewöhnen, für die Suche nach ihr.«

Mir lief ein Schauer über den Rücken.

Wir waren beide schwarz gekleidet. Sumo hatte sogar seine Sonnenbrille dabei, um wie ein richtiger Undercover-Agent auszusehen, bis ihm dann klar wurde, dass sie ihm im Dunkeln nicht viel helfen würde. Teile des Gebäudes und des Parkplatzes wurden von Scheinwerfern angestrahlt, und der Laboreingang war so hell erleuchtet wie ein Schaufenster, sodass sein Licht noch bis weit auf den Vorplatz fiel. Doch der Randbereich, in dem auch wir uns befanden, lag in völligem Dunkel. Hinter uns, gleich am Zaun, hatte Sumo das Motorrad abgestellt. Daneben lagen sein Rucksack und zwei Helme.

Wir verstummten, als wieder einer von Quix' Männern vorbeikam. Es war der Schrank, der im Viertelstundentakt zum Parkplatz lief, um von dort aus einen Blick auf das Dach des Labors zu werfen, und der uns dabei jedes Mal bedrohlich nahe kam.

»Die stehn ganz schön unter Strom, was?«, flüsterte Sumo, als der Große wieder weg war.

»Allerdings«, hauchte ich.

»Man sieht immer noch, wo ich ihn am Kinn erwischt hab.«

»Ja. Das war echt gut.«

Alle Nervosität war inzwischen von mir abgefallen. Wir wussten zwar immer noch nicht, was Quix heute vorhatte, aber aus irgendeinem Grund war ich ziemlich sicher, dass wir unser Ziel erreichen würden. Wir würden Rorty befreien. Das mussten wir einfach.

Wir kommen dich holen, sagte ich in Gedanken zu ihm. *Wir kommen, um dich zu befreien.*

Jetzt kam der Boxer aus dem Eingang und gesellte sich zu dem Schrank. Beide schauten immer wieder auf ihre Handys. Um neun Uhr rollte dann ein weißer Lieferwagen bis vor die Tür, durch die ich vor zwei Tagen mit Rorty entkommen war.

Sumo setzte sich auf. »Es geht los«, flüsterte er.

Der Boxer riss die Klappe zum Laderaum auf. Drinnen stand ein Maschendraht-Käfig, so einer, in dem man Tiere transportiert.

»Mach das Motorrad startklar«, flüsterte ich Sumo zu. »Aber fahr erst los, wenn der Lieferwagen aufs Tor zuhält.«

»Roger«, sagte Sumo.

Die Hintertür des Labors ging auf und Kante trat heraus, mit Rorty auf dem Arm. Mein Herz klopfte laut.

»Er sieht etwas wacher aus«, sagte ich. »Aber er hat immer noch den Helm auf.«

Kante schubste Rorty in den Käfig und drehte den Schlüssel im Schloss. Dann ging er noch mal ins Gebäude zurück, ließ die Laderaumtür aber offen. Der Schrank kletterte auf den Fahrersitz und fummelte am Navi herum. Der Boxer stapfte, das Handy am Ohr, um die nächste Ecke.

Rorty war vollkommen unbewacht.

Ohne Zögern sprang ich auf und rannte am dunklen Rand des Parkplatzes entlang bis zum Gebäude, schlich mich im Schatten der Hauswand bis zur Ecke und kauerte mich vor den Lieferwagen.

»Rorty!«, flüsterte ich. Er hatte sich auf eine Seite sinken lassen, öffnete aber zögernd die Augen. »Nimm den Helm ab.«

Er verdrehte sich ein bisschen, um mir zu zeigen, dass seine Hände hinter dem Rücken gefesselt waren.

»Komm näher.« Ich warf einen Blick über die Schulter, um zu sehen, ob der Schrank mich gehört hatte oder der Boxer schon zurückkam, aber beide waren noch anderweitig beschäftigt. »Lehn den Kopf an den Draht, damit ich an den Helm komme.«

Er ließ den Kopf zu mir herübersinken. Ich bohrte mit dem Finger in die Folie, bis direkt über seiner Narbe ein kleines Loch entstand, durch das MINDLINK funktionieren konnte.

»Du musst irgendwie die Käfigtür löschen«, hauchte ich. »Dreh dich um und versuch, sie zu markieren.«

Rorty wand sich, aber mit gefesselten Händen konnte er kaum die Arme heben und nur mühsam einen Kreis beschreiben.

»Jetzt klicken und an löschen denken.«

Rorty kniff vor Konzentration die Augen zusammen, da hörte ich plötzlich Schritte. Ich ließ mich auf den Boden sinken, rollte in den Schatten der nächsten Hauswand und blieb dort ganz still liegen. Der Boxer knallte die Laderaumklappe zu und stieg in die Fahrerkabine. Dann wurde der Motor angelassen, und der Wagen setzte sich in Gang.

In der nächsten Sekunde schob Sumo auch schon das Motorrad auf den Parkplatz und warf mir, während ich noch auf ihn zurannte, den zweiten Helm zu. Ich sprang hinter ihm auf die Sitzbank und hielt mich am Haltegurt fest. In sicherem Abstand tuckerten wir dem Lieferwagen hinterher, der jetzt in die Hauptstraße einbog.

Wir waren so kurz vorm Ziel gewesen! Und jetzt war wieder alles offen!

Es dauerte eine Weile, bis mir klar wurde, dass der weiße Lieferwagen nicht zu irgendeinem weit entfernten Hafen oder privaten Flugfeld fuhr, sondern nur nach Little Crompton. Ich war davon ausgegangen, dass Quix Rorty außer Landes schaffen wollte, irgendwohin, wo keiner ihn finden oder vermissen würde. Nie im Leben wäre ich darauf gekommen, dass er vorhatte, ihn bei sich zu Hause unterzubringen.

Der Transporter raste über die schmalen, kurvenreichen Straßen. Hin und wieder erfasste der Motorradscheinwerfer den Laderaum, und ich versuchte zu erkennen, ob Rorty vielleicht schon ein Loch in die Tür gemacht hatte, aber es sah nicht danach aus.

»Halt genügend Abstand«, rief ich Sumo zu. »Nicht, dass sie uns noch bemerken.«

Als eine längere gerade Strecke kam, ließen wir uns ein Stück zurückfallen und sahen die Rücklichter des Lieferwagens um die nächste Biegung verschwinden. Sumo beschleunigte wieder, aber als wir nach zwei weiteren Kurven an eine Kreuzung kamen, war der Transporter nicht mehr zu sehen.

»Verloren«, rief er.

Ich öffnete das Navi in meinem Handy und tippte Jons Adresse ein. Aber wenn sie nun doch nicht dorthin fuhren? Ich konnte nur hoffen, dass ich recht hatte.

»Nach links«, sagte ich zu Sumo, und er gab dermaßen Gas, dass ich fast hinten runterkippte. »Jetzt rechts«, rief ich, und wir legten uns in die Kurve.

Die überhängenden Zweige der Bäume verwandelten die Landstraße in einen Tunnel. Es war stockdunkel, bis auf den zitternden Strahl des Scheinwerfers, der unseren Weg markierte. Die Straße wurde noch schmaler, und wir holperten einen Hügel hinunter, der gar kein Ende zu nehmen schien. Grashalme schlugen uns gegen die Beine und Wasser spritzte aus den zahllosen Schlaglöchern im Asphalt auf. Wir fuhren gerade auf der anderen Seite wieder hoch, da hörte ich das Geräusch: das Knattern eines Hubschraubers, dessen Rotorblätter die Nachtluft durchschnitten.

»Hörst du das auch?«, rief ich.

Sumo deutete auf ein blendend weißes Licht hoch über dem Dorf auf dem nächsten Hügel.

»Noch ungefähr eine Meile«, sagte ich. »Gib Gas!«

Sumo beschleunigte, und ich klammerte mich noch fester an den Haltegurt.

»An der Nächsten rechts, und dann müssten wir auch schon im Dorf sein«, rief ich.

Wir bogen auf die Hauptstraße von Little Crompton ein. Sie war zu beiden Seiten mit Autos zugeparkt, und wir mussten abbremsen, als eine Horde von Pub-Besuchern die Straße überquerte. Der Hubschrauber war nicht mehr zu sehen. Er war offenbar gelandet. Sobald die Straße frei war, gab Sumo wieder ordentlich Gas. Wir brausten an reetgedeckten Cottages und späten Gassigehern vorbei und bogen dann in den schmalen Weg ein, der auf das Haus von Professor Quix zuführte. Dort angekommen, sahen wir gerade noch, wie sich die Tore zum Gelände des Herrenhauses schlossen und die Rücklichter des weißen Transporters in der Einfahrt verschwanden.

Jenseits des Hauses, auf dem hell erleuchteten Rasen, drehten sich die gewaltigen Rotorblätter des Hubschraubers, der nur darauf wartete, Rorty mit sich zu nehmen.

38

Durchs Haupttor kamen wir also nicht rein.

»Außen rum!«, rief ich.

Sumo wendete mühsam das Motorrad und fuhr den Weg entlang, der um das Gelände führte. Vor einem Eisengatter am Rand der Felder und Wiesen, wo Rorty die Hunde gelöscht hatte, hielt er an. Ich stieg ab und öffnete den Riegel, um Sumo durchzulassen.

Wir rasten über die Wiese, die hinten an Quix' Garten grenzte. Das Motorrad schlingerte hin und her, während seine Räder durch Mulden und über Huckel holperten. Das Gartentor war mit einer Kette verschlossen, und ich stieg ab, weil ich dachte, wir müssten hinüberklettern. Aber Sumo hatte etwas anderes im Sinn. Wie Robin Hood einen Pfeil aus dem Köcher zieht, zog er einen großen Bolzenschneider aus dem Rucksack. Mit einem Schnitt durchtrennte er die Kette und versetzte dem Tor einen Tritt, dass es aufflog.

Die Rasenfläche, auf der vor einer Woche noch die beiden Festzelte gestanden hatten, war taghell erleuchtet. Mehrere Scheinwerfer auf der Terrasse strahlten in den Garten hinunter. Der Lärm des Hubschraubers übertönte unser Motorengeräusch, sodass wir unbemerkt zwischen den Büschen hindurch bis zur Giebelseite des Hauses fahren konnten. Dort sprang ich ab, rannte ums Haus herum bis zur Einfahrt und riss die Laderaumklappe des Lieferwagens auf. Der Käfig war leer, aber im Maschendraht befand sich ein kleines Loch, das vorher nicht da gewesen war. Das konnte nur ein ganz bestimmter cleverer kleiner Hominide gewesen sein.

Sumo kam hinter mir herangestürmt. Er zog mich am Arm. »Komm, schnell, der hebt gleich wieder ab, und das wars.«

Wir rannten denselben Weg zurück. An der Giebelseite schoben wir uns langsam bis vorn zur Ecke, gingen in die Hocke und spähten zum Hubschrauber hinüber. Vier Männer in schwarzen Anzügen warfen gerade ihre Taschen in die Kabine. Professor Quix rief dem Piloten irgendetwas zu.

»Wo isser?«, fragte Sumo.

»Sicher schon drin.«

Sumo schüttelte den Kopf. »Dann brauchen wir uns auch nich mehr zu verstecken. Wenn wir jetzt nichts machen, isser für immer weg.«

Innerhalb von drei Sekunden fielen mir mindestens drei furchterregende Varianten ein, wie das Ganze enden könnte, und ich war unfähig, mich zu rühren.

»Warte«, sagte ich.

»Nein, Kofi, nich warten. Wir gehn da jetzt hin.«

Er stieß mich aus dem Schatten der Mauer ins grelle Licht. Ich spürte seine feste Hand auf meinem Rücken, während wir gemeinsam über den Rasen liefen. Im nächsten Moment rannten zwei der Männer auf uns zu. Wir wehrten uns nicht. Hatte eh keinen Zweck.

»Ah!«, brüllte Quix, als er uns sah, und verzog angewidert das Gesicht. Er stapfte uns entgegen und schrie über den Lärm hinweg: »Was zum Teufel macht ihr denn hier?« Er warf die Hände in die Luft. »Habt ihr's immer noch nicht kapiert? Das alles geht euch überhaupt nichts an. Haltet euch gefälligst da raus.« Er wandte sich an die Männer, die uns festhielten. »Bringt sie irgendwohin, wo sie mir nicht mehr unter die Augen kommen.«

Doch bevor die Männer losmarschieren konnten, rief ich rasch: »Warten Sie, Professor Quix. Wir haben eine letzte Bitte an Sie.«

Er drehte sich um.

»Rorty ist unser Freund, ein guter Freund, den wir vielleicht nie mehr wiedersehen werden, deshalb wollten wir fragen, ob wir uns wenigstens noch von ihm verabschieden dürfen?« Bei einem Seitenblick auf Sumo stellte ich fest, dass es ihm gelungen war, sich eine echte Träne abzudrücken, die ihm jetzt über die Wange rollte. »Nur noch einmal kurz in die Arme nehmen. Bitte, Professor Quix, bevor er für immer verschwindet.«

Quix runzelte die Stirn. Schüttelte den Kopf. Schloss die Augen und wies aufs Haus.

Rorty war also gar nicht im Hubschrauber. Noch nicht jedenfalls. Der Boxer führte ihn gerade die Terrassenstufen herunter. Der Helm saß fest auf seinem Kopf. Seine Hände waren immer noch hinter dem Rücken gefesselt und um seine Knöchel schlang sich ein dickes Seil.

Ich hatte das Gefühl, zu implodieren.

Unsere beiden Bewacher ließen uns los und machten sich mit den anderen Männern bereit, in den Hubschrauber zu steigen. Ich konnte den Piloten in seinem Cockpit sehen. Das Motorengeräusch wurde noch lauter.

Sumo schob sich näher an mich heran und drückte mir etwas in die Hand. Es fühlte sich an wie eine große Schere. Ich schob sie mir unauffällig in den Ärmel hinauf und ging dann auf Rorty zu.

»Zeit, sich zu verabschieden«, sagte ich.

Rorty schaute aus großen, kummervollen Augen zu mir auf. »Is Kofi. Is Bruder.«

Ich umschlang ihn mit den Armen und tastete nach der Fessel um seine Handgelenke. »Es gibt so vieles, was ich dir noch sagen möchte, aber mir bleibt nur noch so wenig Zeit.« Ich ließ die Schere zuschnappen und spürte, wie sie mühelos die Kordel durchschnitt.

»Los jetzt!«, brüllte Quix. »Du verschwendest meine Zeit und mein Geld!«

Ich legte meinen Mund an Rortys Ohr, damit er mich auch wirklich verstand. »Deine Hände sind frei. Mach irgendwas Spektakuläres.«

Ich trat zurück und einen Moment lang stand Rorty einfach nur da, die Hände weiter hinter dem Rücken, und starrte den Hubschrauber an. Dann zog er langsam die rechte Hand hervor und richtete sie auf das Fluggerät. Die schwere Maschine fing an zu schaukeln, hin und her. Quix rannte auf sie zu, wobei er mit den Armen wedelte und irgendwas schrie. Die vier Männer und der Pilot sprangen hastig aus der Kabine.

Dann brüllte Quix, inzwischen puterrot vor Wut, den Boxer an, der immer noch neben uns stand. »Halt seine Arme fest! Dann kann er nichts mehr machen.«

Aber der Boxer war vor Schreck wie versteinert. Quix machte kehrt und lief erneut auf uns zu.

Rorty holte einmal tief Luft, hielt die Augen weiterhin auf den Hubschrauber gerichtet und führte dann Daumen und Zeigefinger ganz langsam zusammen.

Bis zu diesem Moment hat noch nie jemand in der ganzen Menschheitsgeschichte gesehen, wie ein Hubschrauber schrumpft. Der Lärm des Motors und der Rotorblätter wurde immer leiser, während die Maschine immer kleiner wurde, bis sie nur noch ein Viertel ihrer ursprünglichen Größe hatte. Als Quix unsere entgeisterten Blicke sah, wandte er sich um und kreischte. Auch die Männer standen wir erstarrt und betrachteten ungläubig das Schauspiel. Bevor Quix sich wieder umdrehen konnte, nahm ich Rorty auf den Arm und rannte mit Sumo zum Motorrad zurück.

»Ich fass es nich!«, rief Sumo. »Rorty is hier der Magier, nich du!«

Ich schnitt die Fessel um Rortys Knöchel durch, und wir sprangen aufs Motorrad. Ich warf noch einen Blick über die Schulter und entdeckte Jons blasses Gesicht hinter einem der Fenster. Er lächelte.

Wir rasten durch den Garten und über die Wiesen zurück, durchs Gatter und auf die Straße hinaus. Ich hielt Rorty so fest, als wollte ich ihn nie mehr loslassen. Das Motorrad sauste die schmalen Landstraßen entlang, und wir lachten und johlten, so laut wir nur konnten.

Gegen elf setzte Sumo uns bei mir zu Hause ab. Wir traten alle auf den Fußweg, nahmen die Helme ab und fielen uns in die Arme.

»Der absolute Oberhit«, sagte Sumo. Er schüttelte den Kopf. »Guck dir mal meine Hände an.«

»Und meine erst«, sagte ich.

Sie zitterten immer noch.

Sumo ging vor Rorty in die Hocke. »Das war der beste Zauber, den ich je gesehn hab. Was meinste, was wir verdienen könnten, wenn du in der Glotze auftrittst. Aber jetzt musste dich erst mal von diesem Quix fernhalten, klar? So was steh ich nich noch mal durch. Meine Nerven liegen blank.«

Rortys schaute ihn nur groß an. Er wirkte erschöpft.

Ich umarmte Sumo noch einmal. »Du warst unglaublich«, sagte ich. »Was hätte ich ohne dich getan?«

»War doch 'n Klacks«, sagte Sumo. »So viel Spaß hab ich lang nich mehr gehabt.«

»Jetzt müssen wir nur noch Pogsy finden, bevor die Hunde es tun.«

Sumo tätschelte mir die Schulter. »Kriegen wir hin«, sagte er. »Nach diesem Abend kriegen wir *alles* hin.«

Wir umarmten uns alle ein weiteres Mal und Sumo fuhr winkend davon. Dann schloss ich leise die Haustür auf und wir schlichen uns nach oben.

Er blieb in dieser Nacht bei mir im Zimmer. Es war zu spät und zu finster, um noch über die Burrows zum Heron's Island zu wandern. Ich flüsterte Mum und Dad ins Ohr, dass ich wieder da war, und lag dann noch ewig wach und betrachtete die Sterne aus meinem Zimmerfenster.

Um 2 Uhr 17 brummte mein Handy. Eine SMS von Sumo.

Col startet Suche morgen.

Die Jagd auf Pogsy begann.

Danach konnte ich dann erst recht nicht mehr schlafen.

39

Dienstag, 11 Uhr 15.

»Ich hab die Karte von Col gesehn«, sagte Sumo.

»Und? Was sieht man da?«

»Ein Kreis um die Stadt, mit 'nem Radius von einer Meile, und dein Haus genau inner Mitte. Sechs Typen, sechs Hunde, sechs Abschnitte. Wie Pizzastücke.«

»Ein Glück, dass Rorty auf Heron's Island ist«, sagte ich.

»Jepp«, sagte Sumo. »Du siehst übrigens völlig fertig aus.«

»Du auch«, sagte ich und lachte.

Am Nachmittag hatten wir wieder Unterricht bei Brise. Sie erzählte uns, Mr Steele sei von unseren Arbeiten zum Thema Abstammung so begeistert gewesen, dass er sie in der Aula ausstellen wollte.

»Aber bevor wir das genauer besprechen«, sagte sie, »möchte ich eure Abschlusspräsentationen hören.«

Sumo war als Letzter dran. Er drückte sich vom Stuhl hoch und zog seine Hose zurecht. Suchte seine Zettel zusammen, trottete zwischen den Tischen hindurch und stellte sich vor die Klasse. Blickte rüber zu Hammer, aber als der nur Faxen machte, schaute er lieber auf den Boden, um sich zu sammeln.

»Am Anfang hatte ich überhaupt keine Idee, was ich bei dem Projekt hier machen soll. Ich wusste ja nix über Abstammung und so 'n Kram. Oder über Gene und irgendwelche Urahnen, aber jetzt weiß ich das alles, weil Kofi es mir erklärt hat. Und dann hat Jez von seiner Familie in Pakistan erzählt und die Fotos von sich und seinem Großvater gezeigt, und da dacht ich, ich könnte vielleicht nach meinem Vater suchen, weil ich hab nämlich keinen, jedenfalls keinen richtigen.

Ich hab meine Mutter gefragt, wie er heißt. Das hab ich sie noch nie gefragt. Erst wollte sie nix davon hören, wurd sogar richtig sauer. Aber irgendwann hat sie's dann einfach so gesagt, als sie mal dasaß und Shima das Fläschchen gegeben hat. *Bapak Suparman*. Und ich so, bist du sicher? So wie Supermann? Und sie hat gesagt, genau, außer dass er anders geschrieben wird, und dann hat sie gelächelt, was echt nich oft passiert.

Und ich fand, das is doch schon mal ein guter Anfang, einen Vater zu haben, der Supermann heißt, und dann hab ich überall nachgeguckt und rausgekriegt, dass sein Name aus Indonesien kommt. Passt ja auch, mein zweiter Vorname is ja auch aus Indonesien. Ich hab meiner Mutter erzählt, dass es über siebzehntausend Inseln gibt, und sie so, dann fang mal lieber an mit Suchen. Wird noch 'n richtiger Scherzkeks, meine Mutter.

Aber wie soll ich *einen* Bapak Suparman zwischen zweihundertsechzig Millionen Menschen finden, hab ich gefragt. Und dann hat sie nachgedacht. Hat die Augen zugemacht, und ich konnt sehen, wie die hinter ihren Lidern hin- und hergegangen sind, als wenn sie mit so 'ner kleinen Lampe in ihrem Gehirn rumleuchtet. Dann hat sie gesagt, er hätte auf einem Schiff gearbeitet. Eins, das Holz nach England gebracht hat. Und ich so, wo hast du ihn denn kennengelernt? Und sie so, wie heißt die romantischste Stadt in England? Und ich so, keine Ahnung, und sie, na, Hull natürlich.

Also hab ich eine Mail an den zuständigen Mitarbeiter im Hafen von Hull geschrieben. Da stand drin:

Lieber zuständiger Mitarbeiter im Hafen von Hull, ich suche meinen Vater. Er heißt Bapak Suparman und arbeitet auf einem Schiff, das

Holz aus Indonesien bringt. Ich habe ihn noch nie gesehen, aber ich würde ihn gern mal sehen. Er kennt meine Mutter. Sie heißt Sheila. Ich bin jetzt dreizehn. Von Sebastien Lombok Fitzgerald. PS: Lombok ist eine Insel in Indonesien.

Es hat ewig gedauert, bis eine Antwort kam.«

Sumo unterbrach sich, um einen Zettel aus seiner Hosentasche zu ziehen. Er faltete ihn auseinander.

»Aber gestern kam dann das hier.

Lieber Sebastien Lombok Fitzgerald,

vielen Dank für Deine Anfrage. Wir führen leider kein Buch über die Besatzungsmitglieder der einlaufenden Frachter. Es tut uns sehr leid, dass wir Dich enttäuschen müssen. Wir wünschen Dir noch viel Erfolg bei der Suche nach Deinem Vater.«

Alle im Raum waren still. Keiner wusste, was er sagen sollte.

Nach einer Weile sagte Brise: »Ich danke dir, Sebastien. Gib nicht auf, hast du gehört? Irgendwann findest du ihn ganz bestimmt. Du darfst nur einfach nicht aufgeben.«

Sumo nickte.

»Klar«, sagte er. »Klar such ich weiter, is ja schließlich mein Vater, stimmts? Mein richtiger Vater. Meine wahre Abstammung.«

40

Mittwoch. 15 Uhr 45.

»Brise hat einen Babysitz im Auto«, sagte Janie.

»Interessant.« Ich gähnte.

»Das ist mehr als interessant. Schließlich hat sie gar keine Kinder.«

»Hatten wir das nicht alles schon durch?«

»Doch, aber damals ging es um Windeln.«

»Vielleicht hat sie ja ein Baby adoptiert. Oder sie hilft einer Freundin aus, deren Auto kaputtgegangen ist und die ihr Kind in den Kindergarten bringen muss.«

»Welcher Freundin? Der, die auch die Windeln brauchte?«

»Was weiß denn ich?«, gab ich zurück.

Janie schnaubte ärgerlich. »Jetzt hör mir mal gut zu. Ich hab eben gesehen, wie sie in ihr Auto gestiegen ist, in dem auch dieser Babysitz war, und dabei hat sie die ganze Zeit in ihr Handy gebrüllt und gefragt ›Was für Hunde?‹ und ›Hinten im Garten?‹ und ›Was meinen Sie mit kaum noch zu bändigen?‹, und dann hat sie gesagt, ›Okay, okay, ich komme. Sagen Sie denen, wir rufen die Polizei.‹«

»Hunde?« Ich sah Janie an. »Erstens brüllt Brise nicht, und zweitens, warum hast du das nicht gleich gesagt?«

Janie funkelte mich wütend an. »Da ist ja einer mal richtig gut drauf. Sonst noch was zu meckern?«

»Wo wohnt sie denn?«

»Keine Ahnung.«

»Los, ich glaube, das ist wichtig«, sagte ich. »Guck mal auf deinem Handy nach. Im Telefonbuch. Gib Ndiaye ein.«

Wir liefen vom Schulhof, wussten dann aber nicht, welche Richtung wir einschlagen sollten.

»N-d-i-a-y-e«, buchstabierte ich.

Janie blieb stehen, um das Ergebnis abzuwarten.

»Leakey Close 17. Der geht von der Glaston Avenue ab.«

Der uralte, braune Volvo-Kombi stand nur halb in der Einfahrt, die Fahrertür weit offen. Mehrere weißhaarige Nachbarn hatten sich auf dem Fußweg versammelt. Wir hörten Brises Stimme.

»Das ist *mein* Haus. Und *mein* Grundstück. Sie haben *kein* Recht, hier herumzuschnüffeln.«

Ein Hund bellte, während wir vorsichtig die Einfahrt hinaufgingen. Im Garten standen Col und Sniffy und noch ein zweiter Typ mit einem zweiten Hund.

»Wir sind Polizeibeamte in Zivil«, hörten wir Col sagen. »Und das hier sind ausgebildete Spürhunde.«

»Dann zeigen Sie mir Ihren Ausweis«, sagte Brise.

Col verschränkte die Arme. »Wenn Sie mich kurz zum Streifenwagen begleiten, mach ich das sehr gern«, sagte er.

»Ich begleite Sie nirgendwohin. Es gibt keinerlei Grund für eine Hausdurchsuchung.«

»Wir glauben, dass Sie illegalen Einwanderern Unterschlupf bieten.«

Eine Pause entstand.

»Hör'n Sie, wir wissen, dass Sie jemand da drin verstecken, die Hunde hier lassen sich nich täuschen. Also können wir jetzt rein und uns da umsehen, oder müssen wir uns gewaltsam Zutritt verschaffen?«

»Das wird nicht nötig sein, Mr Fitzgerald«, sagte ich.

Col fuhr herum. Die Augen traten ihm aus dem Kopf. Sein Gesicht lief rot an. In seinem Blick schimmerte ein Funke des Wiedererkennens.

Ich winkte mit Janies Handy.

»Hatte eben Inspektor Darwin dran, aus dem nächsten Polizeirevier. Er sagt, es gibt keinen Spürhund-Einsatz im Leakey Close und erst recht keine Zivilbeamten mit Durchsuchungsbefehl. Sein Kollege ist schon auf dem Weg.«

Der Blick des anderen Typen huschte zu Col und dann wieder zurück zu mir. Sie tuschelten miteinander. Sniffy legte sich hin und bettete den Kopf auf die Pfoten. Es kam mir wie eine Ewigkeit vor, dass keiner sich bewegte.

Ich muss irgendwas machen, dachte ich. *Von alleine gehen die nicht weg.*

»Ich weiß, wo Ihre Sachen sind«, sagte ich, an Col gewandt.

Er runzelte die Stirn. Stach mit dem Zeigefinger in meine Richtung. »Warte mal. Dich kenn ich doch. Aus Sebastiens Klasse, hab ich recht? Was soll das heißen, ›meine Sachen‹?«

»Die Sachen aus Ihrer Garage.«

Cols Gesicht verhärtete sich. »Hast *du* die etwa geklaut? Hast *du* meine Garage geklaut?«

»Nein, nein«, antwortete ich. »Aber ich weiß, wo die Sachen sind. Und ich kann dafür sorgen, dass Sie sie wiederkriegen. Aber dann müssen Sie jetzt gehen, sofort, ohne ein weiteres Wort. Dann kriegen Sie sie wieder, komplett. Aber Sie müssen jetzt gehen. Ohne Widerrede.«

Ich sah die Beunruhigung in ihren Augen. Sah sie wieder miteinander tuscheln.

»Du lügst«, sagte Col.

»Nein, tu ich nicht. Fragen Sie Miss Ndiaye. Sie ist meine Klassenlehrerin.«

Brise schien leicht verwirrt, nickte dann aber. »Ich an Ihrer Stelle würde ihm glauben. Er wird Ihnen Ihre ›Sachen‹ wiederbeschaffen, aber Sie sollten lieber verschwinden, bevor die richtige Polizei hier eintrifft. Was das angeht, hat er nämlich auch nicht gelogen.«

Col presste die Lippen zusammen. Dann stieß er einen Fluch aus und zerrte Sniffy vom Boden hoch.

»Alles nur Idioten«, sagte er. »Sie haben jemand in Ihrem Haus versteckt, das wissen Sie ganz genau. Und wir wissen es auch. Also wundern Sie sich nich, wenn hier bald der nächste Besuch vor der Tür steht. Und zwar schneller, als Sie denken. Und was dich angeht …« Er pikte wieder mit dem Finger in meine Richtung. »Bei dir schau ich auch demnächst mal vorbei.«

Col und sein Begleiter gingen los, die Einfahrt hinunter. Sniffy zog an der Leine und kläffte, als sie an Brises Auto vorbeikamen, aber Col riss sie zurück und schnauzte sie an. Dann bogen sie in die Straße ein und stapften davon.

Schweigend sahen wir ihnen nach.

Brise ließ sich auf die Stufen der Hintertür sinken, schloss die Augen und atmete ein paarmal tief durch.

»So«, sagte sie dann und schaute uns an. »Und jetzt möchte ich gern wissen, welche Rolle *ihr zwei* bei der Sache spielt?«

Sie bat uns nicht ins Haus. Wir setzten uns mit drei Gläsern Limonade und einem Teller Kekse auf die Stufen. Ein paar besorgte Nachbarn kamen und gingen wieder.

»Ich habe Sie auf dem Parkplatz an der Schule gesehen«, erklärte Janie. »Und gehört, wie Sie von Hunden und von Polizei gesprochen haben, und dann sind Sie sofort losgerast. Das habe ich Kofi erzählt, und wir haben uns Sorgen gemacht.«

»Hmmm«, sagte Brise. »Eure Besorgnis ehrt mich, aber dazu bestand überhaupt kein Anlass.« Sie schaute uns an. Ohne zu lächeln.

»Und kannst *du* mir jetzt erklären, junger Mann, wieso du weißt, wo diese dubiosen *Sachen* sind? Diebesgut, nehme ich an?«

Ich begegnete ihrem Blick. Lügen hatte keinen Zweck, aber die Wahrheit würde sie uns auch nicht glauben.

»Miss Ndiaye«, sagte ich. »Vertrauen Sie mir?«

Sie musterte mich kurz. »Ja«, sagte sie dann. »Tue ich.«

»Dann verspreche ich Ihnen: Sobald das hier vorbei ist, erzähle ich Ihnen alles bis ins Detail. Janie und ich, wir erzählen Ihnen alles. Wir tun nichts Schlechtes oder Verbotenes. Aber die Geschichte ist so absolut erstaunlich, dass Sie sie jetzt sowieso nicht glauben würden.«

Brise lächelte. Ein echtes offenes Lächeln, das ihr Grübchen in die Wangen zauberte. »Dann, junger Mann, werde ich eben warten. Ich liebe erstaunliche Geschichten.«

»Danke«, sagte Janie. »Vielen, vielen Dank. Sie sind wirklich eine tolle Lehrerin. Ein echtes Vorbild. Wir wollten nur nicht, dass Ihnen …« Janie unterbrach sich. Sah mich an und dann wieder Brise. »Aber die Hunde haben ja wirklich was im Haus gerochen, oder? Finden Sie das nicht seltsam?«

Brise zuckte die Achseln. »Ich glaube, die beiden Kerle wollten nur mal rumschnüffeln. Vielleicht haben sie von meiner kostbaren Steinwerkzeug-Sammlung gehört.«

»Meinen Sie wirklich?«, fragte Janie.

Brise lachte.

»Sie sollten die beiden anzeigen«, sagte ich. »Für den Fall, dass sie wiederkommen.«

»Ja, vielleicht. Aber gerade jetzt möchte ich das Ganze einfach nur vergessen.«

Wir wischten uns die Krümel vom Schoß. Dankten ihr für die Limo und liefen zum Tor.

Riefen »Dann bis morgen«, und in der Stille, die auf unsere Worte folgte, hörten wir ein Baby schreien.

»Wiedersehn, Inspektor Darwin«, rief Brise zurück. »Vorname Charles, nehme ich an.«

Schweigend liefen wir den Leakey Close entlang.

»Denkst du auch, was ich denke?«, fragte ich

»Du denkst, dass Pogsy da drin ist, oder?«

Ich nickte.

»Und das Baby?«, flüsterte Janie.

Ich blieb stehen und versuchte, mir einen Reim darauf zu machen.

»Wir müssen noch mal zurück und sie fragen«, sagte Janie.

Als wir fast schon wieder bei ihr waren, klingelte mein Handy. Sumo war dran.

»Ich muss hier weg.« Er klang verängstigt und außer Atem.

»Was ist denn los?«

»Col rastet hier gerade völlig aus.«

»Ach du Schande.«

»Kann ich Shima mitbringen?«

»Ja, klar, natürlich.«

Ich setzte mich in Trab. »Ein Notfall. Wir müssen Sumo helfen. Um Brise kümmern wir uns später.«

41

Mittwoch. 16 Uhr 55.

Als Sumo bei uns eintraf, brauchte Shima als Erstes eine neue Windel.

»Am besten im Badezimmer.« Ich schob ihn auf die entsprechende Tür zu.

»Wo schmeiß ich die rein?«, fragte er ein paar Minuten später und schwenkte einen kleinen Beutel.

»Mülltonne draußen. Ich zeigs dir.«

Mum kam nach Hause, als wir gerade die Hintertür schlossen.

»Oh, hallo!« Sumos Anwesenheit schien sie zu überraschen.

»Hallo. Ich bin Sebastien. Und das is meine Halbschwester Shima.«

»Das ist aber eine Süße«, sagte Mum. »Wie alt ist sie denn?«

»Vier'nhalb Monate. Plus-minus.«

Mum lächelte und streichelte Shimas Finger. »Sie ist groß für ihr Alter.«

»Kommt nach meiner Mutter.«

Ich führte Sumo ins Wohnzimmer, wo Janie wartete. Er war immer noch ein bisschen zittrig.

»Kommt, wir gehen mit Shima in den Garten«, sagte ich. »Das wird ihr gefallen.«

Wir traten auf die Terrasse, und ich schob die Fenstertür hinter uns zu. Wir setzten uns auf die Holzstühle. Sumos Stirn glänzte und kleine Schweißtropfen glitzerten auf seiner Oberlippe.

»Er hat meine Tür eingetreten«, sagte er. »Und mein Bett zu Klump gehauen, und auch sonst alles. Sogar die Wiege von Shima. Ich hab gehört, wie er am Handy gesagt hat, dass sie bei Brise im Garten Pogsys Spur gefunden haben. Aber dann hättest du dazwischengefunkt, und jetzt wollte er gleich losfahren und sich von dir die Sachen ausser Garage wiederholen. Was is denn passiert?«

»Er kommt hierher?«

»Ja, jetzt gleich. Aber was soll das mit der Garage? Hast du die also doch bei uns weggeholt?«

Ich schaute ihn an. »Nein, das war Rorty«, sagte ich.

»Und der hat jetzt auch die ganzen Fernseher und Computer und Handys?«

»Genau«, sagte ich. Ich holte mein Handy heraus.

DRINGEND: Sofort Cols Sachen auf das Ufer gegenüber der Insel verschieben. Halt dich versteckt. Sumo und ich kommen mit Col. Nachricht bestätigen.

»Du musst Shima solange bei meiner Mutter lassen«, sagte ich.

»Is gut«, sagte Sumo.

»Janie, kannst du auch bei meiner Mutter bleiben? Sie ein bisschen beruhigen?«

Janie nickte. »Klar. Aber was habt ihr beide denn vor?«

»Wir warten hier auf Col, und dann gehen wir mit ihm zur Insel.«

»Alles klar«, sagte Sumo. »Guter Plan.«

»Finde ich überhaupt nicht«, sagte Janie. »Das ist ein ganz schrecklicher Plan.«

Ich sagte Mum, sie solle hinter uns alle Türen verriegeln.

»Wieso denn das?«

»Wir haben da noch was zu regeln.«

»Das erklärt aber noch nicht, warum ich abschließen soll.«

»Bitte, Mum. Uns bleibt nicht viel Zeit. Ich erklärs dir später, versprochen.«

Mum kniff die Augen zusammen. »Was hat das alles zu bedeuten, Kofi?«

»Das kann ich dir jetzt nicht sagen. Vertrau mir einfach. Bitte, Mum.«

»Na gut«, seufzte sie und nickte, während Sumo ihr Shima sanft in die Arme legte. »Aber sobald ihr zurück seid, verlange ich eine umfassende Erklärung.«

Wir traten vors Haus. Ich schaute auf meinem Handy nach, aber bisher war noch keine Antwort gekommen. Drinnen hörten wir Shima weinen. Sahen, wie Mum mit ihr durchs Wohnzimmer lief, während Janie auf ihren Nägeln kaute. Spähten die Straße auf und ab.

»Der muss jeden Moment kommen«, sagte Sumo. »Wie 'n Pitbull war der, als ich abgehau'n bin. Wenn das hier nich klappt, macht der Hackfleisch aus uns. Mit bloßen Händen.«

Ich presste die Lippen zusammen und blickte wieder auf mein Handy.

Na los, Rorty, mach schon.

Ein Auto kam mit röhrendem Motor um die Ecke und hielt auf der gegenüberliegenden Straßenseite an. Heavy Metal wummerte heraus. Col stieg aus und knallte die Tür zu. Dann entdeckte er uns.

»Steigt ein.«

»Wieso?«

»Halt die Schnauze und steig ein.«

»Wir können Ihre Sachen nicht mit dem Auto holen.«

Col stemmte die Hände in die Hüften. Die Falte zwischen seinen Augenbrauen wurde noch tiefer.

»Ich zeig Ihnen den Weg. Da kommt man nur über die Burrows hin.«

Er wies mit dem Schlüssel auf sein Auto. Es blinkte. Ich führte ihn und Sumo ums Haus herum in den Garten. Sah, dass Mum mit Shima am Küchenfenster stand.

Bleib, wo du bist, befahl ich ihr in Gedanken. *Misch dich bloß nicht ein. Wir kommen schon klar.*

Über den Rasen, am Schuppen und an Mums Blumenwiese vorbei und durchs hintere Gartentor. Wir stapften an dem Schutthaufen und dem dahinterliegenden Wäldchen vorbei. Die Burrows wirkten seltsam düster und trist.

Irgendwann blieb Col plötzlich stehen und packte mich an der Schulter. Starrte mich hasserfüllt an. »Wenn das hier 'n fauler Trick is, bist du geliefert.«

»Ist es nicht«, sagte ich.

Ich schaute auf mein Handy. Immer noch nichts.

Wir kamen zum Bach, und ich erinnerte mich, wie wir mit dem Molimo hier draußen gewesen waren, unter den Sternen, dem Mond und den Planeten. Wo mochte mein Sternenmann jetzt sein?

Lass mich nicht hängen, Rorty. Das hier ist furchtbar wichtig.

An Hecken vorbei, um Felder herum. Sumo war weit zurückgefallen, keuchend und knallrot im Gesicht. Col und ich warteten, bis er uns wieder eingeholt hatte.

»Hat der auch was damit zu tun?«, fragte mich Col.

»Nein«, sagte ich. »Der weiß überhaupt nichts.«

»Und wie hast du dann mein ganzes Zeug hierhergeschafft? Wohl kaum allein?«

»Das werden Sie gleich sehen«, sagte ich. »Wir sind fast da.«

»Ach ja?« Er packte mich an beiden Schultern und schüttelte mich. »Diese Hände sind schon mit ganz anderen Leuten als dir fertiggeworden. Frag Sumo. Also nimm dich bloß in Acht.«

»Mach ich«, sagte ich.

Er stieß mich weg, und ich ging weiter.

Beeil dich, Rorty, bitte. Wir sind gleich da. Nur noch das Stück hier am Fluss entlang, bis zur großen Weide. Da muss das Zeug jetzt stehen. Auf dem Uferstreifen, wo wir das Boot ins Wasser gelassen haben.

Col stemmte wieder die Hände in die Hüften. Wischte sich den Schweiß ab, der ihm die Schläfen hinunterlief.

Der Uferstreifen war komplett leer. Keine Computer, keine Fernseher. Keine Kisten mit geklauten Handys.

»Warten Sie kurz«, sagte ich. Ich ging noch ein Stückchen weiter, suchte das Gebüsch und das sumpfige Schilfgras ab. Schaute auf mein Handy. Kein Netz.

Ich rief: »Rorty!«

Legte die Hände an den Mund. Brüllte. »Rorty!«

Col war mir gefolgt und ließ mich nicht aus den Augen.

»Ich guck noch mal weiter da hinten nach«, sagte ich.

Doch er packte mich am Arm und brachte sein Gesicht ganz dicht an meines. »Du gehst nirgendwohin, Freundchen.« Dann schubste er mich weg, sodass ich stolperte und auf den Rücken fiel.

»Jetzt weiß ich's wieder. Die Sachen sind auf der Insel! Da drüben auf der Insel. Sags ihm, Sumo. Sag ihm, dass es stimmt!«

Aber Col schüttelte den Kopf.

»Deine Zeit is abgelaufen, Freundchen. Jetzt hast du's echt zu weit getrieben. Mir die Affenjagd versaut. Mich mit 'ner Lüge hier rausgelockt. Den alten Col ganz umsonst hier rumstapfen lassen. So was mag der alte Col überhaupt nich. So was macht ihn ziemlich sauer.« Mit drohender Miene kam er auf mich zu. Ich wich vor ihm zurück, auf Händen und Füßen krabbelnd.

»Lass es, Col«, sagte Sumo. »Er is mein Kumpel, und er hat dir nix getan.«

Wolken zogen über die Sonne. Lautes Geflatter war plötzlich zu hören und das schrille Kreischen der Elstern. Sie stiegen von der Insel auf und stoben über den Bäumen auseinander. Dann folgte ein sehr viel tieferer Schatten, etwas flog über uns hinweg.

»Weg da!«, brüllte Sumo.

Ich rollte schnell ein Stück zur Seite und rappelte mich dann auf. Sah, wie Sumo auf mich zu walzte, spürte, wie er mich am Arm packte und zum Ufer hinunterschleuderte, bis dicht ans Wasser, wo wir beide übereinanderpurzelten.

Dunkle Gegenstände fielen vom Himmel. Der erste landete krachend keinen Meter von Col entfernt. Col sprang beiseite und schaute nach oben, als auch schon die nächste Kiste auf ihn zu segelte. Beim Aufprall brach sie auseinander und verspritzte Glassplitter in alle Richtungen, die seine Beine nur knapp verfehlten. Ein kleinerer Gegenstand erwischte ihn an der Schulter. Col rannte los, aber schon nach zwei, drei Schritten wurde er gestoppt, als wäre er gegen eine Wand gelaufen. Er versuchte weiterzurennen. Fiel vornüber. Klammerte sich am Gras fest und stemmte die Hacken in den Boden, aber irgendetwas, irgendwer zog ihn, bäuchlings auf dem Boden ausgestreckt, Meter für Meter zum Ufer zurück.

»Was is hier los?«, röhrte er.

Ein 51-Zoll-Bildschirm mit zwei 10-Watt-Lautsprechern und einem internen Menü mit 29 europäischen Sprachen senkte sich langsam herab. Wenige Zentimeter über Cols Kopf blieb er stehen. Col lag immer noch da wie angenagelt. Er versuchte wegzurobben. Sich mit den Armen wegzuschieben, aber er kam einfach nicht vom Fleck. Der Bildschirm neigte sich um 90 Grad und schwebte dann waagerecht über Cols Hinterkopf.

Weitere Kisten kamen durch die Luft gesegelt, eine nach der anderen, in regelmäßigen Abständen, wie vom Fließband. Jede einzelne wurde vorsichtig auf dem wachsenden Stapel abgelegt. Cols Körper wurde nach und nach unter Diebesgut im Wert von zehntausend Pfund begraben.

»Unglaublich!«, rief Sumo. Er warf mir einen Blick von der Seite zu. »Das war wirklich alles Rorty? Der hat die Garage weggemacht und mich grün angemalt und den Clown auf der Party gezaubert?«

Ich nickte.

Sumo grinste und boxte mich in die Seite. »Und wo is die Garage jetzt?«

»Auf der Insel.«

»Und wie is sie da hingekommen?«

»Das ist ja das Ding: Er kann Gegenstände nicht nur verschwinden lassen, wie beim Löschen auf dem Computer, sondern auch wieder zurückholen.«

Sumo schüttelte den Kopf. Fing an zu lachen. Ließ sich nach hinten fallen, schlug die Hände vors Gesicht und lachte so sehr, dass sein ganzer Körper bebte. Als er sich wieder aufsetzte, hatte er Tränen in den Augen.

»Du weißt, was das bedeutet, oder?«, sagte er. Er wies mit einem Nicken auf Col. Der war unter dem Haufen Zeug aus seiner Garage jetzt fast schon verschwunden.

»Das glaube ich kaum, Sumo. Einen Gegenstand kann man ja mal verschwinden lassen, aber etwas, das lebt? Rorty hat die Hunde von Quix gelöscht, aber bisher hat er auch noch nicht versucht, sie zurückzuholen. Keiner weiß, ob die überhaupt noch leben.«

Sumo zuckte die Achseln. »Na und? Stört das irgendwen, wenn so ein Dreckskerl wie der für immer verschwindet?«

Wenn Janie nicht gewesen wäre, hätte mein Vater wahrscheinlich nie von Rorty erfahren. Mum hatte ihn angerufen, nachdem sie Col im Garten gesehen hatte. Als sie von »Tattoos« und »Gangster-artigem Aussehen« sprach, hatte Dad die Abteilungskonferenz sofort verlassen und war nach Hause gekommen. Janie erzählte ihm, dass wir zum Heron's Island wollten, und zeigte ihm den Weg.

Bei uns am Ufer war nun auch Rorty endlich aufgetaucht. Meine Nachricht hatte ihn nicht erreicht, weil das Netz so schwach war, deshalb wusste er gar nicht, dass wir in Schwierigkeiten waren, bis ich nach ihm rief. Wir fragten ihn, ob er die Hunde wieder zurückholen könnte, die er bei Jons Party gelöscht hatte. Nur um zu sehen, ob sie noch am Leben waren.

Rorty stand ganz still. Seine Augäpfel zuckten hinter den Lidern hin und her. Er machte sein tiefes Klicken und spreizte die Hände. Im nächsten Moment standen drei Hunde zitternd und jaulend vor uns. Vor lauter Verwirrung gingen sie gleich aufeinander los und schnappten nach Ohren und Schwänzen.

Rorty kletterte hastig auf den großen Weidenbaum. Sumo und ich versuchten, die Hunde zu beruhigen.

»Bei Fuß!«, rief ich.

»Aus, ihr dämlichen Köter!«

Alle trugen noch Halsband und Leine, und wir versuchten, uns die Leinenenden zu schnappen, um die Tiere daran festzuhalten. Sumo erwischte eine mit dem Fuß und stellte sich drauf. Damit brachte er den Schäferhund am anderen Ende so abrupt zum Stehen, dass der die Zähne fletschte und wütend knurrte. Hastig ließ Sumo die Leine wieder los und wollte schon Reißaus nehmen, als der Hund plötzlich kehrtmachte und mit den beiden anderen in den Büschen am Ufer verschwand.

In diesem Moment kamen Dad und Janie die Uferböschung heruntergerannt, mit riesigen Schritten und rudernden Armen. Sie waren keine hundert Meter mehr entfernt, als Col auf uns losging. In all dem Durcheinander hatten wir gar nicht bemerkt, dass er sich zentimeterweise unter dem Gerätestapel hervorgearbeitet hatte. Aus einer Platzwunde an der Stirn lief ihm Blut übers Gesicht. Brüllend stürmte er auf uns zu. Wir standen da wie versteinert.

Ich konnte Rortys Gestalt oben im Baum erahnen. Glaubte zu sehen, wie er die Hand hob und sie auf Col richtete.

»Verabschiede dich von deinem Stiefvater, Sumo«, flüsterte ich.

Und dann geschah es. Im Bruchteil einer Sekunde war Mr Colin Fitzgerald verschwunden.

42

Mittwoch. Irgendwann nach 19 Uhr.

Die Büchse mit den selbst gemachten Ingwerplätzchen stand auf dem Terrassentisch. Zusätzliche Stühle waren aus der Garage geholt worden. Janie rief ihre Mutter an, um Bescheid zu sagen, dass sie erst später nach Hause kommen würde, und Shima lag schlafend in Sumos Armen.

»Ich versuch das mal zu sortieren«, sagte Dad. Er stand vor uns, die Augen fest geschlossen und die Zeigefinger an die Schläfen gepresst. »Ihr habt mir soeben erzählt, dass hier und jetzt noch eine ältere menschliche Spezies existiert?«

»Ja«, sagte ich.

»Ein Vorläufer des heutigen Menschen?«

»Ja«, sagte ich.

»Und gleich zwei von denen sind hier in Bradborough?«

»Wir nehmen es an«, sagte ich.

»Und der männliche der beiden hat ein MINDLINK-Implantat?«

»Sogar zwei, laut Professor Quix.«

Dad blieb der Mund offen stehen. »*Zwei?*«

»Sie sind vor ungefähr acht Wochen eingesetzt worden. Zu Anfang hatte Rorty einen leichten Gedächtnisverlust, aber inzwischen kann er sich wieder an alles erinnern.«

Ein Lächeln ging über Dads Gesicht.

»Deshalb habe ich ja gesagt, du sollst nicht aufgeben, Dad. MINDLINK funktioniert perfekt.«

Mum starrte mich an, ohne mich zu sehen. Ihr Mund stand offen und ihr Atem ging schnell.

»Wer ist überhaupt dieser Professor Quix?«, fragte sie. »Und wie kommt er an deinen Chip, George? Kennst du ihn?«

»Noch nicht«, erwiderte Dad. Dann wandte er sich wieder zu mir. »Also noch mal zum Mitschreiben: Dieser Quix hat vermutlich unsere Pläne gestohlen, um die MINDLINK-Chips nachzubauen, und hat dann gleich zwei dieser Chips in das Gehirn eines Hominiden implantiert, wo sie die Fähigkeit zum Unsichtbarmachen, zur molekularen Replikation und zur Telekinese hervorgerufen haben?«

»Unter anderem«, sagte ich.

»Wow«, sagte Dad mit großen Augen. »Wenn ich es nicht selbst gesehen hätte, würde ich es einfach nicht glauben.«

»Was hast du denn gesehen?«, fragte Mum.

»Dinge, die ich niemals für möglich gehalten hätte. Dinge, die gegen sämtliche physikalischen Gesetze verstoßen.«

»Du liebe Zeit.« Mum blieb die Luft weg. »Und wie sieht er nun aus, dieser Hominide?«

»Dad konnte ihn ja nicht sehen«, sagte ich. »Rorty hatte sich getarnt.«

Mums Blick wanderte zwischen mir und meinem Vater hin und her. »Dann ist er der …«

»Analphabet mit den leeren Kekspackungen? Genau«, sagte ich.

»Und die Hütte?«

»Hat er auch gebaut, genau.«

»Und wer weiß sonst noch Bescheid?«, fragte Mum weiter.

»Nur eine Handvoll Leute. Aber so richtig wissen die auch nicht Bescheid. Ich meine, die kennen nicht die ganze Wahrheit.«

Und so kam die Geschichte Stück für Stück ans Licht. Jeder steuerte ein paar Details dazu bei. Völlig schräge Details. Absolut verrückte. Die allesamt wahr und doch unglaublich waren.

»In diesem Haus? Seit März?«, fragte Mum.

»Tut mir leid«, sagte ich. »Aber das war doch ganz klar eine humanitäre Krise.«

»Einen 3000er-SS-Turbo«, sagte Dad. »So einen hätte ich auch mal gern.«

»Weißt du, was wir in den letzten Monaten für Alufolie ausgegeben haben?«, fragte Mum. »Vier Pfund die Zehnmeterrolle beim *Tesco*!«

Schweigend knabberten wir noch ein paar Plätzchen und tranken unsere Tassen aus. Dunkelheit senkte sich langsam herab. Mum zog die Füße auf den Stuhl und umschlang ihre Knie.

»Ich habe das Gefühl, die ganze Welt steht kopf«, sagte sie. »Als hätten wir eine Art wissenschaftliches Erdbeben erlebt und alles, was wir bisher geglaubt haben, stimmt auf einmal nicht mehr.«

Dad nahm sie in den Arm. »Und diese drei hier haben die ganze Zeit versucht, allein damit klarzukommen.«

Mum nickte und lächelte. »Wisst ihr denn inzwischen, wo Rortys Gefährtin steckt?«

Ich warf Janie einen Blick zu. »Sie heißt Pogsy«, sagte ich. »Wir haben sie immer noch nicht gefunden.«

»Hat sie auch ein Implantat?«

»Nein. Vermutlich sind die beiden entkommen, bevor Quix es ihr einpflanzen konnte. Aber Rorty hat so ein Bambusrohr, das er den Molimo nennt. Der hat geheimnisvolle Kräfte und soll Pogsy zu uns zurückbringen.«

»Die hat er wirklich«, sagte Janie. »Eigentlich ist es ja nur Musik, aber gleichzeitig auch noch viel, viel mehr. Es nimmt einen völlig gefangen, das Herz und den Kopf und den ganzen Körper. Stimmen und Gefühle und noch was anderes, für das es keine Worte gibt. Sie sind nachts auf allen Verkehrskreiseln in Bradborough gewesen und haben den Molimo gespielt.«

»*Wer* ist nachts auf Verkehrskreiseln gewesen?«, fragte Mum.

»Rorty und ich«, sagte ich, und mir war klar, dass es jetzt Ärger geben würde.

»Rorty und du auf den Kreisverkehren der Stadt. Nachts. Bitte erklär mir das.«

Sumo rettete mich. Er räusperte sich und stand auf.

»Ich muss los. Shima braucht ihr Fläschchen.«

Mum sah ihn nachdenklich an.

»Wo ist eigentlich dein Vater?«, fragte sie dann.

»Der is nich mein Vater«, sagte Sumo. »War er nie und wird er nie sein. Und ich glaub auch kaum, dass wir den noch mal wiedersehen.«

Janies Mutter rief an und sagte, es sei langsam Zeit.

»Kann ich nicht noch ein bisschen länger bleiben?«, fragte Janie. »Bitte, Mum, ausnahmsweise.« Doch ihre Mutter ließ sich nicht erweichen.

Dad bot Janie an, sie mit dem Auto nach Hause zu bringen, und ich ging schon mal mit ihr nach draußen.

»Wir müssen unbedingt rauskriegen, ob Brise Pogsy bei sich versteckt hält«, sagte Janie. »Am besten noch heute Abend.«

»Um bei ihr vorbeizugehen, ist es zu spät. Außerdem lassen uns unsere Eltern bestimmt nicht mehr weg. Am besten treffen wir uns morgen früh bei Brise im Leakey Close, um Viertel nach acht, vor dem Unterricht. Kriegst du das hin?«

»Muss ich wohl«, sagte Janie.

»Aber vielleicht finden Rorty und ich Pogsy ja schon heute Nacht. Um zwei treffe ich mich mit ihm auf dem Uni-Kreisverkehr.«

Ich schlief auf dem Sofa ein und verpasste auch das Abendessen. Ich weiß noch, dass Mum mich zu wecken versuchte, aber meine Augen ließen sich einfach nicht öffnen.

Irgendwann nach Mitternacht kam Dad dann rein und rüttelte mich sanft an der Schulter. Er trug eine tarnfarbene Hose und einen schwarzen Schlupfschal.

»Was ist denn los?«, fragte ich.

»Ich komme mit«, flüsterte er.

»Wohin?«

»Auf den Kreisverkehr.«

43

Donnerstag. 1 Uhr 40.

Auf Zehenspitzen schlichen wir uns durch die Hintertür und liefen dann nach vorn zur Straße, in eine weitere sternenklare Nacht hinaus. Unter einem weiteren endlosen, schimmernden Himmel dahin. Kicherten wie zwei dumme Jungs. Legten die Finger an die Lippen. Machten übertrieben große Schritte, rissen die Arme ganz hoch und taten so, als wäre Mum uns auf den Fersen.

Bis zum Ende des Boxgrove Drive und dann weiter über kleine Seitenstraßen. Auf schmalen Wegen zwischen den Häusern hindurch. Seite an Seite, im gleichen Schritt, begleitet vom Rascheln meiner Hose und vom Knistern von Dads Regenjacke.

»Ich hätte es begreifen müssen«, sagte er immer wieder. »Du hast ja versucht, es mir mitzuteilen. Aber ich habs einfach nicht begriffen.«

»Schon gut, Dad. Ist doch nicht deine Schuld, wenn ich es nicht erzähle. Aber ich brauchte Zeit zum Nachdenken. Ich wollte Rorty nicht noch mehr in Gefahr bringen, und als Janie die Narbe fand, war uns zwar klar, dass du das nicht gewesen sein konntest. Aber wir wollten erst mal herausfinden, wer Rorty überhaupt ist und wie er hierherkommt.«

»Euer Vertrauen ehrt mich, aber ich komm einfach nicht drüber hinweg, dass ich das nicht kapiert habe. Nicht mal, nachdem ich die Haare in der Dusche gefunden hatte. Du warst allerdings auch ziemlich geschickt darin, ihn zu verstecken.«

»Das kann er auch selber ziemlich gut.«

Wir gingen quer über den Uni-Campus. Jenseits davon befand sich der Kreisverkehr, der dem Haus von Brise am nächsten lag. Vielleicht würde Pogsy uns ja diesmal hören.

In einer kleinen, geteerten Mulde in der Mitte brannte schon ein kleines Feuer. Erst sahen wir nur den Rauch, dann auch die Flammen. Wir blieben am Straßenrand stehen und schauten.

»Wo ist er denn?«, fragte Dad.

»Getarnt«, flüsterte ich.

Ein Auto rollte vorbei. Dann noch eins. Wir überquerten die Fahrbahn und betraten die Verkehrsinsel.

»Das ist mein Vater«, sagte ich in die Leere.

Wir hörten ein Scharren. Dann eine leise Stimme.

»Ich hier«, sagte sie. Rorty klickte und enttarnte sich.

Ich hörte, wie Dad nach Luft schnappte. Ungläubiges Staunen stand in seinen Augen. Er kniete sich vor Rorty hin. Und schaute und schaute, als könne er einfach nicht begreifen, was er da sah.

»Wer bist du?«, flüsterte er. »Woher kommst du?«

»Ich Rorty Thrutch. Viele Grüns in Massens von Nebel un Meer von Stilligkeit.«

»Du bist etwas ganz Besonderes«, sagte Dad. Er streckte die Hand aus. »Ich fühle mich extrem geehrt. Sehr erfreut, Sie kennenzulernen, Mr Rorty Thrutch, wirklich sehr erfreut. Wie ist das werte Befinden?«

Wir setzten uns hin, den Rücken an die hölzernen Blumenkübel gelehnt, dicht nebeneinander. Dad starrte ihn immer noch unverwandt an, als versuche er, ihn zu verorten, einen Platz in der Menschheitsgeschichte für ihn zu finden, zu verstehen, wie es ihn immer noch geben konnte, hier auf der Erde und hier bei uns, auf diesem Kreisverkehr in einer englischen Kleinstadt.

Rorty erzählte ein bisschen über sich. Dass er sich kaum noch erinnern konnte, wie er aus seiner Heimat entführt worden war, und auch nicht an die Zeit in Quix' Labor und an die Flucht mit Pogsy. Wie viel Angst er anfangs vor den Autos gehabt hatte und vor den Lichtern, und wie er Pogsy in all dem Chaos aus den Augen verloren hatte. Erst hatte er sich immer auf Kreisverkehren versteckt, aber dann hatte er die Burrows entdeckt, wo er sich von Fischen und Wurzeln und Beeren ernährte. Er erzählte uns, wie er allmählich gelernt hatte, Gegenstände zu kopieren und zu bewegen. Wie er festgestellt hatte, dass er mit den Fingern malen und Nachrichten im Kopf empfangen konnte. Und wie dann, kurz nachdem er mich getroffen hatte, die ersten Erinnerungen zurückgekehrt waren, an Pogsy, an den Wald und an den Molimo.

»Warum eigentlich Kreisverkehre?«, fragte Dad leise.

»Weil sie sicher sind und vertraut«, antwortete ich. »Rortys Hütte. Sein Lager. Seine Feuerstellen. Sein Atem, wenn er auf dem Molimo spielt. Alles Kreise und Kreisbewegungen.«

Dad schloss die Augen, als sei ihm das alles zu viel, dann schaute er in den Himmel hinauf, als könnte die Antwort von dort oben herunterfallen.

»Wald jetz aufwachen«, sagte Rorty. »Molimo suchen Pogsy un singen hoch hoch wie allerhöchse Bäumens. Ich wissen, Pogsy is auf Weg.«

Dieser Kreisverkehr war sehr viel belebter als der letzte. Immer wieder kamen Autos vorbei. Einige Fahrer bremsten und musterten uns neugierig. Eine Gruppe grölender Jugendlicher schlurfte vorbei und spielte mit Bierdosen Fußball. Wir mussten hier verschwinden. Wir mussten mit dem Kreisverkehr verschmelzen. Wir mussten Trillionen von Atomen dazu bringen, sich in ihrer exakten Farbe und Form kopieren zu lassen und dann über uns zu legen.

Ich sah die Schweißperlen auf der Stirn meines Vaters.

»Das tut nicht weh«, erklärte ich ihm. »Man merkt es überhaupt nicht.«

»Is allens fertig?«, fragte Rorty.

Wir nickten. Er markierte einen Ausschnitt des Blumenkübels und des Grases davor. Dann zeigte er auf Dad und klickte. Dad verschwand sofort. Ich sah an den Umrissen seiner Hand, wie er sie hob und drehte. Wie seine Ränder sich ständig verschoben und verwackelten.

»Du liebe Zeit«, sagte er immer wieder. »Du liebe Zeit.«

»Du musst stillsitzen, sonst verschmilzt du nicht mit dem Hintergrund.«

Aber er konnte nicht aufhören, herumzuzappeln und vor sich hin zu brummeln.

Rorty tarnte auch mich und dann sich und dann das Feuer.

»Mach die Augen zu«, forderte ich Dad auf. »Und hör dem Molimo zu.«

Ich war wieder in Rortys Wald. Turmhohe Gewächse aus grünen Ranken. Stimmen riefen, Kinder sangen kleine Melodien, und ich stellte mir vor, wie ich ihnen folgte. Ich sah einen Kreis von Hütten in einem Kreis von Bäumen. Hörte das Klackern von Stöcken. Schreien und Johlen. Sah Flammen, die emporschlugen und flackerten, kleine Aschestückchen, die in den Himmel stoben. Es war der Feuertanz. Wirbelnde Körper, das Wummern von Trommeln, das mir bis in die Knochen drang, und verwischte Gesichter, die vom Schatten ins Licht und vom Licht in den Schatten wechselten.

Ich hörte ihre Stimmen.

Bring sie zurück, riefen sie. *Bring sie nach Hause.*

Dunkelheit kroch über den Wald. Der Klang des Molimos wurde schwächer. Der Geruch nach Erde und Rauch verwehte.

Dann die Stimme von Dad. Ein Flüstern. »Alles in Ordnung, Kofi?«

»Ja«, sagte ich.

»Ich war in einem Wald.«

»Ich auch.«

»Nein, *wirklich*, Kofi.«

Ich lächelte. »Ja. Ja. Ich weiß.«

Dad stand auf. »Halluzinatorisch.«

»Hypnotisierend.«

Wir schauten uns um, in der Hoffnung, Pogsy zu sehen. Wir suchten um die Blumenkästen herum und am Straßenrand. Ich sah Rortys dunklen, traurigen Blick.

»Pogsy uns nich hören. Dunkelheit bleiben. Pogsy für immer tot un verschwunden.«

44

Donnerstag. 8 Uhr 05.

Ich war erst nicht sicher, ob sie es wirklich ist.

Sie hatte ihre Kapuze aufgesetzt und saß vornübergebeugt, den Kopf in die Hände gestützt. Ich habe nur den violetten Mantel wiedererkannt. Lehrer scheinen alle nur einen Mantel zu besitzen.

Ich war auf dem Weg zum Leakey Close, wo ich mich mit Janie treffen wollte. Aber hier saß Brise nun auf einer Bank, gleich an der Ecke zur Glaston Avenue. Ich hörte sie schluchzen. Ging zu ihr rüber und blieb neben ihr stehen.

Sie hob den Kopf. »Du siehst aus, als hättest du nicht geschlafen.«

»Hab ich auch nicht. Jedenfalls nicht viel.«

Sie nahm ein schon reichlich zerknülltes Taschentuch und putzte sich die Nase. Klopfte neben sich auf die Bank und lud mich zum Sitzen ein.

»Hast du etwas auf dem Herzen?«, fragte sie. Kleine Tränenseen sammelten sich in ihren Augenwinkeln. Sie tupfte sie weg.

»Offenbar nicht so viel wie Sie«, sagte ich.

Ihre Augen liefen wieder über.

»Hier.« Ich reichte ihr meine Packung Papiertaschentücher. »Antiviral, ultra-soft und super-absorbierend.«

Brise lächelte. »Danke.«

Sie sog eine Lunge voll Luft in sich ein und stieß sie dann wieder aus. Zog ihren Mantel glatt und setzte sich gerade hin.

»Ich bin mir auch noch gar nicht sicher«, sagte sie.

»Worüber denn?«

»Ich glaube, nicht mal das darf ich dir sagen.«

Eine Weile saßen wir so nebeneinander. Vögel zwitscherten. Autos rauschten auf irgendeiner nahe gelegenen Straße vorbei.

»Gehts dem Baby gut?«, fragte ich schließlich.

Ihre Augenbrauen schnellten nach oben und sie fuhr zu mir herum.

»Die Windeln und der Babysitz im Auto waren kaum zu übersehen. Außerdem haben wir sein Weinen gehört.«

Brises Schultern zuckten, als sie erst anfing zu kichern und dann wieder in Tränen ausbrach. Nach einer Weile riss sie sich zusammen und holte ein zweites Mal zitternd Luft.

»Miss Ndiaye. Ich muss Sie etwas fragen. Haben Sie kürzlich einen schweren Bolzenschneider gekauft?«

»Ja«, sagte sie.

»Für den ganz speziellen Zweck, das Schloss vor einem Garagentor zu knacken?«

Sie lächelte und nickte.

»Um Pogsy zu befreien?«

»Du kennst ihren Namen? Ja. *Ja.* Ich habe sie da rausgeholt. Als in der Schule über diesen Affen in Sumos Garage getuschelt wurde, wusste ich sofort, dass es nur um sie gehen kann.«

Ich schloss die Augen und hatte das Gefühl zu schweben. »Ich bin so froh«, sagte ich. »Sie glauben gar nicht, *wie* froh ich bin.«

Sie nahm mich in die Arme.

»Und Rorty ist auch in Sicherheit«, sagte ich.

»Das ist in der Tat eine *wundervolle* Nachricht.« Dann senkte sie den Kopf und ihr Gesicht war wieder voller Trauer. »Aber Pogsy ist heute Nacht verschwunden. Als ich sie heute Morgen wecken wollte, waren beide nicht mehr da. Und die Kleine ist doch erst vier Wochen alt.«

Da keiner von uns sich vorstellen konnte, jetzt zur Schule zu gehen, liefen wir erst mal zu Brises Haus zurück, die Einfahrt hinauf und an dem alten Kombi vorbei.

»Die Hintertür war heute Morgen nicht mehr verriegelt, deshalb nehme ich an, dass sie einfach das Baby genommen hat und mit ihm rausgegangen ist. Aber wohin? Und warum?«

Wir traten ins Haus. Alles war an seinem Platz. Wir warfen einen Blick in Pogsys Zimmer. Neben dem Bett stand ein Moseskörbchen, daneben lag eine Wickeldecke auf dem Boden.

»Warum ist sie bloß weggegangen, wo sie hier doch in Sicherheit war? Ich hab solche Angst um die beiden, Kofi. Sie sind in großer Gefahr.«

Ich holte mein Handy heraus, um Janie anzurufen. Die war schon auf halbem Weg zu mir nach Hause, weil sie mich an der Ecke zum Leakey Close nicht getroffen hatte. »Wusste ich doch, dass Pogsy bei ihr ist!«, schrie sie aufgeregt, ohne mich ausreden zu lassen. Ich hielt das Handy auf Armeslänge von mir weg, bis sie sich beruhigt hatte.

»Aber Pogsy und das Baby sind heute Nacht verschwunden«, erklärte ich ihr dann. »Wie's aussieht, sind sie einfach durch die Hintertür spaziert.«

Janie schwieg einen Moment. »Das war der Molimo«, sagte sie dann, »meinst du nicht auch? Ihr wart doch gestern auf dem Uni-Kreisel und vielleicht hat Pogsy euch dort gehört? Vielleicht wart ihr gerade schon weg, als sie gekommen ist.«

»Dann wartet sie dort vielleicht immer noch und Quix kann sie jederzeit finden! Wir müssen ihm zuvorkommen, Janie! Lauf zu mir nach Hause und sag Rorty Bescheid. Brise und ich kommen mit dem Volvo und holen euch ab.«

Ich warf mich neben Brise auf den Beifahrersitz. Mit quietschenden Reifen fuhr sie los und raste mehrfach über Dunkelgelb.

Bei uns angekommen, holperte sie die Einfahrt hoch und hielt erst kurz vor unserer Tür. Stieg aus und wartete am Auto. Als Rorty herauskam, kniete sie sich hin und schloss ihn in die Arme. Sie sprachen einen Moment lang miteinander. Ich wusste, dass sie ihm von dem Baby erzählte.

»Und jetzt los, wir müssen sie finden«, sagte ich.

45

Donnerstag. 9 Uhr 08.

Brise rumpelte mit dem Auto den Bordstein hinauf und stellte das Warnblinklicht an. Wir sprangen aus dem Wagen und rannten einer nach dem anderen zur Mittelinsel hinüber, auf der ich noch vor wenigen Stunden gesessen hatte. Ich rechnete damit, die beiden hinter den Blumenkübeln zu finden. Die wären ein gutes Versteck gewesen. Doch da war niemand.

»Denkt nach!«, rief Janie. »Denkt nach!«

»Vielleicht hat sie sich einen anderen Kreisverkehr gesucht, einen mit Büschen und Bäumen«, sagte ich.

»Was ist mit dem Kreisel beim Krankenhaus? Da gibts jede Menge Büsche und Bäume, der ist praktisch ein Wald.«

Wir quetschten uns wieder ins Auto und rasten die Ringstraße entlang.

»Ich bin einfach über Rot gefahren«, sagte Brise.

»Sehr gut«, sagte Janie.

Wir ließen das Auto am Straßenrand stehen. Ich überquerte als Erster die Fahrbahn zur Mittelinsel. Sie wurde von Eichen und Platanen beschattet. Hohe Büsche, umringt von Lavendelsträuchern. Dazwischen jemand in einem dunklen Mantel. Und noch zwei weitere Männer, etwas näher am Rand. Einer band gerade einen großen schwarzen Sack zu.

»Quix!«, brüllte ich.

Er fuhr herum. Zum ersten Mal schien er wirklich erschrocken.

»Sie werden sie nicht mitnehmen«, sagte ich. »Wenn Sie jetzt nicht aufhören, gibt es ernsthaft Krieg zwischen uns.«

Quix glitt unter den Bäumen hervor. Er schüttelte den Kopf. »Du musst dich wirklich *überall* einmischen, was?« Sein Blick fiel auf Brise. »Ah, endlich tauchen auch Sie aus dem Dunkel auf, Miss Ndiaye. Ich habe mich schon gefragt, wann Sie wohl anfangen, Ärger zu machen.«

»Es ist vorbei, Nigel. Geben Sie auf«, sagte sie und ging dabei weiter auf ihn zu.

Quix sah über ihre Schulter hinweg zur Straße. Er wirkte verunsichert, versuchte aber, es zu verbergen.

»Ah, und da ist ja auch mein kleiner Freund, heute in einem schicken Trainingsanzug und mit Pudelmütze, in Begleitung von Miss Janie Watts.«

Dann rief er seinen Männern zu: »Lasst uns hier fertig werden, Leute. Bring den Sack ins Auto, Gerry. Ich schnapp mir jetzt den Kleinen hier und dann fahren wir los.«

Ich stürmte an Quix vorbei, stürzte mich auf Gerry und versuchte, ihm den schwarzen Sack zu entwinden. Gerry drehte sich um, versetzte mir einen Tritt und stieß mich zu Boden.

»Zieh Leine, Bürschchen. Das hier is 'ne Nummer zu groß für dich.«

»Sie hat doch auch noch ein Baby bei sich! Das ist das Kostbarste, was es gibt auf der Welt.«

Wir hörten sein Weinen und wie Pogsy es zu beruhigen versuchte. Der jüngere der beiden Männer, es war Tom, der Typ mit dem Suchgerät, blieb stehen und lauschte.

»Oh Gott, der kann ja wirklich sprechen!«, sagte er. »Hörst du das, Gerry? Der Affe kann sprechen! Richtige Worte!«

Gerry beugte sich zu dem Sack hinunter. »Is ja gruselig.«

»He, Quix, Sie haben uns gar nich gesagt, dass die Viecher auch sprechen können.«

Quix kam ärgerlich auf sie zu. »Das ist doch genau der Sinn der Sache. Was glaubt ihr denn, worum es bei der Operation ›Silent Talk‹ letztlich geht? Und jetzt aus dem Weg mit euch. Ich hab keine Zeit für diesen Quatsch.«

Quix griff nach dem Sack und zerrte ihn zu dem weißen Lieferwagen, der am Bordstein parkte. Wir hörten das Baby immer noch weinen. Hörten, wie Pogsy nach uns rief.

Ein finsterer Sturm braute sich in mir zusammen. Ich rannte Quix hinterher und riss ihm die Füße weg. Brise und Janie waren direkt hinter mir und warfen ihn zu Boden.

»Tom! Gerry!«, brüllte Quix. »Schnappt euch den anderen Affen und bringt den verfluchten Sack ins Auto. Ich verdoppele euren Lohn.«

Gerry kam heran und warf sich den Sack über die Schulter, aber im Schutz der Bäume hob Rorty bereits seine Hand.

Quix lag jetzt auf dem Rücken, von Brise und Janie gehalten, schaffte es aber trotzdem, ein kleines Gerät aus der Tasche zu ziehen. Er drückte einen Knopf und grinste uns dann an.

»Nur zu, Mr Thrutch«, sagte er. »Zeigen Sie uns, was Sie draufhaben. Mal sehen, was MINDLINK noch so alles kann. Führen Sie uns vor, wie klug sein Erfinder war.«

Rorty spreizte die Hand. Er versuchte, Gerry von dem schwarzen Sack zu trennen, aber nichts geschah.

Quix lachte gehässig. »Elektromagnetische Interferenz«, stieß er hervor. »Damit hat dein Väterchen wohl nicht gerechnet, was?« Er hob wieder die Stimme. »Schnapp dir den anderen Affen, Tom, und dann schafft sie beide hier weg!«

Tränen standen in Brises Augen. Janie fuhr zu mir herum und sah mich wütend an. Ich schüttelte den Kopf.

»Es gibt immer irgendwelche Interferenzen, aber das war meinem Dad bestimmt bewusst. Er hat sicher Vorkehrungen getroffen.«

Wir hörten wieder Weinen und leise Schreie. Quix versuchte aufzustehen, aber Janie saß auf seinen Beinen und Brise hob drohend die Faust.

Tom lief jetzt auf Rorty zu, zögerte aber, als er näher kam. Rorty schaute erst seinen rechten Arm entlang, dann seinen linken. Richtete einen Zeigefinger auf Gerry, den anderen auf Tom. Ich sah die Konzentration auf seinem Gesicht. Die Verzweiflung in seinen dunklen Augen.

Tom zuckte heftig zusammen. Im selben Moment ging auch ein Ruck durch Gerry. Entgeisterung zeigte sich auf ihren Gesichtern, als ihnen klar wurde, dass sie sich nicht mehr bewegen konnten. Gerry fiel um und knallte hart auf den Boden. Er hielt immer noch den Sack umklammert, aber Rorty zog ihn näher und näher zu sich heran. Tom hingegen rutschte im Stehen dahin. Ging in die Hocke, um das Gleichgewicht zu halten. Wie auf Skiern glitt er übers Gras.

Ich lachte Quix ins Gesicht. »Elektromagnetische was?«, fragte ich. »Sie unterschätzen meinen Vater, Quix. Aber so was von!«

Ich lief zu Gerry und löste den Sack aus seinem Griff. Er zitterte und auf seinem Gesicht stand das blanke Entsetzen. Tom war neben ihm zusammengesackt.

»Wenn er euch jetzt loslässt, dann macht, dass ihr wegkommt«, sagte ich. »Und nehmt Quix gleich mit.«

Ich sah zu, wie sie sich hochrappelten. Quix auf die Füße zogen, zwischen sich nahmen und zum Lieferwagen führten.

Aus einem vorbeifahrenden Auto rief uns jemand zu: »Alles in Ordnung? Braucht ihr Hilfe?«

»Alles bestens«, rief ich zurück. »Das ist nur Professor Nigel Quix. Der ist sturzbesoffen.«

»So früh am Morgen?« Der Mann im Auto lachte, winkte und reihte sich wieder in den Kreisverkehr ein.

46

Donnerstag. 9 Uhr 33.

Unter den Bäumen ging Rorty auf die Knie.

Öffnete den schwarzen Sack.

Beugte sich über die zwei kleinen Gestalten und blieb so eine Weile. Schaute einfach nur. Dann drückten sie die Köpfe aneinander und hielten sich ewig lange umschlungen.

Das Baby fing an zu weinen.

Tauchte zwischen ihnen auf. Ein winziges Bündel. Unfassbar klein. Perfekt geformt. Wir traten näher und lächelten und starrten. Ich schaute zu Brise hinüber und sah ihre Augen glitzern.

Wir trugen sie zu Brises Auto. Nahmen die Hutablage heraus, klappten die hintere Sitzbank um und schnallten das Baby im Babysitz fest.

Pogsy Blue hatte ein niedliches Gesicht und freundliche Augen. Ihr Haar war zottig und verfilzt wie das von Rorty. Ich staunte und starrte sie immer noch an und machte mir klar, dass wir wohl doch nicht so allein auf diesem wunderschönen Planeten sind. Ein anderer Entwicklungspfad. Eine andere menschliche Spezies, die wir schützen und geheim halten mussten.

»Alles klar da hinten?«, fragte Brise.

»Alles klar«, sagten wir. »Alles bestens.«

47

Freitag. 9 Uhr 17.

Kurz vor neun war ich aufgewacht. Ich hörte, wie Dad zur Arbeit ging und das Baby weinte. Als ich aufstand, war Mum schon mit ihrem Arztkoffer im Gästezimmer. Pogsy hielt das Baby im Arm und Rorty erklärte ihr, was Mum gerade machte. Es war seltsam, sie in ihrer eigenen Sprache sprechen zu hören. Mit viel Klicken und Summen zwischen den Worten.

Sumo war auch schon rübergekommen und hatte Frühstück gemacht, mit Tee und Saft und Bergen von Toast mit Marmelade. Auch er stand eine Weile nur da und lauschte.

»Ich versteh überhaupt nix«, sagte er schließlich. »Sie kann kein Englisch, weil sie keinen Chip im Gehirn hat, oder?«

»Genau«, sagte ich.

Sumo grinste. »Ihre Sprache find ich sowieso viel besser«, sagte er. »Übrigens hab ich vorhin inner Schule angerufen«, fuhr er fort. »Und gesagt, dass wir erst am Nachmittag kommen, weil wir noch was fürs Projekt erledigen müssen. Hab gesagt, Brise weiß Bescheid.«

»Danke«, sagte ich lächelnd.

Janie kam auch noch vorbei. Wir setzten uns auf den Boden und sahen zu, wie Mum das Baby untersuchte.

»Ich kann immer noch nicht glauben, dass wir sie wirklich gefunden haben«, sagte Janie leise. »Dass sie wirklich hier sind.«

Mum sagte schließlich, das Baby sei fit und gesund, und auch der jungen Mutter gehe es gut.

»Kann ich sie mal nehmen?«, fragte Janie.

Die Kleine war in meine alte Babydecke gehüllt. Janie wiegte sie in den Armen und betrachtete ihr schönes Gesicht.

Pogsy schaute uns an und sagte etwas.

»Pogsy sagen Danke«, übersetzte Rorty. »Sagen, is sicher jetz. Sagen, Dunkelheit für immer tot un verschwunden. Danken Altens un Stimmen von Geisters un Wald.«

Das Baby fing wieder an zu weinen. Janie konnte die Kleine nicht beruhigen. Sumo nahm sie und ging mit ihr durchs Zimmer. Redete mit ihr. Sang ihr etwas vor.

»Wie wollt ihr sie denn nennen?«, fragte ich.

Rorty wandte sich ab und sah durchs Fenster zum Himmel hinauf. Er war weiß mit ein paar Flecken Grau. Rorty klickte und summte.

»Über allens un immer is Hauchens un windigse Wind. Bringen Große Blau un Große Dunkel. Schütteln Grüns von Wald un machen rauschige Bäumens. Tragen LuftKönig zu Bergens un Mond. Un in Schweiglichkeit bringen Spur für Jagd die wir riechen. Un an wildigse Tagens tanzen windigse Wind. Un an schläfrigse Tagens schlafen windigse Wind. Un Atem von Rorty in Molimo is Kreisels un Wirbels in Himmel un auf brausendse Luft suchen Pogsy Blue. Un Wald sich bewegen. Un lächeln un blasen Atem von Leben, un Baby schnaufen schnaufelig un zitterig un purzelig un winden Schmuse-Rankens um Pogsy Blue. Und wenn Baby weinen un Pogsy weinen Große Blau malen Farbens un machen wieder lächeln.«

Rorty breitete die Arme aus. Sah seine kleine Tochter an.

»Wir danken Wald. Is Vater un Mutter. Geben reichlichs. Geben winzelige Winzens. Geben großelige Großies. Wald sorgen für uns. Wir danken Wald. Bringen Pogsy un Baby zurück.«

»Und wie wollt ihr sie nun nennen?«, fragte Sumo sanft.

»Nennen Nama Dom.«

»Klingt schön«, sagte Janie. »Was bedeutet es?«

»Is Regenbogen«, sagte Rorty.

Am Nachmittag ließen wir Rorty, Pogsy und Nama Dom bei Mum zurück und liefen gemeinsam zur Schule. Unsere Klasse war gerade dabei, in der Aula Fotos und Plakate aufzuhängen und Ausstellungsstücke auf Tischen zu arrangieren. Brise stand stolz und aufrecht mittendrin, in einem sonnengelben Kleid. Sie winkte mich zu sich heran.

»Inspektor Darwin«, flüsterte sie.

»Entschuldigen Sie die Verspätung«, sagte ich. »Wir hatten da noch so einiges zu regeln …«

Sie begegnete meinem Blick und presste die Lippen aufeinander, um sich ein Lächeln zu verkneifen. »Vortrag fertig?«

»So gut wie«, sagte ich.

Wir schlenderten in den hinteren Teil der Aula. Janie nahm gerade ein paar Fotos von Dawn Ich-hab-so-hohe-Wangenknochen von der Schautafel ab, während Dawn Ich-hab-so-hohe-Wangenknochen sie dann gleich wieder aufhängte.

»Du brauchst viel zu viel Platz«, sagte Janie. »*Eine* grinsende Dawn reicht völlig, und *eine* grinsende Marilyn auch, nicht sechs von jeder Sorte.«

Brise schaltete sich ein. Schob eine weitere Schautafel heran, damit Platz für beide war. Auf Janies Tafel ging es um die Gene für rotes Haar. Die Idee mit den Vorfahren ihrer Mutter hatte sie fallen lassen. Der Knochen, den sie in den Burrows gefunden hatte, stammte von einem Schaf.

»Zufrieden?«, fragte Brise.

»Jetzt ja«, sagte Janie.

An den übrigen Tafeln hingen stark vergrößerte Aufnahmen von den Fingerabdrücken der Jameson-Zwillinge, Familienfotos von Jez, die die Ähnlichkeit von Augen, Nasen und Kinnen aufzeigen sollten, und Jocelyns DNA-Modell, das mehr als fünf Meter lang war.

Hammer schwang einen Wikingerspeer, den er bei eBay erstanden hatte.

»Guck mal, Schleicher«, sagte er. »Hab ich dir mitgebracht.« Er reichte ihm einen A3-Ausdruck.

»Was is'n das?«, fragte Schleicher.

»Deine Vorfahren, Alter. Cyanobakterien. Erste Lebensform. Drei'nhalb Milliarden Jahre alt.«

»Älter als das ganze Zeug von den andern?«

»Mit Abstand.«

»Super, danke!«

Als es zum Schulschluss klingelte, war alles für die Eröffnung am Montag bereit. Sumo wollte seine Briefe vorlesen, aber Brise sagte, dann würden bloß alle in Tränen ausbrechen.

»Wenn ich ihn finde«, sagte Sumo, »dann kommt er hierher und zieht bei uns ein. Dann kann er mein Vater und der von Shima sein. Und ich ändere meinen Namen in Sebastien Suparman. Klingt cool, oder? Mit so 'nem Namen könnt ich glatt Filmstar werden. Was meint ihr?«

48

Freitag. 20 Uhr 46.

Die Vorhänge waren zugezogen. Das Licht gedämpft. Wir bewegten uns vorsichtig und sprachen im Flüsterton. Der Molimo sang leise vor sich hin. Wir spürten ihn alle. Er durchtränkte uns. Ließ uns innerlich schmelzen.

Tief in die Sesselpolster geschmiegt schliefen Pogsy und Nama Dom. Mum breitete eine Decke über sie. Stand dann eine Weile da und schaute.

»Was für ein Wunder«, flüsterte sie. »Was für ein Geschenk die beiden sind.«

Janie saß am Feuer und hatte die Augen geschlossen. Ich fragte mich, welche Bilder der Molimo bei ihr wohl heraufbeschwor. Ich war ganz bei ihr, in diesem Moment, im Herzen des Waldes, und hörte seinen Jubel.

Es klingelte an der Tür.

»Ich geh schon«, sagte ich.

Sumo hängte seine Jacke auf und streifte die Schuhe von den Füßen. Richtete sie schön gerade auf der Fußmatte aus.

Wir blieben alle im Wohnzimmer. Sprachen leise miteinander. Mum, Dad und Sumo auf dem Sofa. Janie, Rorty und ich auf dem Boden.

»Warum können die Leute nicht einfach nett zueinander sein?«, sagte Janie. »So was passiert doch alles nur, weil die Leute nicht nett sein können.«

Mum zuckte die Achseln. »Das liegt nun mal in der menschlichen Natur. Früher war es ein Vorteil, gemein zu sein. Manchmal sogar überlebensnotwendig. Heute ist es aber nur noch ein Zeichen für Ehrgeiz und Gier.«

»Wie bei Professor Quix«, sagte Dad. »Er hat dich und Pogsy aus eurer Heimat entführt, Rorty. Hat euch einfach aus eurem Wald geholt. Kofi hat dir geholfen und dich versteckt und versucht, dich zu schützen, zusammen mit Janie und Sumo. Und du hast dir auch selbst geholfen, indem du gelernt hast, MINDLINK zu nutzen, und das in einer Art und Weise, die ich mir nie hätte träumen lassen. Aber wenn die Leute von deiner Existenz erfahren würden, hättest du keine ruhige Minute mehr. Horden von Wissenschaftlern würden dich untersuchen und vermessen wollen und deine DNA analysieren. Du würdest mehr Aufsehen erregen als der erste Mann auf dem Mond.«

»Sehr viel mehr«, sagte Janie.

»Mond?«, fragte Rorty und wies zum Himmel.

»Ja. Vor einigen Jahrzehnten sind mal drei Menschen mit einer Rakete zum Mond geflogen.«

Rortys Augen tanzten. Er kicherte und schlug sich auf die Schenkel. Sein Lachen wirkte ansteckend.

»Möchtest du denn wieder nach Hause zurück?«, fragte Dad. »Zusammen mit Pogsy und Nama Dom?«

Ich schaute Rorty an. Fühlte mich plötzlich ganz schwer.

»Auf Heron's Island wärt ihr in Sicherheit«, sagte Janie. »Das wär doch toll. Wir könnten euch jederzeit besuchen kommen, und ich könnte auf Nama Dom aufpassen.«

Dad schüttelte den Kopf. »Überleg doch mal«, sagte er. »Hier müssten sie sich doch ihr Leben lang verstecken. Glaubst du, wir *Homo sapiens* würden sie in Ruhe lassen, wenn ihre Existenz erst mal bekannt geworden wäre? Wir müssen sie schützen, und dazu müssen sie in ihre alte Umgebung zurück. In den Wald.«

»Was möchtest *du* denn eigentlich, Rorty?«, fragte ich ihn.

Rorty dachte nach. »Quixie jetz weg?«, fragte er.

»Ja«, sagte Dad. »Der ist spurlos verschwunden.«

»Das wusste ich noch gar nicht«, sagte ich.

»Das Labor ist geräumt worden. Wie's aussieht, hat er seine Frau und seinen Sohn verlassen.«

»Armer Jon«, sagte Janie.

»Was hatte er eigentlich damit vor, mit diesen MINDLINK-Dingern?«, fragte Sumo. »Wofür sind die gut?«

»Quix hat behauptet, die Technologie, die er entwickelt, würde entscheidend zur Weltsicherheit beitragen und wäre unverzichtbar für die Zukunft unseres Planeten«, sagte ich. »Aber eigentlich wollte er diese Chips bloß in Soldaten implantieren, um ihnen durch Hirn-zu-Hirn-Kommunikation einen Vorteil zu verschaffen. Oder sie vielleicht an irgendwelche Terroristen verkaufen. Und jetzt, wo er weiß, was der doppelte Chip bei Rorty bewirkt hat, mag man sich die Möglichkeiten gar nicht mehr vorstellen.«

»Kaum zu glauben, dass jemand so böse sein kann«, sagte Mum.

»Wie siehts denn nun aus, Rorty?« Ich schaute ihn an. »Möchtest du wieder nach Hause? Möchtest du mit Pogsy und Nama Dom in deinen Wald zurück?«

Rorty schaute jeden von uns mit seinen dunklen, lächelnden Augen an. Er brauchte nicht zu sagen, was er dachte.

Tränen liefen Janie übers Gesicht. Sie tupfte sie mit ihrem Ärmel ab.

»Es ist das Beste für euch«, sagte sie. »Das ist mir schon klar. Aber wir werden euch furchtbar vermissen.«

Sie fing an zu schluchzen, und ich spürte, wie meine Kehle sich verengte und mein Herz schmerzhaft pochte.

»Dann gibt es jetzt nur noch ein Problem«, sagte ich. »Wir wissen gar nicht, wo ihr Zuhause liegt.«

49

Die Aula war gerammelt voll. Die jüngeren Jahrgänge saßen auf dem Boden, die älteren auf Stühlen.

Jocelyn machte den Anfang. Sie bat ein paar von den Kleinen, ihr gigantisches DNA-Modell hochzuhalten. Dann erklärte sie uns, alle Tiere und Pflanzen hätten einen einzigen, gemeinsamen Vorfahren, der vor etwa 1,6 Milliarden Jahren gelebt hatte.

»Deshalb stimmen 36 Prozent unserer Gene mit denen von Fruchtfliegen, 65 Prozent mit denen von Hühnern und 98 Prozent mit denen von Schimpansen überein«, sagte sie. »Weiß vielleicht irgendjemand, wie viel von unserer DNA mit der einer Banane übereinstimmt?«

Einige Kinder lachten laut auf.

»Überraschende fünfzig Prozent«, verkündete Jocelyn.

»Und wie viel mit der von Dinosauriern?«, fragte jemand.

Mehrere Köpfe fuhren zu Velociraptor herum, der in einer Ecke eingenickt war.

»Diese Frage lässt sich leider nicht genau beantworten«, sagte Jocelyn, »weil keine Dinosaurier-DNA überlebt hat. Aber ich finde vor allem wichtig zu wissen, dass alle Menschen fast dieselbe DNA haben. 99 Prozent eurer Erbinformation stimmen mit der des Menschen, neben dem ihr gerade sitzt, überein – egal, woher er kommt oder wie er aussieht. Unterm Strich sind wir alle ziemlich gleich.«

Es gab Jubelrufe und alle klatschten. Dann war Hammer dran.

In voller Wikingermontur marschierte er nach vorne. Erzählte uns, sein Nachname ›Carr‹ würde bedeuten, dass seine Vorfahren von den Shetlandinseln oder aus Skandinavien stammten. Dann stammelte er irgendwas von Genen zum Töten und Verstümmeln. Der folgende Schaukampf geriet ein wenig außer Kontrolle und Erik Blutaxt (Hammer) und Thorfinn Schädelspalter (Schleicher) mussten von Mr Steele auseinandergebracht werden.

Nach Hammer war Janie an der Reihe. Brise half ihr, ihre Schautafel nach vorn zu schieben.

»Guten Morgen zusammen«, sagte Janie. »Im Rahmen unseres Abstammungs-Projekts möchte ich euch jetzt was darüber erzählen, wie rote Haare vererbt werden.«

Sie zeigte uns Fotos ihrer Familie, die über mehrere Generationen zurückreichten. Und eine Karte, wie diese Gene vererbt worden waren.

Sie fragte uns nach rothaarigen Berühmtheiten.

»Prinz Harry«, sagte eine Sechstklässlerin.

»Erik der Rote«, brüllte Hammer von hinten.

»Amy Pond«, sagte einer vom Doctor-Who-Fanclub.

»Sehr gute Beispiele«, sagte Janie.

Sie zeichnete den Weg der Gene für rotes Haar in ihrer Familie nach. Erklärte, dass ihr rothaariger Bruder offenbar zwei dieser Gene besaß, sie hingegen nur eines.

»Trotzdem«, sagte sie, »wenn ich Ron Weasley heiraten würde – was ich, nebenbei bemerkt, fest vorhabe –, hätten wir eine Chance von 50:50, ein rothaariges Kind zu bekommen.«

Alle lachten und applaudierten, während Janie sich wieder setzte.

Dann schaute Brise mich an. Ich ging nach vorn. Ich dachte an Rorty und wo er hergekommen war. Ich dachte, wie alle staunen würden, wenn sie davon wüssten. Ich schaute über das Meer von Gesichtern hinweg.

»Sechs Milliarden Menschen gibt es auf der Erde«, sagte ich.

»Und von hier vorn sieht es so aus, als wären die auch fast alle hier versammelt.«

Über den Lärm hinweg hörte ich das Kichern von Mr Steele.

»Wie Jocelyn schon sagte, sind alle sechs Milliarden von uns ziemlich eng miteinander verwandt. Aber die DNA sagt nicht nur etwas über unseren Verwandtschaftsgrad aus, sondern gibt auch Hinweise darauf, woher die ersten Menschen kamen. Und zwar vermutlich aus Ostafrika.«

Brise schob die Tafel mit meiner Weltkarte nach vorn. Von Äthiopien ausgehend hatte ich Linien gezogen, die bis nach Europa, China, Südamerika und Australien reichten.

»Dort wurden die bisher ältesten menschlichen Fossilien gefunden.« Ich wies auf die Karte. »Die Experten sind sich ziemlich sicher, dass unsere afrikanischen Vorfahren diese Region vor etwa fünfzigtausend Jahren verlassen haben, um in die Welt hinauszuwandern.«

Ich lief einmal quer durch die Aula und wieder zurück.

»Und das muss ziemlich lange gedauert haben«, sagte ich. »Anhand von speziellen DNA-Abschnitten, die man Marker nennt, lässt sich heute noch feststellen, woher wir stammen und wohin wir von dort aus gewandert sind. Sie sind der Beweis dafür, dass während einer der Eiszeiten, als die Kontinente noch miteinander verbunden waren, ein Teil der damals lebenden Menschen an den Küsten von Afrika entlang nach Australien gewandert sein müssen und andere über eine Eisbrücke von Europa nach Nordamerika.«

Ich zeichnete die Routen auf der Weltkarte nach.

»Natürlich hat keine dieser frühen menschlichen Spezies überlebt. Inzwischen sind wir alle *Homo sapiens*.« Ich ließ den Blick durch den Raum schweifen. »Jedenfalls die meisten von uns. Aber manchmal frage ich mich, ob wir uns da wirklich sicher sein können? Ob nicht vielleicht doch noch in irgendeinem verborgenen Winkel der Erde eine andere menschliche Spezies überlebt hat. Und was wir tun würden, wenn wir sie fänden.«

Ich ließ einen Moment verstreichen, bevor ich mich verbeugte, und ging dann an meinen Platz zurück, während der Applaus allmählich leiser wurde.

Mr Steele trat vor. Seine Lippen bewegten sich, aber niemand beachtete ihn. Seine Stimme ging im Klatschen und Pfeifen unter. Er hob beschwichtigend die Hände, um den Lärm zu dämpfen.

»Elektrisierende Vorträge aus der Klasse von Miss Ndiaye«, sagte er. »Faszinierende DNA-Fakten von Jocelyn. Eine höchst interaktive Darstellung unserer skandinavischen Verwandten durch Erik Blutaxt. Vielen Dank an Janie für den Einblick in die Erblichkeit von rotem Haar und an Kofi für den wertvollen Denkanstoß und die äußerst spannende Frage, ob wir wirklich die einzigen Menschen auf diesem Planeten sind. Ich danke allen für diese wunderbare Versammlung. Vielen Dank.«

Polternd und plappernd strömten die Lehrer aus dem Raum. Reihen von Schülern folgten ihnen. Ein paar blieben noch, um sich die Schautafeln anzusehen und Hammers Wikingerspeer zu schwenken.

Brise dankte Jocelyn. Sie dankte Janie und Hammer. Sie fragte Sumo, ob er schon etwas Neues gehört hätte. Der schüttelte lächelnd den Kopf.

»Dann ab in den Unterricht«, sagte sie und klatschte in die Hände, als wären wir im Kindergarten. »Lasst nichts Wertvolles liegen.«

Sie wandte sich zu mir. »Bleibt eigentlich nur noch deine absolut erstaunliche Geschichte, von der du mir irgendwann die Details erzählen wolltest.«

»Oder aber *Ihre* erstaunliche Geschichte«, sagte ich und beobachtete ihre Reaktion. Ihre Augen funkelten. »Zu meiner Geschichte«, fuhr ich fort, »gehört zum Beispiel noch, wie Inspektor Darwin Sie vor den Spürhunden gerettet hat. Und Ihre müsste auf jeden Fall erklären, wie es kommt, dass Sie zwei Menschen der Frühzeit kennen.«

»Drei«, sagte sie lächelnd.

Dann nickte sie langsam. Beugte sich vor und flüsterte: »Breite: –1,473121. Länge: 5,642424. Und jetzt ab mit dir. Sonst kommst du noch zu spät.«

50

Sie lag in der Nähe des Golfs von Guinea. Eine winzige Insel in topasfarbener See. Zu klein, um sie auf Google Earth zu finden, und merkwürdig rund, nach Aussage von Brise. Sie kam an diesem Abend vorbei. Wir setzten uns alle ins Wohnzimmer und sagten immer wieder, wie verrückt das alles war. Wie irre. Wie unglaublich.

Brise hatte Naturwissenschaften in New York studiert und Paläoanthropologie in London. Als sie von den Ausgrabungsarbeiten in Äthiopien zurückkam, hatte Quix mit ihr Kontakt aufgenommen. Er brauchte ihr Fachwissen zur Erforschung einer kleinen, unbekannten Insel. Sie hatte damit gerechnet, dort Schädel auszugraben. Steinabschläge und Wirbelknochen auszusieben.

»Ich war fasziniert und entsetzt zugleich«, sagte Brise. »Quix ließ zwei der Hominiden mit Betäubungspfeilen abschießen, in zwei Kisten laden und per Flugzeug hierherbringen. Er drohte, uns mithilfe seiner Geldgeber das Leben schwer zu machen und unsere Karrieren zu ruinieren, wenn wir die Sache nicht für uns behielten.«

»Und warum hat er sie überhaupt hierhergebracht?«, fragte ich.

»Wegen deines Vaters«, erklärte sie. »Aber die Sache ließ mir keine Ruhe. Also bin ich ihm gefolgt, habe die Stelle an eurer Schule angenommen und mit der Suche begonnen.«

Danach ging alles ganz schnell. Unser Wohnzimmer verwandelte sich in eine Kommandozentrale, wie der Kontrollraum im Weißen Haus, nur kleiner und ohne patriotische Flaggen. Mehrere Handys und Laptops waren ständig in Bereitschaft, Ausdrucke von Frachtplänen lagen überall herum, an der Wand hing eine Weltkarte mit einem roten Kringel um die Koordinaten der Insel. Mum und Janie waren für die Reisevorkehrungen zuständig – Kleidung, Windeln, Decken und Impfungen. Dad meinte, ich solle mich mit solarbetriebenem Internet vertraut machen. Sumo sang Shima und Nama Dom in den Schlaf.

Brise fand einen Luftfrachtkurier, der auch Tiertransporte übernahm, egal welche Spezies und mit welchem Ziel. Der Plan sah vor, sie nach Gabun zu fliegen und dann mit einem Boot von Port-Gentil zu ihrer Insel zu bringen. Nach Hause.

»Perfekt«, sagte Brise. »Ich begleite die drei. Ich hab sie hergeholt, und es wäre mir eine Ehre, sie wieder zurückzubringen. Jetzt müssen wir nur noch einen Weg finden, sie durch den Zoll und die tierärztliche Grenzkontrolle zu bringen.«

»Wie hat das denn auf dem Hinweg funktioniert?«, fragte Dad.

»Das war ein Privatflugzeug«, sagte Brise. »Keine Ahnung, wer das organisiert hatte.«

Ich schaute sie an. »Wir müssen Ihnen ein Geheimnis verraten«, sagte ich. »Das ist dann der letzte Teil meiner absolut erstaunlichen Geschichte.«

»Aber erst koche ich uns noch einen schönen Tee«, sagte Mum. »Sind Sie leicht zu erschüttern, Miss Ndiaye?«

Vermutlich wäre es nicht nötig gewesen, dass Brise erst einmal Platz nahm, bevor Rorty sich tarnte, aber wir sorgten trotzdem dafür, dass sie's tat. Als er unsichtbar wurde, hielt sie die Lippen noch ein paar Sekunden lang aufeinandergepresst und den Blick starr auf die Stelle gerichtet, wo er verschwunden war.

Dann sagte sie: »Jetzt verstehe ich so einiges. Auch wenn ich es nicht verstehe.«

Und alle lachten.

»Super reagiert«, sagte Janie. »Als ich das zum ersten Mal gesehen hab, wäre ich fast in Ohnmacht gefallen.«

Dad hielt uns einen langen Vortrag über das MINDLINK-Projekt, über die Umwandlung von Gedanken in Bewegungen, über Decoder und Prothesen und die Wiederherstellung der Mobilität. Und dann über das unerklärliche Phänomen, dass Rorty mit den Chips in seinem Gehirn sogar Materie replizieren konnte.

»Replizieren?«, fragte Brise.

»Mein nächstes Forschungsprojekt«, sagte Dad. »Herauszufinden, wie das möglich ist.«

Brise hatte Kontakte zum Londoner Zoo, und so bot sich die Möglichkeit, Rorty, Pogsy und Nama Dom in einem Container für exotische Tiere einzuschmuggeln. Alle drei würden so lange getarnt bleiben, bis sie die Insel erreicht hatten.

»Sind sie dort denn auch in Sicherheit?«, fragte Janie. »Was, wenn Quix noch mal auf ihre Insel kommt?«

Dad lächelte. »Sollte das passieren, weiß Rorty sicher sehr gut, was zu tun ist.«

»Wo wir gerade vom Löschen sprechen«, sagte ich. »Was machen wir denn jetzt eigentlich mit Col?«

»Was ist denn mit ihm?«, fragte Brise.

»Er ist verschwunden, sozusagen.«

»Eben hast du von ›löschen‹ gesprochen.«

»Ja. Eine weitere erstaunliche Fähigkeit von Rorty. Aber keine Sorge. Rorty kann ihn auch wiederherstellen.«

»Ich zurückbringen bösigen Bösen?«, fragte Rorty.

»Geht wohl nicht anders«, sagte ich. »Aber wir sorgen dafür, dass er keinen Schaden mehr anrichten kann, okay?«

»Er könnte ihn nach Port-Gentil bringen«, schlug Brise vor. »Das ist kein schlechter Ort, um ein neues Leben anzufangen. Arbeit gibt es genug. Ich könnte meine Freunde dort bitten, ein Auge auf ihn zu haben.«

Wir waren alle fix und fertig. Sumo war nach Hause gegangen. Janie auf dem Boden eingeschlafen. Brise nahm ihren Mantel und ihre Tasche vom Haken. Wir traten vor die Tür, nur wir beide, und atmeten die Nachtluft ein.

»Soll ich Sie noch ein Stück begleiten?«, fragte ich.

Wir schlenderten die Straße hinunter.

»Ich möchte, dass Sie mir alles erzählen, was Sie über diese Insel wissen«, sagte ich. »Jedes noch so kleine Detail. Alles, woran Sie sich erinnern können.«

»Ja, Kofi«, sagte Brise. »Das mach ich gern.«

51

Der Sonntag war unser letzter Tag. Viel zu schnell war er gekommen. Alles war gepackt. Alles vorbereitet. Wir wussten nichts mit uns anzufangen, bis Janie schließlich sagte: »Strand!«

Alle wandten sich zu ihr um, selbst die kleine Nama Dom.

»Wie wärs, wenn wir ans Meer fahren?«, fragte Janie. »Heute brauchen wir Sand und Wind und Wellen. Wir alle zusammen.«

Und so fuhren wir hin.

Wir hoben unsere Fahrräder in den Zug. Pogsy saß in meinem Rucksack versteckt, Rorty in Sumos und Nama Dom in dem von Janie. Wir stiegen in Sandyworth aus und fuhren das letzte Stück mit dem Rad. Schossen schmale graue Gassen hinunter, vorbei an blühenden Hecken und großen Häusern aus Stein. Die Straßenränder verschwammen zu einem weiß-rosa-gelben Streifen. Der Wind rauschte uns in den Ohren und nahm uns den Atem. Janie warf die Beine hoch und jubelte vor Freude.

»Gleich sind wir da«, riefen wir.

Wir bogen in einen Sandweg ein und rochen schon das Salz der See. Folgten einem Schild zur Dilly-Bucht. Schoben unsere Räder einen grasbewachsenen Abhang hinunter, wichen Schafkötteln aus und stapften durch einen Wald aus Adlerfarn. Am Klippenrand blieben wir stehen. Es war niemand zu sehen. Keine Menschenseele unten am Strand. Wir stellten die Rucksäcke ab und unsere kleine Familie kletterte heraus, Rorty in Cordhose und Wollmütze, Pogsy mit dicker Strickjacke und Shorts und Nama Dom in eine Decke gewickelt. So standen wir da, zwei Jungen, ein Mädchen und drei kleine Hominiden und starrten aufs glitzernde Meer hinaus.

Wir ließen die Räder stehen und folgten einem gewundenen Pfad die Klippen hinab. Es war gerade Ebbe. Vor uns lag eine weite Sandfläche, stahlgrau und kalt.

»Erst mal zum Wasser!«, rief Janie und kletterte schon über die Felsen.

Ich kraxelte hinter ihr her, spürte den Sand unter meinen Füßen. Sprintete in Höchstgeschwindigkeit los und versuchte, in ihre Fußabdrücke zu treten.

»Mich kriegst du nie«, schrie sie. »Im Rennen bist du voll die Niete!«

Sie stürmte ans Wasser und wurde von einer Welle überrascht. Sprang hastig zurück, mit rudernden Armen, und brüllte in die Leere ringsum: »Ich liebe euch, Sand und Meer und Wind. ICH LIEBE EUCH!«

Ihre Schuhe waren völlig durchnässt. Das Haar peitschte ihr in wirren Strähnen ums Gesicht.

»Durchgeknallt bist du, Janie Watts«, sagte ich. »Vollkommen durchgeknallt.«

Wir aßen Käse-Sandwiches. Tranken Cola. Mampften eine Riesentüte Chips. Sumo legte Pogsy seine Jacke über die Schulter, um sie und Nama Dom vor dem Wind zu schützen. Rorty ließ *Olios* um seine Finger kreisen. Er sah aufs Wasser hinaus.

»Is Fischies in glitzige Meer. Große fleischig-saftigse un spillerigse-kleine.«

»Habt ihr's auf eurer Insel weit bis ans Meer?«, fragte Sumo.

»Laufen lange schwitzige Tag, runter un runter, un surr-surrsumm ganze Zeit un riechen luftigse Frischheit un sehen blauigse Blau oben un unten un überall.«

»Wie konnte dieser Quix euch nur aus all dieser Schönheit herausreißen?«, sagte Janie.

Ich schloss die Augen und atmete tief ein. »Ich habe eine Frage an euch, Sebastien Fitzgerald und Rorty Thrutch und Janie Watts. Eine ›Was‹-Frage.«

Janie kicherte. »Dann mal los.«

»Wenn ihr euch irgendwas aus euren kühnsten Träumen wünschen dürftet, *was* wäre das dann?«

»Oh, ich weiß, was«, sagte Sumo. Er beugte sich vor und verschränkte die Finger ineinander. »Ich würd meinen Vater finden und ihn zu uns holen, damit meine Mum jemand hat, der sie gut behandelt, und damit Shima einen hat, der mit ihr spielt und sie zum Lachen bringt, und damit ich einen richtigen Vater hab … einen, der mich mag.«

»Ich glaube, ich weiß, wie wir ihn finden können, und wenn nicht, kenne ich jemanden, der uns helfen kann.«

»Echt?«, fragte Sumo.

»Ja«, sagte ich.

Sumos Augen strahlten. »Du bist 'n echt guter Kumpel, weißte das?«

»Du auch«, sagte ich.

Ich sah Rorty an. »Ich glaube, wir wissen alle, was du dir wünschen würdest.«

»Is Pogsy. Un Nama Dom. Un Kofi un Janie un Sumo. Is alle hier bleiben. Un alle nach Hause gehen. Is alles in kühnigse Traum.«

Ich spürte, wie meine Kehle sich verengte und mir die Tränen kamen. »Wenn wir schon nicht alle zusammenbleiben können, können wir doch wenigstens über MINDLINK die Verbindung halten. Mit euch reden und Bilder schicken und hören, ob es euch gut geht.«

Rorty legte mir den Arm um die Schultern. Ich konnte die Tränen nicht länger zurückhalten. Sie liefen mir über die Wangen, und Rorty wischte sie liebevoll weg.

»Jetzt du, Janie«, flüsterte ich.

Sie seufzte und starrte aufs Meer hinaus. »Der absolut kühnste?«

Ich nickte.

»Vollkommen verrückt?«

»So verrückt du nur willst«, sagte ich.

»Ich würde so gern mal fliegen. Volle Pulle losrennen und spüren, wie die Luft an mir vorbeirauscht, und dann abheben und dahingleiten, flach ausgestreckt durch die Luft schweben und unter mir die Dächer sehen, die Miniaturgärten und die Reihen winziger Autos. Und die Wiesen und Felder, gelbe, grüne und rotbraune Rechtecke wie ein riesiges Patchwork-Muster, und gepflügte Äcker, als hätte man eine Gabel durch Schokopudding gezogen, und Flüsse wie schimmerndes Metall.«

Sie verschlang die Finger ineinander. Ihre Augen leuchteten. »Das ist mein kühnster und verrücktester Traum.«

»Pass auf, was du dir wünschst«, sagte ich.

Inzwischen kam wieder die Flut herein. Das schäumende Wasser brandete heran und zog sich wieder zurück. Möwen stürzten sich von den Klippen herab, kreischten über unseren Köpfen. Wir schauten auf die Spuren, die wir im Sand hinterlassen hatten.

»Ich verstehs immer noch nicht«, sagte Janie. »Wie soll das funktionieren?«

»Warts ab«, antwortete ich. »Vertrau mir.«

Sie hüpfte auf und ab. Klatschte in die Hände. Konnte nicht aufhören zu grinsen. »Aber was, wenn das jemand sieht?«, quiekte sie.

»Wir sind in der Dilly-Bucht«, sagte ich. »Hier sieht uns niemand.«

Rorty stand neben mir. Seine Augen funkelten. Janie zog Schuhe und Socken aus. Sie fing meinen Blick auf.

»Weniger Gewicht«, sagte sie.

»Am besten läufst du von da hinten los«, sagte ich zu ihr. »Ich gebe dir das Startzeichen, und dann rennst du einfach an der Wasserlinie entlang.«

Bevor sie ihre Position einnahm, streifte sie noch ihre Jacke ab und schleuderte sie hinter sich.

»Noch mehr weniger Gewicht«, rief sie grinsend.

Sie stellte einen Fuß auf die Startlinie und beugte sich vor, die Augen starr nach vorn gerichtet.

»Fertig?«, fragte ich Rorty.

»Fertig-fertig«, sagte er.

Janie stand ganz still.

In ihrer Haltung erstarrt.

Wartend.

Jetzt ist es so weit, dachte ich. Legte die Hände an den Mund.

»Fertig, Janie? Dann *los*!«

Sie stürmte vorwärts, mit pumpenden Armen und trommelnden Füßen. Sie lief ganz gerade und aufrecht. Ihre Jeans flatterte. Ihr dünnes Oberteil drehte und wand sich. Das Haar wehte hinter ihr her.

Rorty streckte den Arm aus und kniff ein Auge zu. Zielte über den Handrücken hinweg und richtete den Zeigefinger auf Janie. Seine Hand zuckte. Janie spürte etwas, wurde langsamer und sah zu uns herüber. Dann hob Rorty den Arm, und Janie stieg in die Luft.

Ein, zwei Meter über dem Boden, immer noch rennend, den Kopf gegen den Wind geneigt. Sie flog höher, über Felsen und Felsentümpel, über dunkle Klumpen aus Seetang hinweg, über die Furchen und Rinnen im Sand. Der Wind blies stark und zerrte an ihr. Rorty ließ sie einen Bogen beschreiben, der Klippenlinie folgend. Trotz der Entfernung hörten wir sie schreien. Dann sauste sie wieder kopfüber auf uns zu, dicht über Felsen und Sand hinweg.

»Runterlassen!«, quiekte sie. »Runterlassen!«

Rorty setzte sie vorsichtig auf dem Boden ab. Ihre Füße suchten nach Halt, sie japste und ruderte mit den Armen. Torkelte auf uns zu wie eine Irre. Umarmte und küsste uns. Ihr Gesicht war nass und eisig kalt. Sie stützte die Hände auf die Oberschenkel, stieß ein paarmal die Luft aus und richtete sich wieder auf.

»Habt ihr das gesehen?«, sagte sie. »Ist das nicht unglaublich? Ich bin geflogen. Richtig geflogen!«

Sumo kam auf uns zugerannt, mit Pogsy und Nama Dom im Schlepptau.

»Is ja der Wahnsinn!«, rief er. »Ich dachte, nach der grünen Farbe und dem Schrumpf-Hubschrauber könnte nix mehr kommen, aber das war sogar noch um Klassen besser!«

Janie wollte noch eine Runde fliegen. Diesmal mit Sturzflug. Und Looping. Und Seitenrolle. Und Achten. Sie führte die Manöver im nassen Sand vor.

Die Möwen zogen ihre Kreise. Die Wellen kamen immer näher. Die Felsen weit draußen waren nur noch dunkle Spitzen in der wirbelnden See.

»Was meinst du, Rorty?«, fragte ich.

»Ich schaffen auch zwei.«

»Uns beide zusammen? Bist du sicher?«

»Ich schaffen auch zwei«, wiederholte er.

Janie ergriff meine Hand. »Dann komm. Los gehts.«

»Ich bin allergisch gegen Achten fliegen …«, rief ich.

Janie packte mich am Arm und zerrte mich zur Startlinie.

»Und bei Loopings wird mir …«

Sie legte mir die Hand auf den Mund. »Und bei Loopings blüht er erst so richtig auf«, sagte sie, während wir unsere Position einnahmen.

Wir stellten uns hintereinander auf und rannten dann los, erst mit kleinen Schritten, um dicht beieinanderzubleiben, dann wurden wir schneller und ich spürte ein seltsames Kribbeln und Ziehen, als meine Füße den Boden verließen. Ich schrie auf und hing dann schlaff in der Luft, während sich unter mir der Blick auf den großen Bogen der Bucht, das schwarze Band der Felsen und die silbern schimmernde See auftat.

Dann die Stimme von Janie: »Jetzt mach dich doch mal gerade! Du sollst schließlich fliegen, du Dödel!«

Etwas langsamer flogen wir den schroffen Steilhang der Klippen entlang, so dicht, dass die Grasbüschel unsere ausgestreckten Hände berührten. Wir stiegen wieder höher, über Felskanten, rosa Grasnelken, gelbe Wicken und von Flechten gesprenkelte Steine hinweg. Janie glitt mit wehendem Haar vor mir her.

»Ist das nicht toll?«, schrie sie.

»Weiß ich noch nicht so genau«, rief ich zurück.

Wir kehrten in einem Bogen zum Strand zurück. Diesmal etwas tiefer. Tief genug, um zu sehen, wie Rorty uns mit erhobenen Armen eine Acht und dann eine Seitenrolle beschreiben ließ, während wir über ihn hinwegsausten. Wir spürten die Gischt im Gesicht, schmeckten das Salz auf den Lippen. Das Meer umspielte die Felsen mit großen schäumenden Wellen aus frostigem Weiß und eisigem Blau.

»Für mich ist es jetzt genug, Rorty!«, rief ich, und wir landeten sanft im Sand.

Danach dauerte es noch eine ganze Zeit, bis wir aufhören konnten, wie die Wahnsinnigen zu lachen. Bei Sumo war es am schlimmsten. Sobald man seinem Blick begegnete, ließ er sich wieder in den Sand fallen und lachte, bis ihm die Tränen kamen. Am Himmel hatten sich Wolken zusammengezogen. Ein leichter Regen setzte ein, und wir kauerten uns in den Schutz der Felsen. Der Wind brauste gegen die Klippenwand an und verbannte die Möwen in ihre Nester.

»Und was ist Pogsys größter Traum?«, fragte Janie.

Rorty gab die Frage weiter, in ihrer seltsamen, uralten Sprache, mit ganz viel Klicken und Summen zwischen den Worten. Sie rieben die Nasen aneinander, dann sagte Rorty: »Pogsy wollen jetz nach Hause.«

52

Janie und ich saßen im Wohnzimmer, an genau der gleichen Stelle wie elf Wochen zuvor, als wir Möhrenkuchen gegessen und Smoothies geschlürft und uns gefragt hatten, was in aller Welt ich auf dem *Tesco*-Kreisel gesehen haben mochte.

Jetzt hätte ich die Zeit gern wieder zurückgedreht.

Denn jetzt stand ein Lastwagen vorm Haus, und in seinem Laderaum stand eine Holzkiste mit vier kleinen Plexiglas-Fenstern. Jetzt liefen Mum und Dad mit Koffern und Checklisten und letztem Papierkram durchs Haus. Jetzt saßen drei ganz und gar ungewöhnliche Hominiden neben uns und warteten darauf, ihre Heimreise anzutreten.

Brise stand auf der Schwelle. »Es ist Zeit«, sagte sie.

Wir knieten uns neben Rorty, Pogsy und Nama Dom und nahmen sie in den Arm. Steckten die Köpfe zusammen und weinten.

»Wir werden euch niemals vergessen«, flüsterte ich.

»Ich behalten Kopfbilder alle Tage«, sagte Rorty.

Pogsy knüpfte jedem von uns ein kleines Armband ums Handgelenk, und dann gaben wir Nama Dom einen Abschiedskuss.

Ein plötzlicher Sonnenstrahl erhellte das Zimmer und wir standen auf und fassten uns an den Händen und verließen dann zusammen das Haus.

Am Lastwagen schaute ich Rorty noch einmal tief in die Augen. Spürte, wie meine sich wieder mit Tränen füllten und eine riesige Woge der Trauer in mir aufstieg.

»Ich werde dich schrecklich vermissen«, sagte ich. »Aber ich bin trotzdem sehr froh, dass ich dich kennenlernen durfte. Keiner kann sagen, was kommt, aber ich habe so ein Gefühl, als würden wir uns wiedersehen.«

»Ich nich fühlen«, sagte Rorty. »Ich wissen.«

Wir umarmten die drei noch ein letztes Mal, bevor Dad sie in die Transportkiste hob und die Tür zum Laderaum schloss.

53

Zwei Wochen später war ich in der Stadt. Der Fußweg glänzte regennass. Alle Geräusche waren gedämpft. Über uns hing ein bleigrauer Himmel, und alles war reglos und düster, als hielte die Welt den Atem an.

Ich beobachtete die Leute, die ihre Einkäufe nach Hause schleppten. Jugendliche, die durch die Straßen schlenderten. Ich bog in eine Passage ein. Las das Schild an einem Verkaufsstand: »Hallo. Heute bedient Sie: *Mike*«.

Mike hatte keine Ahnung. Das Mädchen mit dem Eyeliner und dem Smartphone hatte keine Ahnung. Keiner hatte auch nur den blassesten Schimmer, dass auf einer Insel weit draußen im Südatlantik noch eine weitere menschliche Spezies lebte, die dieselbe Luft atmete wie wir, den Regen aus demselben Himmel herabstürzen sah, denselben Hunger, dieselbe Freude und Trauer empfand, und den gähnenden Abgrund der Nacht mit derselben Ehrfurcht bestaunte.

Ich ging ins Café der Buchhandlung. Zweite Etage. Ledersessel am Fenster.

»Alles okay?«, fragte eine Stimme.

Ich hob den Kopf. »Alles bestens«, sagte ich.

Janie streckte die Hand aus, um mir ihr Armband zu zeigen. Ich tat dasselbe. Lächelnd betrachteten wir die Babyzähnchen, die winzigen Muscheln aus der Dilly-Bucht.

Mein Handy brummte. Ich öffnete die Nachricht.

»Heute Abend essen sie *Fish and Chips*. Und zum Nachtisch ein *Magnum*-Eis.«

»Ist schon erstaunlich, was?«, fragte Janie.

»Allerdings«, erwiderte ich. »Höchst erstaunlich.«

Danksagung

Mein aufrichtiger Dank geht an die Cornerstones-Agentur, die mir den nötigen Ansporn gab, an mich selbst zu glauben, und an Amy Waite, die sich als Erste in Rorty verliebt hat.

Außerdem danke ich meiner Staragentin Hellie Ogden und meiner brillanten Lektorin Sarah Lambert, die mich mit Geschick, Kenntnis und unerschöpflicher Energie auf dieser Reise begleitet hat.

Und nicht zuletzt auch Kofi, Janie und Rorty, die in meiner Vorstellung eines Tages neben mir saßen und mich ermutigten, ihre Geschichte zu Ende zu bringen.

Sharon Cohen schloss ihr naturwissenschaftliches Studium mit Auszeichnung und einem Doktortitel ab und arbeitet seither als medizinische Autorin. Nach der Geburt ihres Sohnes absolvierte sie ein Aufbaustudium zum Thema Kinderbücher. Sie interessiert sich sowohl für Urgeschichte als auch für wissenschaftliche Innovation und verwebt gern beides in ihren Texten. Mit ihrem Mann, einem ehemaligen Olympia-Sprinter aus Ghana, und ihren drei Kindern lebt sie in Großbritannien.
»Mein rätselhafter Freund Rorty« ist ihr Debüt.

Annette von der Weppen, Jahrgang 1966, hat Germanistik, Anglistik und Romanistik studiert und ist seit 1999 als freiberufliche Literaturübersetzerin aus dem Englischen und Französischen tätig. Ihre besondere Vorliebe gilt dabei der Übersetzung von Kinder- und Jugendliteratur sowie von Comics.
Sie lebt mit ihrer Familie in Berlin.